실크 스타킹 한 켤레

실크 스타킹 한 켤레

19, 20세기 영미 여성 작가 단편선

A Pair of
Silk Stockings

케이트 쇼팽 외 지음
정소영 엮고 옮김

문학동네

책을 엮으며

세기 전환기의 여성

다른 시대에 다른 장소에서 생산된 소설은 어떻게 읽어야 할까? '시대와 장소를 초월한 문학의 보편성'이라는 말에 친숙한 독자라면 이 질문 자체가 의아할 수도 있다. 어려운 철학책이나 이론서와 달리 소설은 누구나 쉽게 다가갈 수 있는 글이라는 생각이 통상적이므로 더욱 그렇다. 소설이라는 장르가 범속한 삶을 다루는 그럴듯한 이야기로서 근대 부르주아 대중의 장르로 탄생했으니 당연한 생각이다. 하지만 '보편성'의 문제는 좀 달라서, 그 보편성이란 항상 '딱 내 얘기'라거나 주인공과 함께 기뻐하고 슬퍼하고 때로 욕도 하는 '공감'에서 바로 나온다기보다 사실 여러 단계를 거쳐야 이를 수 있는 경우가 많다. 실제 삶에서 잘라낸 '삶의 한 단면'이기에 접근과 이해가 수월하고 공감도 자아내는 것이지만, 동시에 지금 이곳의 삶이 아닌 다른 삶의 단면일 경우 같은 이유로 이해나 공감에 어려움이 생기기도 한다. 세계문학전집에 실린 위대하다는 문학작품들을 읽으며 그 위대함을 실감하기가 쉽지 않은 것도 얼마간 그 때문일 것이다.

그렇다면 첫머리에 던진 질문의 답은 자명하다. 바로 그 시대와 장소에 대해 어느 정도는 알아야 한다는 것이다. 특정한 소설이 놓인 시대적 상황이 말하자면 그 소설을 이해할 수 있는 '맥락'을 이룬다. 그리고 소설은 다시 그 시대의 삶을 이해하고, 나아가 우리의 삶을 달리 바라볼 수 있는 시각을 제공한다. 소설의 시각은 '삶의 단면'을 통해 제공되므로 살아 있고 복합적이라는 점에서 중요하다. 헨리 제임스의 유명한 표현처럼 "픽션이라는 집은 많은 창문을 가지고 있어서" 삶의 장면을 바라보는 수많은 시각을 지니기 때문이다. 따라서 좋은 소설의 마지막 장을 덮었을 때 드는 느낌은 어떤 착잡함에 가깝지 않을까 싶다. 세상이 흑백으로 이루어져 있지 않아 어떤 경우에도 두부 자르듯 편을 가를 수 없고, 소설 속 상황을 이해하기 위해서는 서로 겹치기도 하고 갈라지기도 하는 다양한 경험과 시각을 오롯이 받아들여야 한다는 인식에서 나오는, 세상살이를 향한 착잡함. 그리고 이 착잡함과 함께 우리는 생각을 하게 된다. '공감'은 그렇게 감정을 통해 우리에게 생각을 촉구하는 소설만의 특성이기에, 소설을 읽는 일은 우리가 사는 세상에 대해 생각하는 일이다. 소설의 '보편성'이란 결국 세상살이를 바라보는 시각, 세상살이를 해석하는 우리의 감수성 훈련이라는 차원의 보편성이라고도 할 수 있다.

서두를 거창하게 시작하기는 했지만, 이 책에 묶인 작가와 단편들은 대부분 많이 알려져 있고 읽기 어려운 작품도 아니다. 또한 작품이

쓰인 19세기 말에서 20세기 초의 세기 전환기라는 시기는 우리가 지금 살고 있는 이미지 중심의 소비 자본주의사회가 자리잡던 시기이기 때문에 삶의 양상이 현재와 크게 다르지도 않다. 사실 이 특정한 시기의 작품들로 책을 구성한 이유도 현재 우리 사회와 크게 다르지 않은 과거를 통해 지금은 고착되어 제대로 보기 힘든 사회의 여러 면모를 오히려 새롭게 볼 수 있기 때문이다. 또한 이 시기는 무엇보다 여성의 삶에 급격한 변화가 찾아오고 새로운 가능성이 열린 시기이기도 했다.

카를 마르크스는 "모든 단단한 것이 녹아 허공으로 사라진다"는 말로 과거 자연적 소여所與로 여겨졌던 것들이 그 '자연성'을 상실해가는 시대적 특성을 압축적으로 표현했다. 자본주의 근대가 진행되면서 녹아 사라진 '단단한 것'은 무엇보다 봉건 신분제와 종교의 권위였지만 성과 가족이라는 일견 사적인 차원의 변화도 두드러졌다. 마르크스가 말했다시피 그 신성함의 외피가 벗겨진 가족은 이제 경제적 단위라는 본질을 적나라하게 드러냈고, 결혼 역시 특히 중산층에게 '시장'에서 이루어지는 경제적 거래로 이해되었다. 결혼 말고는 다른 삶의 가능성이 희박했던 과거와 달리 많은 여성들이 다양한 공적 영역에 진출하고 경제적인 독립을 이루면서 결혼과 가족을 당연하고 자연스러운 것으로 여기던 생각도 도전받았다. 의식적으로 여성성을 거부하는 남장여자나 동성애자 등이 나타나 전통적인 성 정체성 개념을 교란했고, 이는 여성에만 해당하지 않아서 여성화된 남성도 두드러진 사회적 현상이었다. 이런 현상들을 통해 결혼과 출산을 핵심으로 삼는 기존의 '여성성'은 타고난 생물학적 본성이 아니라 사회적·문화적 구조물이라는 사실이 드러난다.

당시 광범위하게 나타난 '신여성'도 이러한 과정의 산물이다. '신여성'은 다양한 직업이나 계층을 아우르는 무척 포괄적인 용어인데다 비난이나 조롱조로 사용된 경우도 많았지만, '진정한 여성'이나 '영원한 여성' 같은 기존의 이상적 여성상에서 과감하게 벗어난 여성들을 집약하는 기호이기도 했다. 관습적인 '정상적' 여성상에서 벗어난 여성에게 '신여성'이라는 딱지를 붙여 논쟁거리로 만들었다는 사실에서 이미 '정상성'이나 타고난 본성이라는 믿음에 균열이 가고 있었음을 알 수 있다.

이렇게 과거 타고난 본성으로 여겨진 많은 특성이 역사적으로 구성된 인위적 속성으로 드러난 것은 한편으로는 모든 인간의 평등함과 권리를 주장하는 민주주의 원칙에 힘입은 것이지만, 다른 한편으로는 인간을 '노동력'이라는 추상적 상품으로 다루는 자본주의의 논리에서 비롯한 것이다. 근대는 무엇보다 자본주의 근대이기 때문이다. 특히 공적 영역의 참여와 경제적 독립, 정치적 권리 등에 대한 여성들의 요구가 분출하던 이 시기는 생산 위주 자본주의가 소비와 금융 중심의 소비 자본주의로 진화된 시기였기에 여성들이 집중적으로 다양한 상품화의 굴레에 묶였다. 여성의 사회 진출이 활발해졌지만 소수일 뿐 대부분은 여전히 가정에 머물렀는데, 과거와 달리 가정은 생산과정에서 갈수록 밀려나 '사적 영역'으로 규정되었다. 이러한 상황에서 자본은 여성을 주된 소비자로 삼아 '생산자(남성) 대 소비자(여성)'라는, 기존 남녀 비대칭 구도의 새로운 변종을 확립했다. 또한 '꽃'으로 상징되는 아름다운 장식적 역할이나 가정에서 위안을 주는 존재라는 관습적 여성성이 상품 판매를 위해 공적 영역에서 이용되었다.

격변의 세기 전환기는 여성에게 새로운 가능성의 공간을 열어주었지만 여전히 가능성일 뿐이었다. 성이나 섹슈얼리티가 다른 '단단한 것'에 비해 자연적인 본성의 측면이 훨씬 강하기도 했지만, 문제는 관습적 여성성에서 벗어나 어떤 여성성을 어떻게 찾아내거나 창조할 것인가였다. 시몬 드 보부아르가 '제2의 성'이라는 용어로 표현했듯이 그때까지 여성은 남성이라는 기준에 따른 부재와 결핍으로 정의되었고 일종의 거울처럼 남성의 타자 역할을 해왔기 때문이다. 열등한 처지에 놓인 여성의 지위를 높이기 위해 재산권과 참정권 등의 현실적인 권리 획득에 집중한 초기 여성운동은 애초부터 방향이 달랐다. 남성과 동등한 권리에 대한 요구는 근대의 추상적 '인간(Man)' 개념에 기댈 수밖에 없었기 때문에 그 안에 여성성의 자리는 없었고, 따라서 공적 영역에 진출한 여성이나 '신여성'이 중성화 혹은 남성화된 모습으로 나타나는 것도 무리는 아니었다. 뤼스 이리가레의 말을 빌리면, 여성으로서의 존재 방식이 아직 불가능한 상황에서 여성에게 가능한 삶의 방식은 남성 중심 사회가 부과한 여성성을 가장假裝으로 수행하는 일과 '탈성화'를 감수하고 남성 중심의 공적 영역에 참여하는 일뿐이었던 것이다.

남성의 반영이 아닌 여성성이라면 무엇보다 여성적 감정이나 욕망의 탐색이 중심이 되어야겠지만 기독교와 함께 서구 역사에 굳건히 자리잡은 '성녀 대 창녀' 이분법과 모성 이데올로기는 여성의 욕망을 사고하는 일조차 어렵게 했다. 처녀의 몸으로 예수를 잉태한 성모마리아가 욕망을 철저히 배제한 어머니-여성의 상징으로 자리잡은 상황에서,

새생산의 목적 혹은 단순히 남자의 욕망을 받아주는 것이 아닌 여성의 독자적인 욕망은 '창녀'의 이름으로 단죄되었다. 근대에 들어 종교의 힘이 쇠퇴하고 개인의 자유나 욕망이 삶에서 주요한 자리를 차지하면서 이러한 억압적 관념도 조금씩 아래로부터 허물어지기 시작했다. 케이트 쇼팽의 『깨어남*The Awakening*』은 이러한 시대적 맥락에서 여성의 욕망을 전면적으로 탐색한 선구적인 작품이다. 보바리 부인이나 안나 카레니나처럼, 당시 남성 작가의 문학작품에서도 적극적으로 자신의 욕망을 추구한―그리고 작품의 논리상 어떤 면에서 단죄된―여성 인물들을 드물지 않게 찾아볼 수 있다.

산업혁명과 함께 자본주의 근대가 시작된 곳은 영국이지만, 새로운 단계인 소비 자본주의와 도시화의 경향은 미국에서 급속한 발전을 이루었기 때문에 특히 미국의 여성 작가들이 당시 시대적 변화에 다방면으로 민감하게 반응했다. 여러 나라에서 수많은 이민자들이 들어와 정착하면서 보스턴과 뉴욕 중심의 기존 문학과는 다른 경향의 작품들이 미국 전역에서 독특한 지역적 특성을 보이며 등장했고, 이 속에서 여성들은 제각기 변화를 경험하고 다양한 전망을 찾아냈다.

숲이 우거진 메인주에 살던 세라 오언 주잇에게 근대의 변화는 무엇보다 자연에 대한 문명의 정복이었다. 고대부터 지속된 여성과 자연 (Mother Nature)의 친연성이 진보의 기치를 내세우는 남성적 문명에 위협받는 상황에서, 「백로」는 자연과 기존의 여성성을 버리고 문명사회에 참여할 것인가 말 것인가의 양자택일에 직면한 여성의 곤혹스러운 처지를 그려낸다.

메리 E. 윌킨스 프리먼과 이디스 워턴의 단편은 결혼의 신성함이나 결혼 관계에 대한 기존의 관념이 흐려지면서 그와 함께 결혼을 대하는 여성의 태도에 나타난 변화를 보여준다. 무의식적으로 독신생활의 만족감을 깨닫게 된 「뉴잉글랜드 수녀」의 주인공은 '미혼' 대신 '비혼'이라는 새로운 용어로 결혼의 당연함에 도전하는 요즘의 추세를 앞서 보여주는데, 그에 대한 서술자의 견해 역시 함께 논의해볼 만하다. 「다른 두 사람」은 두 번의 이혼 경력이 있는 여성과 결혼한 남성의 결혼생활을 주로 남편의 시각에서 그린다. 뉴욕 중상류층의 결혼을 주요 모티프로 다룬 이디스 워턴의 많은 작품에서와 마찬가지로 이 단편에서도 남성의 욕망을 반영하는 '가장'으로서의 여성성이 오히려 결혼과 가족의 안정성을 위협하는 상황을 풍자적으로 그려 보인다.

샬럿 퍼킨스 길먼의 「누런 벽지」는 여성의 히스테리를 다룬 유명한 단편으로 그 주제뿐 아니라 서술 방식에서도 획기적인 작품이다. 프로이트 정신분석학이 여성의 히스테리에서 시작되었다는 것은 주지의 사실인데, 무의식적인 욕망이든 사회적 열망이든 여성의 히스테리는 그러한 욕망이나 열망이 억압되고 좌절되는 데서 비롯한다. 글을 쓰고 싶은데 쓰지 못하는 「누런 벽지」의 주인공처럼 당시 작가나 예술가 여성들이 특히 히스테리 증상을 많이 보였다는 사실은 그것이 아직 사회적으로 자유롭게 표출되지 못한 여성의 창조성과 관련이 있음을 암시한다.

전편과 속편을 이루는 「아카디아 무도회에서」와 「폭풍우」는 케이트 쇼팽이 『깨어남』에서 탐색한 여성의 욕망을 압축적으로 담아낸 작품이다. 『깨어남』 출판 후 평단에서 온갖 혹평에 시달린 쇼팽은 이후 장편을 전혀 쓰지 않았을 뿐 아니라 그런 주제의 단편도 거의 쓰지 않았다.

「폭풍우」도 생전에는 발표되지 않고 1969년 출간된 전집에 처음 포함되었다. 여전히 섹슈얼리티가 재생산에 매여 있던 시대에 프로이트는 '리비도'라는 개념으로 대상과 상관없이 이미 존재하는 욕망과 섹슈얼리티를 주장함으로써 근대성의 한 축을 세웠는데, 쇼팽이 그려내는 여성의 욕망은 프로이트의 리비도와 맞아떨어지면서 동시에 프로이트가 끝까지 풀어내지 못한 여성성의 문제로 향한다. 다른 한편 「실크 스타킹 한 켤레」는 감각과 함께 깨어나는 여성의 욕망이 소비 자본주의가 불러일으키는 욕망에 말려드는 상황을 촌철살인처럼 그려낸다. 자신을 아끼고 배려하는 마음, 자신의 삶을 꾸려가려는 여성의 갈망이 결혼이라는 제도와 어긋나는 면은 이미 「뉴잉글랜드 수녀」의 루이자에게서 볼 수 있었다. 여기에 모성이라는 역할이 더해지면 여성 자신의 삶이나 욕망은 더욱 뒤편으로 밀려나게 된다. 전반적인 삶의 변화를 가져온 근대의 다양한 현상 가운데서도 19세기 중순부터 만발한 소비 자본주의의 꽃이라 할 백화점은 특히 여성의 인식이나 욕망과 깊은 관련이 있다. 백화점은 당시 여러 소설에서 여성 인물의 상품에 대한 욕망이 펼쳐지는 배경이자 파괴적 영향력으로 나타나고, 쇼팽의 이 단편에서도 주인공의 충동적 소비는 '기계적인 충동'으로 그려진다. 하지만 여성의 욕망을 탐색한 쇼팽의 다른 작품을 염두에 두면, 소비하는 행위의 감각적 묘사가 두드러지는 이 작품은 상품에 대한 소비자로서의 욕망이 단지 일면적 소비 욕구나 허영만이 아닌 깨어나는 여성의 욕망과 얽혀 있음을 은연중에 내비친다.

윌라 캐더는 한때 실제로도 남성복을 즐겨 입었으며 작품에서도 주로 남성 주인공을 내세웠다. 네브래스카에서 자라며 경험한 대평원의 거칠면서도 활력 넘치는 삶과 소비와 향락에 빠진 대도시의 삶을 각각 남성적, 여성적 삶으로 이해했고, 특히 당시 감상적인 여성 문학을 비롯한 대중문화에 극히 비판적이었다. 여러 여성과 친밀한 관계를 맺었지만 그 성적 정체성과 관련해서는 여전히 논란이 많다. 그런 캐더의 독특한 면모가 고스란히 드러나는 그의 작품은 성 정체성과 이성애의 규범에 관해 생각해볼 거리를 던져준다.

수전 글래스펠의 「여성 배심원단」과 엘런 글래스고의 「제3의 그림자 인물」, 조라 닐 허스턴의 「땀」 세 작품에는 앞의 작품들과 달리 피해자로서의 여성과 가해자 남성에 대한 복수라는 주제가 등장한다. 비슷한 주제이지만 다루는 방식은 서로 다르므로 흥미로운 비교가 될 수 있다. 「땀」은 억압받는 전체 '흑인' 내에서 흑백 대립 구도를 흐린다는 이유로 오랫동안 침묵을 강요받은 흑인 여성들이 목소리를 내기 시작한 흐름을 대표하는 단편이다. 여기서 흑백 문제는 기존의 이분법적 흑백 대립과는 다른 면모를 띠고, 억압받는 계층 내에 오히려 착종된 성별 억압 구조가 존재한다는 사실을 보여준다. 이 작품에서 가부장적이고 폭력적인 남편에 대한 복수는 '인과응보'로 이루어진다. 해방 이전의 노예시대부터 흑인 사회가 나름의 방식으로 발전시킨 기독교는 그들의 삶에서 중요한 자리를 차지했다. 딜리아 역시 종교로부터 살아갈 힘을 얻고, 남편을 향한 단죄도 그 연장선상에 있다고 할 수 있다. 반면 「제3의 그림자 인물」에 등장하는 양의 탈을 쓴 늑대라 할 만한 남편에 대한 복수는 고딕 형식을 빌려 이루어진다. 공포와 로맨스를 결합한 고딕 형식은 여성 작가들이 사회의 검열을 피해 내밀한 욕망이나 서사를 전개하기 위해 활용한 문학 양식인데, 「제3의 그림자 인물」에서는 현실적으로 무력한 여성의 저지를 상쇄하는 장치로 쓰였다. 「여성 배심원단」은 수전 글래스펠이 살인사건의 진상을 알아가는 방식으로 결혼 관계의 한 측면을 파헤친 자신의 희곡 『사소한 것들』을 단편소설로 다시 쓴 것이다. 이웃에 사는 두 여성이 부엌이라는 공간에서 용의자 여성의 삶을 재구성하는 과정에서 일상의 삶에 기초한 여성적 인식과 공감이 드러나고, 이는 이어 버지니아 울프에게서 보게 될 '여성적 인식'과도 연결된다.

대표적인 모더니즘 작가인 버지니아 울프는 「벽의 자국」에서 모더니즘 특유의 의식의 흐름 기법을 사용하여 여성적 인식을 담아내고 구현한다. 새로운 소설적 기법은 변화한 현실을 담기 위해 요구되는 것인데, 실제 경험하는 현실과 유리된 위계와 법칙을 고수하는 남성적 사고는 이 변화한 현실을 제대로 인식하지도, 담아내지도 못한다. 이 짧은 단편에서 울프는 새로운 경험의 양식과 현실 인식을 여성적 인식과 결부시키면서 압축적이고도 재치 있게 성차 문제를 제기한다. 영국적 풍자와 위트를 활용해 삶의 아이러니를 인상적인 장면으로 포착하는 캐서린 맨스필드는 「작고한 대령의 딸들」에서 가부장적인 아버지 아래에서 어머니 없이 자란 미혼의 두 딸 이야기를 풍자적인 시선으로 그려낸다.

19세기 말에서 20세기 초에 이르는 세기 전환기에 발표된 이 단편들은 당시 서로 다른 맥락에서 다양한 방식으로 현실 속 여성들이 씨름했던 문제를 담고 있다. 한 세기도 지난 먼 나라의 이야기지만 서두에서 말했다시피 특히 여성에게 중요한 전환기이기도 했던 그 시대의 문학이 지금 우리가 당면한 문제와 갈등을 해석하고 판단하기 위한 사

고의 훈련에 얼마간 도움이 되었으면 하는 바람이다. '사고하는 일이
곧 나의 싸움Thinking is my fighting'이라던 버지니아 울프의 말이 우리
에게도 여전히 하나의 지침이 되었으면 하기 때문이다.

일러두기

1. 각주는 모두 옮긴이주다.
2. 원서의 프랑스어 부분은 이탤릭체로, 강조 부분은 고딕체로 처리했다.

차례

백로

A White Heron(1886)

세라 오언 주잇
Sarah Orne Jewett

세라 오언 주잇 (1849~1909)

미국 메인주 사우스버릭 출생. 수 세대에 걸쳐 뉴잉글랜드에서 살아온 집안으로 부친은 부인과·소아과 전문의였다. 왕진하는 아버지를 따라다니며 고향 마을의 면면을 만나보기도 했고, 관절염 치료차 숲속을 산책하며 자라 자연에 대한 애정이 깊었다. 메인주의 풍경과 사람들의 순박한 삶을 주로 그려 '지방색 작가'로 알려졌고, 여성의 삶과 목소리를 진솔하게 담아내 이후 여성 작가들에게도 영향을 주었다. 평생 결혼하지 않고 애니 필즈와 가깝게 지내다가 그녀의 남편인 『애틀랜틱 먼슬리』 편집자 제임스 필즈가 사망하자 여생을 함께 보냈다. 주요 작품으로 『뾰족한 전나무의 고장 The Country of the Pointed Firs』 『시골 의사 A Country Doctor』, 단편집 『백로 A White Heron and Other Stories』 등이 있다.

1

어느 6월 저녁, 여덟시 무렵이 되자 나무둥치로는 아직 희미하게 반짝이는 밝은 햇빛이 아른거렸지만 숲은 이미 어둑한 그늘에 잠겼다. 어린 소녀가 암소를 몰고 집으로 돌아가고 있었다. 터벅거리는 걸음에 행동이 굼떠 화를 돋우기도 하지만 어쨌든 소녀에게는 소중한 동무였다. 둘은 사그라지지 않은 빛에서도 멀어져 숲속 깊이 들어갔는데, 둘 다 워낙 익숙한 길이라 앞이 보이든 말든 상관없었다.

늙은 암소가 목초지 울타리에서 얌전히 기다리는 날은 여름내 하루도 없다시피 했다. 그러기는커녕 월귤나무 덤불로 숨어들기를 가장 좋아했다. 요란한 종을 달았지만 꼼짝 않고 가만히만 있으면 종이 울리지 않는다는 사실을 익히 알고 있었다. 그래서 실비아는 '암소야! 암소야!' 불러봐야 '음매'라고 대답할 리 없는 암소를 찾아 어린 인내심이 바닥

나도록 쏘다녀야 했다. 암소가 질 좋은 우유를 풍부하게 제공하지 않았다면, 이 상황을 대하는 주인의 마음은 꽤나 달랐을 것이다. 게다가 실비아는 남는 게 시간이고 달리 할일도 없었다. 때로 화창한 날에는 암소의 그런 짓궂은 장난이 숨바꼭질하자는 꾀바른 제안처럼 느껴져 위안을 얻기도 했고, 다른 놀 친구가 없었기 때문에 이 장난에 푹 빠져 신나게 즐기기도 했다. 아무리 오래 찾아다녀도 찾지를 못하면 이 주의깊은 동물이 이례적으로 자신의 위치를 알리는 신호를 직접 보내기도 했는데, 실비아는 습지 옆에서 '물리 마님'을 찾아내더라도 그저 웃어넘기며 정겹게 자작나무 가지로 집 쪽을 향해 몰 뿐이었다. 늙은 암소는 더 멀리까지 갈 생각은 없었고, 일단 목초지를 벗어나기만 해도 제대로 방향을 잡아 어지간한 속도로 길을 따라 걸었다. 젖을 짤 때가 가까웠으므로 가다 멈춰 풀을 뜯는 일도 별로 없었다. 시간이 너무 늦어서 실비아는 할머니가 뭐라고 하실까봐 걱정이 되었다. 다섯시 삼십분에 집을 나섰으니 시간이 꽤 지난 건 사실이었지만, 이 임무를 빨리 끝내기 힘들다는 건 다들 알았다. 틸리 부인 역시 여름 저녁마다 그 뿔 달린 골칫거리를 수없이 쫓아다녀봤기 때문에 미적거렸다고 누구를 나무랄 마음이 없었을뿐더러 요즘은 실비아가 그 일에 긴한 도움을 주니 기다리면서도 고마울 따름이었다. 실비아가 간혹 정신이 팔려서 늦기도 하는 모양이지만 말이다. 세상 천지에 그렇게 바깥에서 쏘다니는 걸 좋아하는 애는 본 적이 없으니까! 다들 혼잡한 공장 마을에서 팔 년 동안 시달리며 자란 소녀에게 색다른 변화가 될 거라고 말했다. 실비아 자신은 이곳 농장에 오고 나서야 비로소 태어나 처음으로 살아 있는 느낌이었다. 아이는 마을 이웃이 키우던 비실비실한 제라늄을 종종 연민에 잠겨 떠올리곤 했다.

 "사람을 무서워한다니," 틸리 부인은 딸네 집에 가득한 손주들 중에서 뜻밖에 실비아를 골라 집으로 돌아오다가 그 말을 떠올리며 미소를 지었다. "사람을 무서워하기는! 그 동네에서야 사람들한테 별로 신경도 안 쓸걸!" 외딴집 문간에 도착해 문을 여느라 멈춰 서자 고양이 한 마리가, 사실은 들고양이지만 새끼 울새를 잡아먹어 통통한 녀석이 요란하게 가르릉거리며 다가와 몸을 비비댔고, 실비아는 정말 아름다운 곳이라고, 절대 집에 돌아가고 싶지 않다고 속삭이듯 말했다.

 암소는 느릿느릿, 아이는 종종걸음으로 함께 그늘진 숲길을 따라갔다. 목초지도 반 정도는 늪지였는데도 암소는 개울가에서 다시 오래도록 물을 마셨고 실비아는 맨발을 시원한 여울물에 담근 채 가만히 서서 기다렸다. 커다란 나방들이 아이를 부드럽게 스쳐지나갔다. 암소가 걸음을 떼자 실비아도 걸어서 개울을 건넜고, 개똥지빠귀 울음소리가 들리자 기뻐서 가슴이 콩콩 뛰었다. 머리 위로 가지가 부스럭거렸다. 그곳에는 이제 잠에서 깨어나 세상을 돌아다닐 채비를 하거나 졸음이 묻어나는 목소리로 서로에게 밤 인사를 건네는 새와 동물이 가득했다. 실비아는 걸어가면서도 졸음이 쏟아졌다. 하지만 집까지는 얼마 안 남았고 공기는 부드럽고 향기로웠다. 이렇게 늦게까지 숲에 있어본 적은 별로 없어서, 자신이 잿빛 그림자나 흔들리는 나뭇잎과 한몸이 된 느낌이었다. 농장에 온 것이 불과 일 년 전인데 얼마나 오래전 일처럼 느껴지는지, 그 시끄러운 마을은 자신이 있을 때랑 다름없이 모든 게 여전할지 생각하다보니 별안간 자신을 쫓아다니며 겁을 주던 붉은 얼굴의 덩치 큰 남자아이가 떠올라 실비아는 나무 그늘에서 벗어나려 걸음을 빨리했다.

그런데 그리 멀지 않은 곳에서 난데없이 또렷한 휘파람소리가 들려와 이 어린 숲속의 소녀는 공포에 질렸다. 다정한 새의 울음소리가 아니라 단호하고 어딘가 공격적인 남자아이의 휘파람소리였기 때문이다. 암소야 어떤 애처로운 처지에 놓이건 말건 혼자 길가의 관목에 몸을 숨기려 했는데, 이미 너무 늦어버렸다. 적이 그녀를 발견하고는 아주 명랑하고 말주변 좋은 말투로 "안녕, 꼬마 아가씨, 큰길까지 나가려면 얼마나 가야 하지?"라고 소리쳐 물었던 것이다. 실비아는 바르르 떨며 들릴까 말까 한 목소리로 대답했다. "한참 가야 하는데요."

어깨에 총을 멘 키 큰 청년을 똑바로 볼 엄두는 나지 않았지만, 실비아는 관목에서 나와 다시 암소를 쫓아 걸어갔고 곧 청년도 곁에서 함께 걸었다.

"새를 사냥하고 있었어." 낯선 청년이 상냥하게 말했다. "그러다 길을 잃어서 친구가 아주 아쉬운 참이었지." 그러더니 정중하게 덧붙였다. "무서워하지 말고 이름이 뭔지 알려줘. 너희 집에서 오늘밤을 보내고 내일 아침 일찍 사냥을 나가면 좋겠는데 괜찮을까?"

실비아는 조금 전보다도 더 놀랐다. 할머니가 나무라지 않으실까? 하지만 이런 일이 생길 줄 누가 알았담? 자기 잘못은 아닌 것 같았지만 목이 부러진 듯 고개를 푹 떨구고 상대방이 다시 한번 물었을 때에야 비로소 갖은 애를 써서 겨우 '실비'라고 대답할 수 있었다.

셋이 저만치 보일 때 틸리 부인은 문간에 서 있었다. 암소가 해명이라도 하듯 우렁차게 음매 소리를 냈다.

"그래, 네가 나서서 설명해야 할 게야, 이 늙은 골칫덩어리! 실비, 이번엔 요 암소가 어디 콕 박혀 있더냐?" 하지만 실비아는 겁에 질려 아무 말도 못했다. 할머니가 사태의 심각성을 이해하지 못하고 있다는 걸 본능적으로 알았기 때문이다. 이 낯선 사람을 주변 농장의 젊은이로 오해하시는 게 분명해.

젊은이는 총을 문간에 세워두고 불룩한 사냥감 자루를 그 옆에 내려놓았다. 그러고는 틸리 부인에게 인사를 하고 길 잃은 정황을 다시 설명한 후 하룻밤 묵어도 되겠냐고 물었다.

"아무데든 상관없습니다." 그가 말했다. "아침 일찍 해뜨기 전에 떠날 거예요. 그런데 무척 배가 고프네요. 보아하니 우유는 주실 수 있을 것 같은데요."

"아, 그럼." 오래 잠들어 있던 환대의 마음이 금방 깨어난 듯한 주인이 대답했다. "1, 2마일 정도 떨어진 큰길에 나가면 더 나은 데가 있겠지만, 이런 데도 괜찮다면 그렇게 하게. 바로 우유를 짤 테니 들어가 쉬게나. 옥수수 껍질이나 깃털을 깔고 자면 될 거야." 그녀가 자애롭게 말했다. "다 나 혼자 기른 거야. 아래 습지 쪽으로 가다보면 거위를 먹일 좋은 목초지가 있지. 실비, 들어가서 이 신사분 드실 상을 차리려무나!" 실비아는 재빨리 집안으로 들어갔다. 뭐라도 할일이 있어서 다행스러웠고 자신도 배가 고프긴 마찬가지였다.

뉴잉글랜드의 황야에 이렇게 깔끔하고 편안한 집이 있다니 놀라웠다. 젊은이는 깡촌의 끔찍한 살림살이를 본 적이 있고, 숫제 닭이랑 같이 지내는 것도 꺼리지 않는 수준의 불결하고 누추한 삶도 알았다. 얼마나 작은지 암자 같기는 했지만, 옛날 농장치고는 검소하고 말끔했다. 그는 노인이 하는 예스러운 이야기를 관심 있게 듣고 실비아의 흰 얼굴과 반짝이는 회색 눈을 더욱 열심히 쳐다보면서, 최근 한 달간 먹어본 중 최고의 식사였다고 강조했다. 식사 후 친해진 세 사람은 문간에 모여 앉아 달이 떠오르는 모습을 바라보았다.

곧 딸기를 따야 할 때니까 실비아가 아주 큰 도움이 될 거라는 둥 암소는 노상 쫓아다니며 찾으려면 골치가 아프지만 젖이 잘 나온다는 둥, 집주인은 터놓고 이런저런 이야기를 이어가더니, 자식 넷을 앞세워서 남은 자식이라고는 실비아의 엄마와 캘리포니아에 있는, 어쩌면 죽었을지도 모를 아들, 그렇게 둘밖에 없다고 덧붙였다. "그 녀석 댄이 정말 사냥을 잘했지." 그녀가 서글프게 말했다. "걔랑 함께 살 때는 자고새고 회색큰다람쥐고 집에서 떨어질 날이 없었다네. 그런데 워낙 떠돌아다니는 걸 좋아하는데다 편지 쓸 위인도 아니니까. 그렇다고 원망하는 건 아니야. 나라도 할 수만 있다면 넓은 세상을 보고 싶었을 테니까."

"실비아가 걔를 닮았어." 잠시 말이 없던 할머니가 다정하게 말을 이었다. "이 근방에 모르는 땅이 없고 야생동물들은 쟤를 아예 자기네 식구로 안다니까. 다람쥐도 길을 들여서 손으로 먹이를 주면 와서 받아먹고, 온갖 새도 마찬가지야. 지난겨울에는 어치들이 여기서 숫제 살다시피 했는데, 내가 지켜보지 않았으면 분명 제 먹을 것을 떼다가 다 던져줬을걸. 나는 까마귀만 아니면 마음껏 먹이라고 하지. 댄은 까마귀도 한 마리 길들인 적이 있는데 사람처럼 머리가 좋은 것 같더라고. 댄이 떠난 후에도 한동안 이 주변을 떠나지 않더구먼. 댄은 제 아버지랑 잘 안 맞았어. 결국 제 아비한테 한바탕 대들고는 집을 나갔고, 그뒤로 남편은 기가 팍 죽어버렸지."

손님은 다른 데 관심이 쏠려 이 슬픈 가족사가 귀에 들어오지 않았다.

"그러니까 실비가 새에 대해 훤히 안다는 거죠?" 그가 점점 잠이 쏟아지는데도 달빛 아래 그저 얌전히 앉아 있는 어린 소녀를 돌아다보며 큰 소리로 물었다. "저도 새를 수집하고 있거든요. 어렸을 때부터 죽 해오던 일이에요. (틸리 부인이 이에 미소를 지었다.) 오 년 전부터는 아주 희귀한 새 두세 종을 찾아다니고 있어요. 찾을 수만 있다면 제힘으로 꼭 잡고 싶어요."

"잡아서 새장에 가두나?" 열정적인 그의 선언에 틸리 부인이 꺼림하게 물었다.

"아, 아니요. 박제를 해서 보관하죠. 수십 마리는 돼요." 조류학자가 대답했다. "게다가 다 제가 직접 총이나 덫으로 잡은 거예요. 토요일에 여기서 몇 마일 떨어진 곳에서 백로가 언뜻 보이길래 이쪽으로 계속 쫓아왔어요. 이 근방에서는 백로가 눈에 띈 적이 한 번도 없었거든요. 작은 백로 말이에요." 그러더니 그 희귀한 새를 실비아가 알고 있지 않을까 하는 바람으로 다시 실비아를 돌아봤다.

하지만 실비아는 좁은 오솔길에 있는 두꺼비를 지켜보고 있을 뿐이었다.

"백로는 보면 바로 알아볼 수 있어요." 낯선 손님이 간절하게 말을 이었다. "부드러운 깃털에 길고 가는 다리를 가진 키가 크고 특이한 하얀색 새거든요. 아마 매처럼 높은 나무 꼭대기에 나뭇가지로 둥지를 지을 거예요."

실비아의 가슴이 두방망이질하기 시작했다. 그 특이한 하얀 새를 알 뿐 아니라, 한번은 저멀리 숲 반대편에 있는 습지의 연둣빛 풀숲에 선

새 가까이까지 살금살금 다가간 적도 있었다. 키 큰 골풀이 바람에 고개를 끄덕이고 햇살이 항상 묘한 노란빛으로 뜨겁게 내리쬐는 공터였다. 할머니는 그곳의 부드러운 검은색 진흙 아래로 빠져들어가면 아무도 못 찾는다고 단단히 주의를 주었더랬다. 거기서 멀지 않은 곳에 바다와 맞닿은 염수 늪지가 있었다. 실비아는 폭풍우 치는 밤이면 숲의 소란스러운 소리 너머로 가끔 바다 소리를 들을 수는 있었지만 한 번도 본 적이 없어 늘 궁금해하며 상상만 했다.

"그 백로 둥지를 찾아내는 일만큼 저한테 지금 간절한 것이 없어요." 잘생긴 손님이 말을 이어갔다. "누구든 백로 둥지가 어디 있는지 알려주기만 하면 10달러를 줄 거예요." 그가 절박하게 덧붙였다. "그래야 한다면 여름휴가 내내 그 새만 찾아다닐 작정이에요. 어쩌면 이동중인 철새일 수도 있고, 맹금류 때문에 서식지에서 쫓겨났는지도 몰라요."

틸리 부인은 신기하다는 듯이 주의깊게 이야기를 들었지만 실비아는 여전히 두꺼비만 바라보았다. 다른 차분한 때라면 그런 저녁 시간에 있을 법하지 않은 관중 때문에 앞길이 막힌 두꺼비가 현관 층계 아래 자기 구멍으로 돌아가고 싶어한다는 사실을 눈치챘겠지만, 지금은 그럴 경황이 없었다. 저렇게 대수롭지 않게 말하는 10달러로 갖고 싶던 귀한 것들을 얼마나 많이 살 수 있을지, 그날 밤에는 아무리 생각해봐도 미처 헤아릴 수가 없었다.

다음날 젊은 사냥꾼은 숲속을 돌아다녔고 실비아가 그와 함께했다. 알고 보니 무척 상냥하고 호의적이라, 다정한 그 청년에게 처음에 가졌던 두려움은 사라지고 없었다. 그는 실비아에게 새들이 무엇을 아는지, 어디에 사는지, 어떻게 지내는지 등 새에 대해 많은 얘기를 해줬다. 그리고 잭나이프도 주었는데, 아이는 마치 무인도에 사는 사람이라도 되는 양 그것이 대단한 보물로 여겨졌다. 그가 태평하게 나뭇가지에 앉아 노래 부르던 새 한 마리를 쏘아 떨어뜨렸을 때만 빼면 하루종일 그 청년 때문에 겁이 나거나 불안한 적은 한 번도 없었다. 실비아는 총만 없다면 그를 훨씬 더 좋아할 수 있을 것 같았다. 새를 그렇게 좋아한다면서 왜 쏘아죽이는지 이해할 수가 없었다. 하지만 날이 저물 즈음에도 젊은이를 향한 실비아의 눈길에는 여전히 애정과 감탄이 담겨 있었다. 그토록 매력적이고 유쾌한 사람은 지금껏 만나본 적이 없었다. 아이의 가슴 속에 잠들어 있던 여자의 마음이 사랑이라는 꿈으로 희미하게 떨려왔다. 그 위대한 힘의 어떤 예감이 발소리를 죽이고 가만가만 숭고한 삼림을 가로지르는 젊은 두 사람의 마음을 휘저으며 뒤흔들었다. 둘은 잠시 멈춰 서서 새의 노래에 귀를 기울이다가 다시 나뭇가지를 가르며 열심히 앞으로 나아갔다. 서로에게 거의 말을 걸지 않았고, 말하더라도 나지막이 속삭였다. 젊은이가 앞장을 섰고, 회색 눈에 달뜬 기색이 감도는 실비아가 그에게 매혹된 채 몇 걸음 뒤에서 따라갔다.

실비아는 그가 고대하는 백로가 영 나타나지 않아 마음이 안 좋았지만 자신이 앞장서는 법 없이 줄곧 뒤를 따랐고, 먼저 말을 거는 법도 없었다. 묻지도 않았는데 말을 꺼내면 그 말소리에 스스로 소스라치게 놀랄 판이었다. 필요할 때 네, 아니요로 대답하는 것만으로도 정말 힘들었으니까. 마침내 어스름이 내려앉기 시작했고 두 사람은 암소를 몰아 함께 집으로 돌아갔다. 바로 전날 휘파람소리를 듣고 겁을 먹었던 자리에 이르자 실비아는 기분이 좋아 미소를 지었다.

2

집에서 반 마일 떨어진 저멀리 숲 가장자리의 지대가 가장 높은 곳에 그 부류에서 유일하게 살아남은 키 큰 소나무가 서 있었다. 경계를 삼을 셈으로 남겨놨는지, 아니면 다른 이유가 있는지는 아무도 몰랐다. 예전에 다른 소나무를 다 베어 넘어뜨린 나무꾼은 이미 세상을 뜬 지 오래고, 숲에는 떡갈나무며 소나무, 단풍나무 등 건장한 나무들이 새로 자라났다. 하지만 이 오래된 소나무의 꼭대기가 어떤 나무보다 높게 우뚝 솟아 몇 마일 밖 바다에서도 육지의 표지가 되어주었다. 실비아는 그 나무를 잘 알았다. 누구든 그 나무 꼭대기에 올라가기만 하면 바다를 볼 수 있으리라 믿었다. 그래서 그 어린 소녀는 종종 거대한 나무의 거친 둥치에 손을 대고, 아래쪽 대기가 아무리 뜨겁고 고요할지라도 늘 바람에 흔들리는 짙은 나뭇가지를 동경어린 눈으로 올려다보았다. 지금 그 나무를 떠올리니 실비아는 새삼스레 가슴이 벅차올랐다. 날이 밝을 때 그 나무에 올라가면 세상이 한눈에 보일 테니 백로가 어디에서 날아오는지도 알 수 있을 테고 그러면 숨겨진 둥지를 찾을 수 있지 않을까?

얼마나 대단한 모험심이며 굉장한 포부인지! 나중에 그 비밀을 알려줄 때 얼마나 어마어마한 승리감과 기쁨과 영광을 누릴지 상상해보라! 어린 마음이 감당하기에는 너무나 생생하고 장한 일이었다.

그날 밤 작은 집은 밤새도록 문을 열어두었고, 쏙독새들이 날아와 층계참에 앉아 노래를 했다. 젊은이와 나이 많은 집주인은 곤히 잠들었지만, 실비아는 자신이 세운 담대한 계획 때문에 밤새 잠들지 못하고 뜬눈으로 기다렸다. 잠을 잘 마음도 없었다. 짧은 여름밤이 칠흑 같은 겨울밤만큼이나 길게 느껴졌지만 마침내 쏙독새의 울음소리가 그쳤을 때 실비아는 아침이 너무 일찍 밝으면 어쩌나 걱정하며 몰래 집을 나섰다. 숲을 가로지르는 목초지 길을 따라 그 너머의 공터를 향해 서둘러 걸으며, 지나치면서 횃대를 툭 치는 바람에 자다 깬 새가 졸린 목소리로 지저귀는 소리를 친구처럼 위안 삼아 들었다. 아, 이 따분하고 보잘것없는 삶에 처음으로 밀려온 인간적 관심이라는 거대한 물결이 자연과 말없는 삼림에 가슴을 맞대고 살아가는 삶의 만족감을 휩쓸어가야 하는 것인가!

높이 솟은 나무는 창백한 달빛 아래 여전히 잠들어 있었다. 작고 천진한 실비아는 있는 용기를 다 짜내어 나무 꼭대기를 향해 기어올라가기 시작했다. 온몸의 혈관마다 피가 펄떡이며 흘러가는 얼얼함을 느끼면서, 맨손과 맨발로 무지막지한 나무둥치를 새 발톱처럼 꽉 조이고 붙들며 위로, 위로, 하늘까지 오를 듯 위로 올라갔다. 우선은 곁에 자라는 흰 떡갈나무를 타고 올라가야 했다. 나무 위의 실비아는 시커먼 나뭇가지와 이슬에 젖어 무겁게 처진 초록 이파리 사이에 묻혀 거의 보이지 않았다. 새 한 마리가 둥지에서 퍼덕이며 날아오르고, 청설모가 해를 입힐 생각이 없는 침입자를 성마르게 나무라며 이리저리 뛰어다녔다. 실비아는 수월하게 올랐다. 그 나무에는 자주 올라가봤고, 떡갈나무 위쪽 가지가 소나무 둥치와 맞닿아 소나무 아래쪽 가지와 가깝다는 사실도 알았다. 거기서 아슬아슬하게 저쪽 나무로 옮겨가면 그때 비로소 대단한 과업이 시작될 터였다.

실비아는 마침내 흔들리는 떡갈나무 가지를 끌어안고 기어가 오래된 소나무로 대담하게 건너갔다. 오르는 길은 생각보다 험난했다. 두 팔을 끝까지 뻗어 단단히 붙잡고 올라가는 중에 날카로운 마른 가지에 걸리고 성난 발톱에 긁히듯 생채기가 났다. 거대한 둥치를 끌어안고 더 높이, 높이 올라갈수록 가늘고 작은 손가락에 송진이 잔뜩 묻어 뻣뻣해지며 손놀림이 어설퍼졌다. 아래쪽 나무 사이에서 참새와 울새가 잠에서 깨어나 밝아오는 새벽을 느끼며 지저귀기 시작했는데 소나무 꼭대기는 더욱 환해 보였으므로 실비아는 계획을 제대로 끝마치려면 서둘러야 한다는 것을 알았다.

올라가면 갈수록 나무둥치도 함께 늘어나는지 점점 위로 뻗어가는 것만 같았다. 공전하는 지구의 거대한 돛대처럼 느껴졌다. 그날 아침 이 거대한 나무는 가지를 하나하나 밟고 올라오는 한 인간의 단호한 기상에 진정으로 놀라움을 금치 못했을 것이다. 작은 가지들이 서로 몸을 붙여 이 연약하고 가벼운 존재가 위로 나아갈 수 있도록 꾸준히 도와주고 있었을지 누가 알겠는가! 오래된 소나무는 자신의 몸에 붙은 새로운 존재가 분명 마음에 들었을 것이다. 여느 매와 박쥐와 나방, 심지어 감미롭게 노래하는 지빠귀보다도 홀로 나무를 오르는 회색 눈을 지닌 아이의 고동치는 담대한 심장이 더 마음에 들었을 것이다. 그래서 그 6월 아침, 동쪽으로부터 새벽이 밝아오는 동안 나무는 가만히 서서 바람이라도 불라치면 인상을 쓰며 쫓아버렸다.

가시 달린 마지막 가지를 지나 기진맥진하여 몸이 부들부들 떨리는 중에도 그 높은 나무 꼭대기에 의기양양하게 올라선 실비아를 누군가 땅에서 올려다보았다면 아이의 얼굴이 파리한 별처럼 보였을 것이다. 그렇다, 저기 떠오르는 햇빛을 받아 금색으로 눈부시게 반짝이는 바다가 있고, 그 장엄한 동쪽을 향해 매 두 마리가 천천히 날갯짓을 하며 날아갔다. 아래에서 올려다보기만 했을 때는 파란 하늘을 배경으로 까마득히 높이 뜬 검은 점 같았는데 이 높은 곳에서 보니 얼마나 낮아 보이는지. 잿빛 깃털이 나방처럼 보드라워 보였다. 매는 나무에서 얼마 떨어져 있지 않은 듯했고 실비아는 자기도 구름 사이를 날아다닐 수 있을 것만 같은 기분이었다. 서쪽으로는 삼림과 농장이 저멀리까지 수 마일이나 이어졌다. 여기저기 교회 첨탑과 하얀 마을도 보였다. 정말이지 광대하고 경이로운 세상이었다.

새의 울음소리가 점점 요란해졌다. 마침내 태양이 놀랍도록 환한 빛으로 떠올랐다. 실비아의 눈에 바다에 떠 있는 배의 흰 돛이 보였고, 처음에 보라색과 장미색과 노란색으로 물들었던 구름도 차츰 그 빛깔이 희미해져갔다. 이 수많은 푸른 가지 사이 백로의 둥지는 어디에 있는 걸까? 현기증나도록 높은 나무 꼭대기까지 올라온 보상이 겨우 놀라운 풍경과 세상살이 구경뿐이란 말인가? 반짝이는 자작나무와 시커먼 주목 사이로 초록 늪지가 자리를 잡은 저 아래를 내려다보렴, 실비아. 예전에 한 번 백로와 마주쳤던 그곳에서 다시 볼 수 있겠지. 저기, 저기를 봐! 고사한 주목 위로 깃털 하나가 팔랑거리며 떠가듯이 흰 점으로 날아올라 점점 커져가는 모습을. 위로 솟아올라 드디어 가까이까지 와서는 차분하게 날갯짓을 하며 가느다란 목과 볏이 달린 머리를 길게 뻗은 채 이 높은 소나무 옆을 스쳐지나가는구나. 잠깐! 가만있어! 손가락 하나도 발가락 하나도 움직이면 안 돼, 얘야. 백로가 네가 있는 곳에서 멀지 않은 가지에 앉아 아직 둥지에 있는 짝을 부르며 새날을 위해 깃을 매만지고 있으니 너의 두 눈으로 너무 열렬한 빛과 의식을 쏘아 보내면 안 된다고!

잠시 후 빽빽거리는 개똥지빠귀 무리가 몰려와 요란하게 퍼덕거리고 난리를 치자 귀찮아진 근엄한 백로는 날아가버렸고, 그제야 아이는 긴 한숨을 내쉬었다. 이제 새의 비밀을 알았다. 가볍고 가녀린 야생의 새는 너울거리며 허공을 떠돌다가 곧 땅 위의 초록 세상에 자리한 집으로 쏜살같이 내려간다는 것을. 이제 실비아는 흡족한 마음을 안고 자신이 딛고 선 가지의 까마득한 아래는 내려다볼 엄두도 내지 못한 채 아슬아슬하게 나무를 기어내려왔다. 손가락이 아리고 다리가 후들거려 금방이라도 미끄러질 듯해 울음이 터질 것 같은 순간도 몇 번 있었다. 실비아는 내려오면서 백로의 둥지를 곧장 찾을 수 있는 길을 알려주면 낯선 손님이 뭐라고 할까, 무슨 생각을 할까 거듭 상상해보았다.

"실비! 실비!" 분주한 할머니가 몇 번이고 불렀지만 아무 대답이 없었다. 조그만 침대는 비어 있고 실비아는 보이지 않았다.

한창 꿈을 꾸다 잠에서 깬 손님은 즐거웠던 전날을 떠올리며 조금이라도 빨리 하루를 시작할 마음으로 서둘러 옷을 입었다. 어제 수줍어하는 어린 소녀가 한두 번 쳐다보던 투가, 분명 백로를 본 적이 있는 것 같았다. 그러니 이젠 그에게 말해줘야 하리라. 저기 실비아가 온다. 전보다 더 파리해진 얼굴에 낡은 옷은 다 찢어져 너덜너덜하고 송진도 덕지덕지 묻어 있다. 할머니와 사냥꾼이 문간에 함께 서서 그녀에게 물었고, 마침내 초록 늪지 옆의 고사한 주목에 대해 알려줄 멋진 순간이 찾아왔다.

그러나 실비아는 결국 말하지 않는다. 할머니가 조바심을 내며 나무라도, 젊은이가 그 상냥한 눈으로 애원하듯 그녀의 눈을 똑바로 바라보아도. 내가 주는 돈으로 부자가 될 수 있다고, 약속대로 돈을 주겠다고. 게다가 당신들은 가난하지 않으냐고. 자신은 충분히 행복할 자격이 있으니 이제 실비아의 입에서 나올 이야기만을 기다린다.

아니, 실비아는 입을 열지 않을 것이다! 불현듯이 그 입을 막아 침묵을 지키게 한 것은 무엇일까? 아홉 해를 살아온 끝에 비로소 처음으로 드넓은 바깥세상이 그녀에게 손을 내밀었는데, 고작 한 마리 새 때문에 그걸 밀어내야 한단 말인가? 높은 소나무의 푸른 가지가 소곤거리던 소리가 여전히 귓가를 맴돌고, 금빛 허공을 가르며 날아오르던 백로의 모습을, 함께 아침이 열리는 바다를 내려다보았던 그 순간을 떠올리자 실비아는 차마 입이 떨어지지 않는다. 백로의 비밀을 털어놔 그 생명을 빼앗을 수는 없다.

그날 늦게 실망한 손님이 떠나자 가슴을 찌르는 고통을 느껴야 했던, 그를 따라가 시중을 들고, 개가 주인을 사랑하듯이 그를 사랑할 수도 있었을 충성심이여! 쏘다니는 암소와 함께 집으로 돌아오면서 목초지 길을 지날 때면 실비아에게 휘파람소리가 들려온 것이 하루이틀이 아니었다. 그의 총소리에 이어 지빠귀와 참새가 노래를 뚝 그치고 땅으로 떨어질 때마다, 피로 물든 어여쁜 깃털을 보며 얼마나 슬펐는지도 다 잊었다. 새들이 그 사냥꾼보다 그녀에게 더 좋은 친구일까? 누가 알겠는가? 그녀가 놓친 보물이 무엇이든, 숲과 여름이여 기억해주렴! 이 외로운 시골 소녀에게 선물과 은혜를 가져다주고 너희들의 비밀을 말해주렴!

뉴잉글랜드 수녀

A New England Nun(1891)

메리 E. 윌킨스 프리먼
Mary E. Wilkins Freeman

메리 E. 윌킨스 프리먼 (1852~1930)

미국 매사추세츠주 랜돌프 출생. 원래 이름은 메리 엘라 윌킨스였으나 어머니가 돌아가신 후 중간 이름을 어머니 이름인 '엘리너'로 바꾸었고, 의사인 찰스 매닝 프리먼과 결혼하고부터는 메리 E. 윌킨스 프리먼으로 이름을 정한 뒤 모든 작품에 그 이름을 썼다. 정교회 조합교회주의 부모의 엄격한 가정환경 속에서 자랐다. 어머니의 사랑과 어머니가 요구하는 '좋은 딸' 사이에서 갈등하며 가정 내 관습적인 여성의 역할에 저항했다. 가족을 부양하기 위해 십대 때부터 아동소설과 시를 쓰기 시작했고, 1881년에 「유령 가족The Ghost Family」이 잡지에 실리며 본격적인 작가 생활을 시작했다. 1880년대와 1890년대에 왕성한 활동을 했고, 주요 작품으로는 단편집 『변변찮은 로맨스A Humble Romance and Other Stories』와 『뉴잉글랜드 수녀A New England Nun and Other Stories』, 장편소설 『펨브로크Pembroke』가 있다.

늦은 오후, 해가 기울고 있었다. 마당의 나무 그림자 모습이 달라졌다. 저멀리 암소가 음매 울고 작은 종이 딸랑거렸다. 이따금 농장의 마차가 뒤뚱거리며 지나가면 먼지가 자욱하게 날렸다. 푸른 셔츠를 입은 일꾼들이 삽을 어깨에 짊어지고 터벅터벅 걸어갔다. 부드러운 공기 속 파리떼가 사람들의 얼굴 앞에서 정신없이 춤을 췄다. 모든 것들 위로 잔잔하게 동요가 이는가 싶더니 어느새 가라앉았다. 숨을 죽이고 휴식을 구할 밤을 예감하면서.

이러한 낮시간의 잔잔한 소란스러움은 루이자 엘리스에게도 찾아왔다. 그녀는 오후 내내 응접실 창가에 앉아 평온하게 바느질을 했다. 이제 바느질감을 단정하게 개고 바늘을 조심스럽게 꽂은 뒤 골무와 실, 가위와 함께 바구니에 넣었다. 오래 쓰고 늘 만지작거려서 인성의 일부

가 된 이 소박한 여성 물품을 루이자는 평생 하나라도 딴 데 잘못 놓아
본 기억이 없었다.

루이자는 허리에 녹색 앞치마를 두르고 녹색 리본이 달린 밀짚모자
를 꺼냈다. 그러고는 작은 파란색 토기 그릇을 들고 텃밭으로 가서 차
를 끓일 커런트를 땄다. 다 딴 다음엔 뒷문 계단에 앉아 열매를 떼어냈
고, 조심스럽게 앞치마에 모아 담은 줄기는 나중에 닭장 안에 던져주었
다. 그녀는 혹시 계단 옆 잔디에 떨어진 게 없는지 꼼꼼히 살펴보았다.

루이자는 움직임이 느리고 조용했다. 차를 끓이는 데도 시간이 한
참 걸렸다. 하지만 다 끓이고 나면 귀한 손님에게 내놓아도 손색이 없
을 만치 훌륭하게 차려냈다. 작은 정사각형 식탁이 정확히 주방 한가운
데에 놓여 있고, 가장자리의 꽃무늬가 반짝이는 빳빳하게 풀 먹인 리넨
식탁보가 깔려 있었다. 루이자는 차 쟁반에 다마스크 냅킨을 깔고, 그
위에 티스푼이 가득 담긴 컷글라스 텀블러와 은제 크림 용기, 도자기로
된 설탕 그릇, 분홍색 도자기 찻잔과 받침 한 세트를 놓아두었다. 루이
자는 매일 도자기 그릇을 사용했는데, 동네에서 그런 사람은 하나도 없
었다. 그걸 두고 이웃들이 수군거렸다. 그들은 평소에는 투박한 토기를
식탁에 올리고 좋은 도자기 세트는 거실 장에 고이 모셔두었다. 하물며
루이자 엘리스가 그들보다 부자거나 신분이 높은 것도 아니었다. 그럼
에도 루이자는 도자기 그릇을 썼다. 저녁상에는 설탕 뿌린 커런트가 가
득 담긴 유리그릇과 작은 케이크가 놓인 접시, 그리고 작고 하얀 비스
킷 하나가 올랐다. 상추 한두 잎도 보기 좋게 잘라놓았다. 루이자는 상
추를 아주 좋아했고, 텃밭에서 직접 흠잡을 데 없는 상추를 길러냈다.
그녀는 조심스레 조금씩 먹긴 했지만 마음껏 먹었다. 그렇게 상당한 양

의 음식이 싹 사라지는 걸 보면 놀랍기까지 했다.

차를 마신 후 그녀는 노릇하게 구운 얇은 옥수수빵을 접시에 담아 뒷마당으로 나갔다.

"시저!" 그녀가 큰 소리로 불렀다. "시저! 시저!"

체인이 잘그락거리며 뭔가 급히 움직이는 소리가 들리더니, 웃자란 풀과 꽃에 반쯤 가려져 있던 작은 개집 문가에 누렇고 희끄무레한 커다란 개가 모습을 드러냈다. 루이자가 개를 토닥거리고는 옥수수빵을 주었다. 그러고는 집안으로 들어가 다기를 씻고, 도자기를 광이 나도록 조심스럽게 문질러 닦았다. 저녁 어스름이 깊어갔다. 열린 창문으로 놀랍도록 요란스럽고 새된 개구리 울음소리가 흘러들어왔고, 이따금 길고 가는 청개구리 울음소리가 그 사이를 가르며 끼어들었다. 루이자가 녹색 체크무늬 앞치마를 벗자 그보다 짧은 분홍색과 흰색 날염 앞치마가 드러났다. 그녀는 램프를 켜고 다시 바느질감을 가지고 앉았다.

삼십 분쯤 지나 조 대깃이 왔다. 진입로를 걸어오는 묵직한 발소리가 들리자 그녀는 일어나서 분홍색과 흰색이 섞인 앞치마를 벗었다. 그 밑에 아래쪽을 항라로 덧댄 흰색 리넨 앞치마가 또하나 있었다. 손님맞이용 앞치마였다. 손님이 있지 않은 다음에야 루이자는 늘 그 위에 바느질용 옥양목 앞치마를 겹쳐 입었다. 분홍색과 흰색이 섞인 앞치마를 서둘러 착착 접어서 탁자 서랍에 넣자마자 문이 열리며 조 대깃이 들어왔다.

그가 들어오자 방안이 꽉 차 보였다. 남쪽 창에 걸린 녹색 새장 안에서 잠들어 있던 작은 노란색 카나리아가 깨어나 조그만 노란색 날개를 창살에 마구 부딪히며 정신없이 퍼덕거렸다. 조 대깃이 집안에 들어오기만 하면 그랬다.

"어서 와." 루이자가 말했다. 그녀는 진지하면서도 다정하게 손을 내밀었다.

"안녕, 루이자." 남자가 우렁우렁한 목소리로 대꾸했다.

루이자는 그가 앉을 의자를 내어주고, 두 사람은 식탁을 사이에 두고 마주앉았다. 그는 육중한 다리를 쫙 벌리고 꼿꼿이 앉아 쾌활하면서도 약간 불안하게 방안을 둘러보았다. 그녀는 가느다란 손을 흰색 리넨 앞치마 위에 포갠 채 살짝 등을 세우고 앉았다.

"즐거운 하루였나봐." 대깃이 말했다.

"정말 즐거웠어." 루이자가 상냥하게 동의했다. "건초 작업 했어?" 잠시 짬을 두었다가 그녀가 물었다.

"그래, 저 아래 10에이커짜리 땅에서 온종일 건초 작업을 했지. 얼마나 무덥던지."

"그랬겠네."

"그럼, 해가 쨍쨍한 데서 일하는 거니까."

"어머님은 별일 없으시고?"

"응, 잘 계셔."

"지금 릴리 다이어가 같이 있는 거지?"

대깃의 얼굴이 붉어졌다. "응, 어머니랑 같이 있지." 그가 천천히 대답했다.

그는 젊은 편은 아니었지만 커다란 얼굴에 소년 같은 표정을 지니고 있었다. 루이자는 그보다 나이가 어렸고 피부도 더 희고 매끈했지만, 사람들은 어쩐지 그녀가 더 나이가 많다는 인상을 받았다.

"릴리가 어머니께 도움이 참 많이 되지." 그녀가 덧붙였다.

"그렇지. 릴리가 없으면 엄마가 어떻게 지내실지 모르겠다니까." 대깃은 왠지 당황하는 듯했지만 따뜻하게 말했다.

"정말 유능한 아가씨야. 예쁘기도 하고." 루이자가 말했다.

"맞아, 예쁘게 생겼지."

대깃이 곧 탁자 위에 놓인 책을 만지작거리기 시작했다. 네모난 빨간색 사인북과 루이자의 모친 것이었던 『젊은 여성을 위한 기프트북』* 이었다. 그가 하나씩 집어서 펼쳐 보고는 다시 내려놓았는데, 기프트북 위에 사인북을 놓았다.

루이자는 약간 불편한 기색으로 그 책을 계속 바라보다가 결국 일어나서 사인북을 아래쪽으로 바꿔놓았다. 원래 그런 순서로 놓여 있었다.

대깃이 어색하게 웃고는 말했다. "아니 어떤 책이 위에 있건 무슨 상관이 있다고?"

루이자는 나무라는 듯한 미소를 지으며 그를 바라보더니 중얼거렸다. "난 항상 그렇게 놓는걸."

"하여튼 못 말린다니까." 그가 억지로 다시 웃어 보이며 말했다. 그의 커다란 얼굴이 발갛게 달아올랐다.

그는 한 시간 남짓 더 머무른 후 가려고 일어섰다. 그런데 나가다가 카펫에 발이 걸리는 바람에 휘청했고, 중심을 잡으려다 탁자에 놓인 루이자의 바느질 바구니를 손으로 쳐 바닥에 떨어뜨렸다.

그는 루이자를 한 번 보고는 바닥에 흩어진 실패를 보았다. 그쪽으

---

* 19세기 초 등장한 단편과 산문, 시 모음집. 화려한 장정으로 매년 가을쯤 출간되었으며 주로 연말 선물로 주고받았다.

로 엉거주춤 몸을 숙이는 그를 루이자가 말렸다. "괜찮아." 그녀가 말했다. "당신 가고 나서 내가 정리할게."

그녀의 말투는 살짝 딱딱했다. 좀 언짢았거나 그가 안절부절못하는 탓에 오히려 그를 안심시키려는 노력이 부자연스러워진 듯했다.

집밖으로 나온 조 대깃은 한숨을 내쉰 뒤 달콤한 저녁 공기를 들이마셨다. 나쁜 의도가 전혀 없는 순진한 곰이 비싼 도자기로 가득한 그릇 가게에서 빠져나왔을 때의 심정이었다.

루이자는 루이자대로 상냥한 도자기 그릇 가게 주인이 오래 마음을 졸이다가 그 곰이 나가자 들 법한 기분이 들었다.

그녀는 우선 분홍색 앞치마를, 그 위로는 녹색 앞치마를 입은 뒤 바닥에 흐트러진 자신의 보물을 다 주워 바구니에 다시 담고 카펫을 매만졌다. 그러고 나서는 램프를 바닥에 내려놓고 카펫을 꼼꼼히 살펴보기 시작했다. 손가락으로 문질러도 보면서 살펴보았다.

"흙먼지를 엄청 묻혀 들어왔네." 그녀가 중얼거렸다. "분명 조가 그런 거야."

루이자는 빗자루와 쓰레받기를 가져와 조 대깃이 남긴 흙 자국을 말끔하게 치웠다.

그가 그 사실을 알았다면 더욱 당혹스럽고 불편해졌을 것이다. 그렇다고 그녀에 대한 신의가 조금이라도 손상되지는 않았겠지만 말이다. 그는 일주일에 두 번 루이자 엘리스를 보러 왔고, 섬세하고 깔끔한 그녀의 공간에 앉아 있을 때면 레이스로 만든 울타리에 둘러싸인 기분이었다. 조금이라도 움직이면 뒤퉁스러운 발이나 손이 하늘하늘한 망 사이로 쑥 들어갈 것만 같았고, 혹시라도 그럴까 싶어 루이자가 자신을 내내 걱정스럽게 지켜본다는 사실을 늘 의식했다.

　그렇지만 그는 루이자와 그 레이스에 완전한 존경과 인내와 신의를 바칠 수밖에 없었다. 두 사람은 십오 년이나 이어진 독특한 연애 끝에 한 달 후면 결혼할 사이였다. 사실 그 십오 년 중에서 십사 년 동안은 한 번도 만난 적이 없고 편지도 거의 주고받지 않았다. 조는 그동안 호주에 있었는데, 큰돈을 벌겠다며 떠나 그 돈을 벌 때까지 돌아오지 않았다. 큰돈을 버는 데 오십 년이 걸렸다면 루이자와의 결혼이고 뭐고 그때까지 머물다 다 늙어서 후들거리며 돌아오거나 아예 돌아오지 못했을 것이다.

　하지만 원하는 만큼의 돈을 십사 년 만에 벌 수 있었기에 그는 그동안 흔들리지 않고 참을성 있게 자신을 기다려준 여자와 결혼을 하기 위해 집으로 돌아왔다.

　두 사람이 약혼하고 얼마 지나지 않아 그는 결혼하기 전에 새로운 세계로 나가 가정을 꾸릴 능력을 갖춰 돌아오고 싶다고 루이자에게 말했다. 약혼자가 길고도 불확실한 길을 떠나겠다고 하는 그 순간에도 그녀는 절대 그녀에게서 떠나는 법이 없는 평온함을 그대로 유지하며 그 말을 듣고 수긍했다. 자신의 확고한 결심을 내보이며 들떠 있던 조는 떠날 순간이 되자 마음이 조금 약해졌는데, 오히려 루이자는 연한 홍조를 띤 채 그에게 입을 맞추며 잘 다녀오라고 말했다.

　"오래 걸리지 않을 거야." 조가 잠긴 목소리로 말했는데, 십사 년이 걸리고 말았다.

　그 오랜 세월이 지나는 동안 많은 것이 변했다. 어머니와 오빠가 세상을 떠서 루이자는 일가붙이 없이 혼자 남게 되었다. 하지만 단순한 두 사람으로서는 제대로 이해할 수 없었던, 미묘하면서도 가장 대단한 사건은 루이자의 발걸음이 새로운 길로 들어섰다는 사실이었다. 차분하고 평온한 하늘 아래 평탄한 길일지는 몰라도, 자신의 무덤 외에 다른 어떤 곳으로도 벗어나지 않을 곧게 뻗은 길이자 곁에 누구도 둘 수 없을 만큼 좁은 길이었다.

조 대깃이 집에 돌아왔을 때(그는 돌아온다는 소식을 미리 전하지 않았다) 루이자는 무엇보다 당혹스러웠다. 그녀 스스로도 그런 감정을 인정하지 않았을 테고, 그는 꿈도 꾸지 못했겠지만 말이다. 십오 년 전에 그녀는 그를 사랑했다. 적어도 그렇다고 생각했다. 처녀로 자연스럽게 성숙해가며 그 흐름에 가만히 따르던 그 당시에는 앞길에 놓인 결혼이 인생의 합당한 면모이자 바람직한 미래로 보였다. 그녀는 결혼에 대한 어머니의 생각을 고분고분하게 받아들였다. 루이자의 어머니는 냉정하게 사고하고, 기복 없는 상냥한 성품이 돋보이는 인물이었다. 그녀는 조 대깃이 구혼자로 나타났을 때 딸에게 현명하게 조언해주었고, 루이자는 주저 없이 그의 청혼을 받아들였다. 그녀가 처음 해보는 연애였다.

그녀는 그동안 그에 대한 신의를 지켰다. 다른 사람과 결혼할 생각은 꿈에도 해본 적이 없었다. 그녀의 삶은, 특히 최근 칠 년 동안의 삶은 기분좋은 평온함으로 가득해서 애인이 없다는 사실에 불만을 느끼거나 안달이 나본 적이 없었다. 그러면서도 여전히 그가 돌아와서 결혼하는 것을 꼭 일어나야 할 일로 여기며 늘 고대해왔다. 하지만 아주 먼 미래에나 벌어질 일처럼 여기는 데 익숙해져서 아예 다른 세상의 일로 밀어놓은 것과 진배없었다.

십사 년 동안 그를 기다렸고 당연히 결혼하리라 기대하고 있었지만 막상 조가 돌아오자 그녀는 마치 그런 생각조차 전혀 해본 적이 없는 것처럼 화들짝 놀랐고 당혹스러웠다.

　시간이 좀 지나면서 조 역시 당혹스러움을 느꼈다. 그는 루이자를 보면 예전의 사랑이 바로 샘솟았다. 그녀는 거의 그대로였다. 여전히 사랑스러운 태도에 부드러운 우아함을 지녔고, 어디를 보나 예전과 마찬가지로 매력적이었다. 그로 말하자면 모험은 다 끝났다. 큰돈을 벌어야 한다는 생각은 사라지고, 예전의 낭만적인 바람이 그 어느 때보다도 달콤하고 요란하게 그의 귓가를 스쳤다. 그 바람에 실려오는 노래 속에는 언제나 루이자가 있었고 여전히 그것을 듣고 있다는 충실한 믿음을 오래도록 간직하고 있었지만, 바람결에 한결같이 들려왔던 그 노래에 이제 다른 이름이 실려 있는 듯했다. 하지만 루이자에게 그 노래는 낮은 중얼거림 이상이었던 적이 없었다. 게다가 지금은 그 소리마저 잦아들어 사위는 고요하기만 했다. 그녀는 조금 애석한 듯이 잠깐 귀를 기울이다가 가만히 몸을 돌려 웨딩드레스 만드는 일을 시작했다.

　조는 집을 전반적으로 손봐 멋지게 바꿔놓았다. 오래된 농가 주택인데, 조의 모친은 그 집을 떠나지 않겠다고 하고, 모친을 두고 갈 수가 없어서 신혼부부가 집을 수리해 살기로 한 것이다. 따라서 루이자는 자신의 집을 떠나야 했다. 매일 아침 일어나 깔끔한 자신의 처녀 시절 물건 사이를 거닐다보면 소중한 친구의 얼굴을 마지막으로 바라보는 심정이 되었다. 사실 어느 정도는 가지고 갈 수 있지만, 예전의 환경을 벗어나면 너무 달라 보여 본래의 존재라고 하기가 어려울 터였다.

　게다가 행복한 독신생활의 몇몇 고유한 특성은 아마 완전히 버려야 하리라. 품위 있지만 딱히 꼭 해야 하는 일은 아닌 지금의 일 대신 고된 일상사가 생활의 중심이 되겠지. 커다란 집을 관리해야 하고 함께 있어 줘야 할 사람도 있고. 엄하고 병약한 조의 모친도 돌봐야 한다. 그러면서도 검소한 시골 풍습에 따라 하인은 한 사람밖에 둘 수 없겠지. 루이자에겐 작은 증류기가 있어서 여름이면 장미와 페퍼민트와 스피어민트에서 달콤하고 향기로운 진액을 추출하는 일에 푹 빠지곤 했다. 그런데 그 증류기도 곧 골방 신세가 될 듯했다. 지금까지 만들어놓은 진액만 해도 상당한데다 앞으로는 그냥 재미로 그런 일을 할 시간 따위는 없을 테니까. 게다가 조의 모친은 그런 일을 한심하게 볼 게 뻔했다. 이미 지나가는 말로 그런 생각을 내비친 적도 있었다. 루이자는 리넨 솔기 꿰매는 일을 무척이나 좋아했는데, 꼭 쓸데가 있어서가 아니라 그저 재미로 하곤 했다. 다른 사람들에게 차마 털어놓을 수는 없지만, 단지 다시 꿰매는 즐거움을 위해 멀쩡한 솔기를 뜯어낸 적도 없지 않았다. 아늑한 긴 오후 시간에 창가에 앉아 섬세한 천 위로 능숙하게 바늘을 놀릴 때면 루이자는 평화로움에 잠겼다. 그런데 앞으로는 그런 한심한 평화로움을 누릴 가능성은 거의 없었다. 노쇠한 지금도 고압적이고 빈틈없는 여장부인 조의 모친도 그렇고, 남성의 투박함을 그대로 내보이는 조 역시 십중팔구 그 예쁘장하지만 무의미한 노처녀의 일을 비웃거나 못마땅하게 여길 것이다.

루이자는 혼자 사는 집을 깨끗하게 정돈하는 일에 거의 예술가에 가까운 열정을 지니고 있었다. 보석처럼 반짝거리게 창틀을 닦아 광을 내고 나면 진정한 승리감으로 가슴이 벅차올랐다. 옷들을 잘 개켜 차곡차곡 정리한, 라벤더와 전동싸리의 향과 더불어 순수한 분위기를 풍기는 옷장을 들여다보면 흐뭇한 마음에 젖었다. 이마저도 포기해야 하는 게 아닐까? 문득 조야한 남자의 물품이 한없이 어질러진 광경, 이 섬세한 조화 한가운데 남자가 자리를 잡으며 어쩔 수 없이 생겨날 먼지와 무질서가 눈앞에 떠올랐는데, 너무나 충격적이라 점잖지 못하다는 양 얼른 지워버렸다.

불안한 예감 중에 또 적지 않은 자리를 차지하는 게 바로 시저였다. 시저는 진정한 은둔형 개였다. 다른 개와 어울리거나 개라면 즐길 법한 온갖 오락거리를 멀리한 채 살아오며 대부분의 시간을 구석진 자리에 놓인 개집 안에만 박혀 지냈다. 어렸을 때 말고는 마멋 땅굴을 찾아다니지도 않았고 이웃집 부엌 문간에서 던져주는 뼈다귀를 신나게 받아먹은 적도 없었다. 이는 전적으로 강아지티를 겨우 벗었을 때 저지른 잘못 때문이었다. 순한 얼굴에, 무구해 보이는 이 늙은 개가 얼마나 깊은 참회를 하고 있을지는 아무도 알 수 없는 일이다. 하지만 그가 잘못을 깨우쳤건 아니건 그로서는 잘못에 대한 정당한 대가를 톡톡히 치르는 셈이었다. 늙은 시저는 큰 소리로 짖거나 으르렁대는 일이 거의 없었다. 뚱뚱한데다 잠이 많았다. 흐릿해진 눈가에는 안경처럼 누런 테두리가 생겼다. 하지만 젊은 시저의 날카롭고 흰 이빨에 물려 손에 흉터가 여럿 남은 이웃이 있었다. 그 때문에 시저는 십사 년 동안 목줄에 묶인 채 작은 개집 안에서 혼자 살아야 했다. 다혈질인 이웃은 아린 상처로 더 골이 나서 시저를 죽이든지 마을에서 쫓아내라고 요구했다. 그래서 시저의 주인인 루이자의 오빠가 개집을 지어서 시저를 묶어놓은 것이다. 젊은 혈기에 절대 잊히지 않을 그 상처를 남긴 지 십사 년이나 흘렀지만, 목줄에 묶여 주인이나 루이자의 엄한 감시하에 잠깐 산책을 나가는 일을 제외하면 그 늙은 개는 내내 죄수처럼 살았다.

시저는 그리 야망이 크지도 않았으니 그 일에 자부심을 느꼈을지는 모르겠지만, 별 볼 일 없는 유명세를 꽤 누린 것은 확실했다. 마을 아이들 모두와 많은 어른들이 시저를 포악한 괴물로 여겼으니 말이다. 루이자 엘리스의 늙은 누렁이가 누리는 악명은 성게오르기우스의 용에 버금갈 정도였다. 엄마들은 아이에게 절대 가까이 가지 말라고 단단히 일렀고, 그 말을 그대로 믿은 아이들은 무서운 것에 자기도 모르게 이끌리듯이 무시무시한 개가 있는 쪽을 곁눈질하고 뒤를 돌아보며 몰래 루이자의 집 앞을 뛰어 지나가곤 했다. 어쩌다가 시저가 쉰 목소리로 한번 짖기라도 하면 다들 놀라 자빠졌다. 우연히 루이자의 마당에 들어선 나그네는 감탄하듯 시저를 바라보며 목줄은 튼튼하냐고 물었다. 시저는 그냥 풀어놨으면 정말 평범한 개로 전혀 사람들의 입길에 오르내리지 않았을 텐데, 묶여 있는 탓에 악명이 그를 휘감아 온당한 형태를 상실하고 모호하지만 험악하고 거대한 존재로 보였다. 하지만 사람 좋고 명민한 조 대깃은 시저를 있는 그대로 보았다. 루이자가 나직하게 만류해도 용감하게 그쪽으로 성큼성큼 다가가 머리를 토닥였고, 개를 풀어놓으려고까지 했다. 루이자가 질겁을 하는 바람에 감행하지는 않았지만 이따금 자신의 의견을 강력하게 피력했다. "이 동네에 시저보다 착한 개는 없어." 그렇게 말하곤 했다. "그런 개를 저렇게 묶어두다니 잔인하기 이를 데 없는 일이지. 언젠가는 내가 꼭 풀어줄 거야."

루이자는 두 사람의 지분과 재산이 완전히 하나로 합쳐진 이후라도 그가 그러지는 말았으면 했다. 그녀는 방심한 상태의 조용한 마을을 마구 날뛰며 휘젓고 다니는 시저를 상상했다. 시저가 지나간 자리에 쓰러져 피 흘리는 아이들의 모습이 눈에 선했다. 시저는 원래 죽은 오빠의 개였는데, 루이자에게는 늘 온순하게 굴었으므로 그녀는 그 늙은 개를 아주 좋아했다. 그래도 그 개가 포악하다고 굳게 믿었다. 그래서 항상 사람들에게 가까이 가지 말라고 주의를 줬다. 고기나 뼈다귀처럼 피 냄새가 나는 음식을 주면 가뜩이나 위험한 성질을 더욱 부채질할까봐 옥수수 죽이나 빵 같은 금욕적인 음식만 주었다. 루이자는 늙은 개가 소박한 음식을 우적우적 씹는 모습을 바라보며 다가오는 결혼 생각에 몸을 부르르 떨었다. 하지만 달콤한 평화와 조화로움을 깨뜨릴 무질서와 혼돈을 예상하고, 사슬에서 풀려난 시저가 날뛰는 불길한 예감에 시달리고, 작은 노란색 카나리아가 아무리 날개를 정신없이 퍼덕거려도, 그녀의 마음은 털끝만큼도 달라지지 않았다. 조 대깃은 지금까지 오래도록 그녀를 좋아했고 그녀를 위해 열심히 일했다. 무슨 일이 있어도 신의를 저버리고 그의 마음을 아프게 할 수는 없었다. 루이자는 웨딩드레스에 직접 정교한 문양을 만들어 넣었고, 어느새 시간은 흘러 결혼식이 일주일 앞으로 다가왔다. 그날은 화요일 저녁이었고, 결혼식은 다음주 수요일이었다.

보름달이 뜬 밤이었다. 아홉시쯤 루이자는 길을 따라 천천히 걸어내려갔다. 길 양편으로 낮은 돌담이 있고 그 뒤쪽으로는 밭이었다. 담장 주변에는 무성한 관목이 자랐고, 띄엄띄엄 벗나무나 해묵은 사과나무가 서 있었다. 곧 루이자는 돌담에 앉아 약간 애틋한 마음으로 추억에 잠겨 가만히 주위를 둘러보았다. 블랙베리 덩굴, 밀나무 덩굴과 한데 뒤엉킨 키 큰 블루베리 관목과 조팝나무가 양편으로 잔뜩 자라 있었다. 그녀는 그 사이의 좁은 공간에 자리를 잡았다. 앞쪽 길 건너편으로는 가지가 무성한 나무 한 그루가 있었다. 가지 사이로 달빛이 비치며 나뭇잎이 은빛으로 반짝거렸다. 길에 온통 은빛과 그림자의 아름다운 문양이 펼쳐지고 공기 중에는 신비로운 감미로움이 가득했다. "저게 머루인가?" 루이자가 중얼거렸다. 그녀는 한동안 그렇게 앉아 있었다. 이제 일어나야지 생각하는데, 갑자기 발소리와 나지막한 목소리가 들려 그대로 가만히 있었다. 외딴 장소였으므로 약간 겁이 났다. 루이자는 누가 되었건 사람들이 지나갈 때까지 그늘 속에 잠자코 있기로 마음먹었다.

그런데 가까이에서 발소리와 말소리가 뚝 그쳤다. 사정을 알 것 같았다. 그들도 돌담에 자리를 잡고 앉은 것이다. 눈치채지 못하게 몰래 자리를 뜰 수 있을까 따져보는데 정적을 깨며 목소리가 들려왔다. 조대깃이었다. 그녀는 꼼짝 않고 앉아 귀를 기울였다.

목소리는 땅이 꺼질 듯한 한숨에 이어 들려왔는데, 그런 한숨 소리는 그녀에게 친숙했다. "그래, 그럼 마음의 결정을 했다는 거지?" 대깃이 물었다.

"네." 다른 목소리가 대답했다. "모레 떠나려고요."

'릴리 다이어잖아.' 루이자가 속으로 생각했다. 목소리를 듣자 마음속에 그녀의 모습이 떠올랐다. 단호한 흰 얼굴—달빛 아래에서 더욱 희고 단호해 보일—에 금발머리를 촘촘히 땋아내린 키 크고 체격 좋은 처녀였다. 수더분하고 차분하면서도 기운 세고 혈색이 좋았으며 공주처럼 자신만만해 보였다. 릴리 다이어는 마을 사람들의 총애를 받았다. 워낙 감탄을 자아낼 만한 자질을 갖춘 여자였다. 그녀는 착하고 똑똑한데다 용모도 수려했으니까. 루이자는 사람들이 릴리를 칭찬하는 말을 자주 들었다.

"뭐라 할말이 없네." 조 대깃이 말했다.

"할말이 뭐가 있겠어요." 릴리 다이어가 대꾸했다.

"정말 할말이 없어." 무겁게 말을 끌며 조가 되풀이했다. 그러고는 침묵이 이어졌다. 마침내 그가 입을 뗐다. "어제 우리가 어쩌다가 서로에 대한 감정을 털어놓게 된 게 유감스럽진 않아. 우리 둘 다 알고 있었다고 보니까. 물론 그렇다고 뭐가 달라지지는 않겠지. 다음주면 난 결혼을 하니까. 십사 년 동안이나 날 기다려준 여자를 저버리고 마음을 아프게 할 수는 없어."

"내일 당장 그녀를 떠난다 해도 난 당신과 함께하지 않을 거예요." 릴리가 갑자기 격하게 내뱉었다.

"내가 그럴 기회를 주지 않을 거라고. 그런다 한들 너도 날 받아들이지 않겠지만." 그가 말했다.

"당연히 그렇죠. 명예도 중요하고 옳은 일을 하는 것도 중요해요. 나든 다른 어떤 여자든, 여자 때문에 그걸 저버리는 남자는 내 눈에는 형편없어 보일 뿐이에요. 분명히 알아둬요, 조 대깃."

"너든 다른 여자든 내가 여자 때문에 그러는 일은 없을 거라는 걸 곧 알게 될 거야." 그가 말했다. 말투만 봐서는 서로에게 화가 난 사람들 같았다. 루이자는 열심히 귀를 기울였다.

"떠날 생각이 들었다니 미안해. 하지만 그게 최선인가 모르겠다." 조가 말했다.

"최선이고말고요. 당신이나 나나 양식 있는 사람들이니까요."

"그래, 맞는 말이야." 문득 조의 목소리가 다정해졌다. "이봐, 릴리, 난 잘 지낼 거야. 그런데 너는―정말 너무 애가 타지 않겠어? 그 생각만 하면 괴로워." 그가 말했다.

"결혼한 남자 때문에 내가 애를 태우는 일은 없을 거예요."

"그래, 그래야지, 그러길 바라, 릴리. 정말로. 그리고 언젠가 너도 좋은 사람 만나서―"

"그러지 못할 이유도 없죠." 그녀의 말투가 돌연 달라졌다. 릴리는 다정하고 맑은 목소리로 말했는데, 얼마나 낭랑한지 길 건너편에서도 들릴 것 같았다. "아니에요, 조 대깃. 난 평생 누구와도 결혼하지 않을 거예요. 난 양식 있는 사람이니까 다시는 실연을 당하거나 바보처럼 구는 일은 없을 거예요. 하지만 결혼도 절대 하지 않을 거예요. 확신할 수 있어요. 난 이런 감정을 여러 번 느낄 수 있는 여자가 아니니까요." 그녀가 말했다.

관목 뒤쪽에서 낮은 외침과 함께 약간의 소란이 벌어지는 소리가 들렸다. 그러더니 다시 릴리의 목소리가 들려왔는데 일어선 모양이었다. "이런 건 이제 그만둬야 해요." 그녀가 말했다. "너무 오래 나와 있었네요. 이만 집에 가야겠어요."

루이자는 멀어져가는 두 사람의 발소리를 들으며 멍하니 앉아 있었다. 얼마 후 그녀도 일어나 천천히 집으로 향했다. 다음날 그녀는 여느 때처럼 꼼꼼하게 집안일을 했다. 그건 숨쉬는 일만큼이나 당연한 일이었으니까. 하지만 웨딩드레스 만드는 일은 하지 않았다. 그녀는 창가에 앉아 생각에 잠겼다. 저녁이 되자 조가 왔다. 루이자 엘리스는 자신에게 사교적 수완 같은 것이 있다는 생각은 해본 적이 없었는데, 그래도 그날 밤 소소한 여성의 무기가 있을까 열심히 뒤졌더니 그리 대단하지는 않지만 뭔가 나오기는 했다. 자기가 제대로 들은 건지, 결혼의 언약을 깬다면 조에게 끔찍한 상처를 안기게 되는 건 아닌지 아직도 확신할 수가 없었다. 그래서 루이자는 자신의 의중을 먼저 드러내지 않고 그를 한번 떠보고 싶었다. 그 일은 성공적이었고, 마침내 두 사람은 서로를 이해할 수 있었다. 그 역시 그녀만큼이나 솔직한 심정을 드러내기를 꺼려했기에 쉬운 일은 아니었다.

그녀는 릴리 다이어의 이름은 꺼내지도 않았다. 그에게 무슨 불만이 있는 것은 전혀 아니지만 한 가지 방식으로 너무 오래 살아왔기 때문에 갑자기 생활이 바뀌는 게 겁이 난다고만 했다.

"난 겁이 나지는 않아, 루이자." 대깃이 말했다. "하지만 솔직히 말하면 이렇게 사는 게 더 나을 수도 있겠다 싶긴 해. 물론 당신이 결혼하고 싶어한다면 나는 죽는 날까지 당신에게 충실할 거야. 그건 꼭 알아줬으면 해."

"알아." 그녀가 말했다.

그날 밤 두 사람은 만나온 긴 시간 중 그 어느 때보다도 다정하게 헤어졌다. 손을 마주잡고 문간에 서니 회한에 찬 기억들이 마지막으로 한꺼번에 밀려왔다.

"참, 우리가 결국 이렇게 되리라고는 생각도 못했는데. 그렇지, 루이자?" 조가 말했다.

루이자가 고개를 끄덕였다. 차분하던 얼굴이 살짝 떨렸다.

"내게 부탁할 일 있으면 언제라도 얘기해." 그가 말했다. "당신을 영영 잊지 못할 거야, 루이자." 그러고는 그녀에게 입을 맞춘 뒤 걸어나갔다.

그날 밤 홀로 남은 루이자는 스스로도 영문을 잘 모르는 채로 조금

울었다. 하지만 다음날 아침 눈을 뜨자 자신의 영지를 강탈당할까 두려움에 떨다가 그것이 확실히 자신의 것임을 알게 된 여왕 같은 기분이 들었다.

이제 웃자란 잡초와 풀이 시저의 작은 은둔처 주변에 마구 자라고 해가 바뀔 때면 지붕에 눈이 쌓일 수는 있을지 몰라도, 시저가 방심한 상태의 마을을 마구 휘젓고 다닐 일은 없을 것이다. 이제 작은 카나리아도 잠에서 깨어 정신없이 날개를 퍼덕거리며 창살에 부딪히는 일 없이 매일 밤 몸을 동그랗게 말고 편안하게 잠들 것이다. 루이자는 자신이 원하면 언제까지나 리넨 솔기를 꿰매고 장미 진액을 추출하고 집을 쓸고 닦고 라벤더를 넣어 옷을 정리할 수 있을 것이다. 그날 오후 바느질감을 가지고 창가에 앉은 그녀는 평화로운 기분에 푹 잠겼다. 훤칠하고 꼿꼿하고 생기 넘치는 릴리 다이어가 지나갔지만 마음에 걸릴 것은 하나도 없었다. 눈앞의 수프 한 그릇을 위해 자신의 타고난 권리를 팔아버린 것일지도 몰랐지만 루이자는 그 사실을 알지 못했기에, 그 수프는 더없이 맛이 좋을 뿐 아니라 오래도록 그녀의 유일한 만족이 되었다. 협소하지만 평온하고 고요한 삶 자체가 그녀의 타고난 권리가 되었다. 앞날이 묵주에 엮인 진주처럼 길게 그녀 앞에 펼쳐졌는데, 하나같이 똑같은 모양에 흠집 없이 매끈하고 순백한 진주알을 보니 감사함에 가슴이 벅차올랐다. 바깥은 화창하고 활기찬 오후였다. 대기는 수확하느라 바쁜 남자들과 새와 벌의 소리로 가득했다. 소리 높여 부르는 소리, 금속 기구가 덜컹거리는 소리, 감미로운 새 울음과 길게 윙윙거리는 벌 소리. 창가에 앉아 기도하는 마음으로 자신의 앞날을 헤아려보는 루이자는 수녀원에 있지 않지만 수녀나 다름없었다.

누런 벽지

The Yellow Wallpaper(1892)

샬럿 퍼킨스 길먼
Charlotte Perkins Gilman

샬럿 퍼킨스 길먼 (1860~1935)

미국 코네티컷주 하트퍼드 출생. 여성운동가, 사회운동가, 작가, 출판인. 어릴 때 아버지가 가족을 버려 궁핍하게 성장했다. 1884년 화가인 찰스 월터 스텟슨과 결혼하지만 전통적 결혼생활이 맞지 않아 신경쇠약에 시달렸다. 남편과 이혼하고 딸과 함께 캘리포니아주 패서디나로 이주한 후 태평양 여성 언론인 협회를 비롯한 여러 단체에서 활동하며 본격적으로 여성운동에 뛰어든다. 강연 활동에도 매진해 사 개월에 걸친 강연 투어를 하기도 했다. 1900년 사촌인 조지 호턴 길먼과 재혼하고, 1909년 잡지 『선구자 *The Forerunner*』를 창간해 1916년까지 여성운동을 주제로 한 시와 소설, 논픽션을 발표했다. 여성의 경제적 독립과 여성참정권을 역설한 『여성과 경제 *Women and Economics*』를 비롯한 페미니즘 관련 저작들, 여성들만의 유토피아 세계를 그린 『여자만의 나라 *Herland*』 등의 장편소설을 썼다. 1932년 유방암 진단을 받고, 심 년 후 자살로 생을 마감했다.

존이나 나 같은 평범한 사람이 여름 별장으로 오래된 저택을 빌리는 일은 아주 드물다.

식민지시대에 지어진 세습 재산으로, 내가 보기엔 귀신이 나올 것 같은 분위기에다, 절묘한 낭만적 상상력에 딱 어울릴 만한 집이기도 하다―하지만 그건 운명을 과하게 끌어들이는 일이 되겠지!

어쨌거나 이 집이 뭔가 묘하다는 건 자신 있게 단언할 수 있다.

그렇지 않고서야 이렇게 싸게 세를 줄 리가 없지 않은가? 게다가 왜 그렇게 오래 비워뒀겠는가?

물론 그런 말을 하면 존은 나를 비웃는다. 뭐, 결혼생활이란 게 원래 그렇지만.

존은 극히 실용적이다. 신앙은 참아주지를 못하고 미신은 아주 질색인데다, 보고 느낄 수 있는 것, 숫자로 계산할 수 있는 것이 아니라면 무엇이 되었든 대놓고 콧방귀를 뀐다.

존은 의사고 **어쩌면** ― (이런 말은 당연히 아무한테도 입도 벙긋하지 않지만, 이건 죽은 종이니까 무척 안심이 된다) ― **어쩌면** 그래서 내가 빨리 낫지 않는 건지도 모른다.

그러니까 남편은 내가 아프다는 걸 믿지 않는다!

그러니 어쩌겠는가?

명망 있는 의사 선생님에 남편이기도 한 분이 친구들과 친척들에게 내가 진짜로 무슨 문제가 있는 건 아니고 그저 일시적인 신경과민성 우울증―약간의 히스테리 경향―이라고 장담하는데 내가 뭘 어쩌겠나?

친정 오빠도 역시 명망 있는 의사인데, 오빠가 하는 얘기도 똑같다.

그래서 난 인산염인지 아인산염인지 뭔지와 강장약을 먹고, 여행을 하고, 바깥바람을 쐬고, 운동을 한다. 그리고 상태가 나아질 때까지 '일'을 하는 건 절대 금지다.

개인적으로 난 두 사람의 생각에 동의하지 않는다.

개인적으로 난 내 성격에 맞는 일을 하면 기분전환도 되고 자극도 되니 좋을 것 같다.

하지만 뭘 어쩌겠는가?

두 사람이 뭐라고 하건 한동안 글을 쓰긴 했다. 그런데 들키면 호된 질타를 받을 테니 몰래 숨어서 하느라 **이만저만** 피곤한 게 아니다.

간혹 드는 생각이, 질타를 덜 받고 사람들과 자주 어울리며 자극을 받으면 오히려 내 상태기 ―그린데 존은 내게 제일 안 좋은 게 바로 내 상태에 대해 생각하는 것이라고 한다. 사실 생각할 때마다 늘 기분이 나빠지긴 한다.

그러니까 그 얘긴 그만두고 집 이야기나 해야겠다.

얼마나 아름다운 집인지! 마을에서 3마일이나 떨어져 있는데다 큰 길에서도 한참 들어와 달랑 혼자 서 있다. 산울타리와 담장과 걸어 잠글 수 있는 대문이 있고 정원사와 다른 딸린 식구들이 사는 작은 독채가 많아서 꼭 책에 나오는 영국 저택 같다.

정말 **탐스러운** 정원도 있다! 나는 이런 정원은 지금껏 본 적이 없다. 양옆에 회양목으로 경계를 지은 길이 수없이 뻗어 있고 기다란 포도 덩굴로 덮인 정자가 그 아래 의자와 함께 줄줄이 자리한 그늘지고 널찍한 정원이다.

온실도 있는데 지금은 다 망가졌다.

분명 법적 분쟁이 있었을 텐데, 그러니까 상속자들 사이에 말이다. 어쨌든 이 저택엔 수년 동안 아무도 살지 않았다.

법적 분쟁이라니, 집안의 으스스한 분위기를 좀 망쳐놓는 면이 있지만, 뭐 상관없다. 이 집은 뭔가 이상하고 난 그걸 느낄 수 있으니까.

달이 밝은 어느 날 밤 존에게도 그렇게 말했는데, 존은 **바깥바람**이 서늘해서 그런 거니까 창문을 닫으라고 했다.

때로 걷잡을 수 없이 존에게 화가 난다. 지금껏 이렇게 예민한 적이 없었다. 신경과민 때문에 그런가보다.

하지만 존은 그런 기분이 드는 건 내가 적절한 자기통제력을 발휘하지 않아서란다. 그래서 나는 나 자신을 통제하려고—적어도 존 앞에서는— 무지 애를 쓰는데 그러고 나면 정말 진이 다 빠진다.

나는 우리 침실이 전혀 마음에 안 든다. 창가 주변에 장미 덩굴이 가득 자라고 아주 예쁘고 고풍스러운 꽃무늬 사라사 커튼이 걸린, 베란다로 통하는 아래층 방을 침실로 쓰고 싶었지만 존은 들은 체도 하지 않았다.

그 방엔 창문이 하나밖에 없고, 침대 두 개가 들어갈 자리도 없을뿐더러 혹시 자기가 다른 방을 써야 하면 쓸 수 있는 방이 가까이에 없다는 것이다.

존은 무척이나 세심하고 사랑이 넘쳐서 자신의 특별한 지시 없이는 내가 꼼짝도 못하게 한다.

내게는 매일 매시간 정해진 일과가 있다. 내가 신경쓸 필요 없이 다 알아서 해주니까 그런 그의 수고를 높이 사지 않으면 내가 너무 배은 망덕한 인간으로 느껴진다.

그는 우리가 이곳에 온 이유가 오로지 나 때문이니까 내가 완전한 휴식을 취하며 할 수 있는 한 바깥공기를 많이 마셔야 한다고 했다. "운동은 기력이 있어야 할 수 있고, 잘 먹고 싶어도 식욕이 있어야 하는 거지만, 신선한 공기는 항상 맘껏 마실 수 있잖아." 그렇게 말했다. 그래서 우리는 맨 위층의 육아실을 침실로 삼았다.

거의 한 층 전체를 다 차지한 크고 환기가 잘되는 방이다. 사방으로 창문이 있어서 바람도 무척 잘 통하고 햇빛도 무진장 들어온다. 처음에는 육아실이었다가 나중에는 아이들이 놀고 운동하는 방으로 썼던 게 분명하다. 왜냐하면 창문에 창살을 쳐놓았고, 벽 여기저기에 고리나 뭐 그런 것들이 달려 있기 때문이다.

페인트칠과 벽지의 상태는 꼭 남학교에서나 볼 법한 모습이다. 침대

머리맡 주변으로는 어느 방향으로든 손이 닿는 곳까지 군데군데 큼지막하게 벽지가 찢겨 있고 반대편 아래쪽도 마찬가지다. 이렇게 흉측한 벽지는 살면서 처음 본다.

제멋대로 뻗어가는 현란한 무늬 가운데 하나는 어디를 보나 예술상의 죄악이라 할 만한 일은 다 저지른다.

벽지의 무늬는 단조롭기 짝이 없어서 계속 눈으로 따라가다보면 길을 잃고 헤매는데, 또 무척이나 도드라지기도 해서 신경에 거슬리고, 뭔가 연구할 가치가 있나 싶기도 하지만 흐릿하고 불분명한 곡선을 어느 정도 따라가노라면 갑자기 터무니없는 각도로 뚝 떨어지며 전례 없는 모순성으로 스스로를 파괴해 자살해버린다.

색깔도 영 마음에 들지 않아 거의 혐오스러울 지경이다. 칙칙하고 지저분한 누런색인데, 서서히 방향을 바꾸는 햇빛에 기이하게 색이 바랬다.

군데군데 채도는 낮지만 야단스러운 오렌지색을 띠고, 역겨운 유황색을 띠는 곳도 있다.

아이들이 끔찍하게 싫어했을 만도 하지! 이런 방에서 오래 살아야 했다면 나라도 끔찍하게 싫었을 것이다.

존이 오는 소리가 들리니 치워야겠다. 존은 내가 글을 한 자라도 쓰는 걸 못마땅해한다.

이곳에 온 지 이 주가 지났다. 첫날 이후로는 글을 또 쓰고 싶은 마음이 들지 않았다.

지금은 이 끔찍한 육아실의 창가에 앉아 있고, 기력이 달리지만 않는다면 마음껏 글을 써도 날 막을 것이 전혀 없다.

존은 낮에는 늘 집에 없고 가끔 심각한 환자가 있으면 밤에도 집에 오지 않을 때가 있다.

내 상태가 심각하지 않아 다행이야!

하지만 이 신경과민 때문에 지독히 우울하다.

내가 정말 얼마나 힘든지 존은 모른다. 내가 힘들 **이유**가 없다고 생각하고 그걸로 그만이다.

물론 그저 신경과민이긴 하지. 그런데 어쨌든 내가 내 할일을 하지 못한다는 사실에 마음이 무거운걸!

존에게 도움이 되고, 휴식과 위안을 주는 존재가 되고 싶었는데, 벌써 그에게 짐이 되고 있지 않은가!

옷을 입는다거나 누군가를 접대한다거나 어떤 일을 지시하는 것처럼 지금 내가 하는 얼마 안 되는 일조차 나로서는 얼마나 애를 써야 하는지 아무도 믿지 않을 것이다.

메리가 아기를 잘 돌보니 다행이다. 아기는 어찌나 사랑스러운지!

하지만 아기를 보면 너무 신경이 예민해져서 아직은 아기와 함께 있을 수가 없다.

아마 존은 평생 신경과민이라고는 겪어본 적이 없을 거다. 그러니까 내가 이 방의 벽지에 대해 이야기하면 비웃지!

처음에는 벽지를 새로 바르자고 하더니, 나중에는 그러면 내가 벽지에 휘둘리는 거라면서, 신경과민 환자에게는 그런 환상에 굴복하는 일만큼 나쁜 게 없다고 했다.

벽지를 바꾸고 나면 그다음에는 침대가 너무 육중하다고 할 테고,

그다음엔 창살 달린 유리창이, 그다음엔 계단참의 문이 문제라는 식으로, 그렇게 계속 이어질 거라고 말이다.

"여기 있으니 당신 건강에 좋잖아." 그가 말했다. "그리고 여보, 솔직히 겨우 세 달 빌린 집을 새로 단장하기는 좀 그러네."

"그러면 아래층으로 내려가자." 내가 말했다. "아래층에 예쁜 방이 많잖아."

그러자 그는 '요 귀염둥이'라며 나를 끌어안고는 내가 원하면 지하실이라도 내려가겠다고, 게다가 거길 다 하얗게 칠하겠다고 했다.

하지만 그가 침대나 유리창이나 그런 것들에 대해 한 말은 옳다.

누구라도 더 바랄 나위 없이 공기도 잘 통하고 편안한 방이니, 단지 내 변덕으로 그를 불편하게 하는 바보 같은 짓은 하지 않을 거다.

사실 이 큰 방이 꽤 맘에 들기 시작했다. 저 흉측한 벽지만 빼고.

창문 하나에서는 정원이 내다보인다. 짙은 그늘에 잠긴 신비로운 정자들, 다채롭게 피어 있는 고풍스러운 꽃들과 관목들, 옹이가 박힌 나무들.

또다른 창문으로는 저멀리 만灣과 이 영지에 속한 개인 부두의 풍경이 멋지게 펼쳐진다. 집에서 그곳까지는 그늘진 아름다운 길이 죽 이어져 있다. 나는 이 사유지에 속한 무수한 갈래의 길과 정자를 오고가는 사람들을 늘 상상하는데, 존은 그런 상상에 휘둘리면 절대 안 된다고 주의를 주었다. 풍부한 상상력에 이야기를 지어내는 습관까지 있으면 나처럼 신경이 예민한 사람은 틀림없이 별의별 환상에 빠져 들뜨게 되므로 의지와 분별력을 갖고 그런 경향을 막아야 한다고 했다. 그래서 그러려고 노력중이다.

내가 글을 좀 쓸 수 있을 만큼만 건강하다면 나를 내리누르는 온갖 생각을 덜어내고 편안해질 텐데, 하는 생각을 간혹 한다.

하지만 글을 쓰려 하면 어지간히 피로해진다.

내 일과 관련해 아무런 조언도 받지 못하고 어울릴 사람도 없으니 정말 맥이 빠진다. 존은 내 상태가 확실히 나아지면 사촌인 헨리와 줄리아를 이곳으로 불러 한동안 머무르도록 하겠다고 한다. 하지만 지금은 그렇게 자극적인 사람들을 내 곁에 두느니 차라리 베개 밑에 쏙죽을 놔두겠단다.

내가 빨리 나았으면 좋겠다.

하지만 그런 생각은 하면 안 된다. 이 벽지를 보고 있으면 마치 자기가 얼마나 사악한 영향을 끼치는지 다 **아는** 것 같아!

벽지에는 부러진 목처럼 축 늘어진 무늬와 툭 튀어나온 두 눈이 거꾸로 노려보는 모양이 반복되는 부분이 있다.

나는 그 무늬가 뻔뻔하게 한없이 이어지는 데 화가 솟구친다. 위로 아래로 옆으로 느릿느릿 뻗어가고 깜박거리지도 않는 우스꽝스러운 눈이 어디에나 있다. 벽지 폭이 맞지 않는 곳이 한 군데 있는데, 거기에도 하나는 높고 하나는 낮은 식으로 선을 따라 온통 눈이다.

무생물에도 다양한 표정이 있다는 건 다 아는 사실이지만, 이렇게 많은 표정이 담긴 건 생전 처음 본다! 어렸을 때 난 밤에 말똥말똥한 정신으로 누워 텅 빈 벽이나 밋밋한 가구를 보면서 대부분의 아이들이 장난감 가게에서 그러는 것보다 더 즐거워하고 무서워했다.

커다랗고 낡은 서랍장에 달린 뭉그런 손잡이가 상냥하게 윙크를 했던 일과 늘 든든한 친구 같던 의자 하나가 기억난다.

다른 물건들이 너무 사나워 보일 때 언제든 그 의자에 폴짝 뛰어오르면 안심이 될 것 같았다.

하지만 이 방의 가구는 전부 아래층에서 가져왔기 때문에 서로 전혀 어울리지 않는다. 이 방을 놀이방으로 쓸 때는 육아실 물품을 다 빼내야 했을 것이다. 당연하지! 아이들이 이렇게 난장판을 만든 건 처음본다.

이미 말했듯이 벽지는 여기저기 뜯겨 있는데, 사실 얼마나 딱 달라붙어 있는지 모른다. 그러니 아이들은 그것이 끔찍하게 싫었고 대단한 끈기로 그것을 떼낸 것이다.

바닥도 온통 긁히고 골이 패고 쪼개진데다 석고도 여기저기 움푹 패여 있다. 그리고 방에 있는 유일한 가구였던 이 거대하고 육중한 침대는 전쟁이라도 겪은 모양새다.

하지만 그런 건 다 상관없다. 벽지만 아니면.

시누이가 온다. 얼마나 사랑스럽고 나를 잘 보살펴주는지! 내가 글 쓰는 걸 그녀에게 들키면 안 된다.

그녀는 열정적이고 완벽한 살림꾼이며 그보다 나은 직업이 없다고 본다. 내가 글을 써서 아픈 거라고 생각할 게 분명해!

하지만 시누이가 집밖으로 나가면 글을 쓸 수 있다. 창문으로 저만치 있는 모습이 다 보이니까.

구불구불하게 이어지는 그늘진 아름다운 길이 내다보이는 창문이 하나 있고, 저멀리 시골 풍경이 보이는 창문이 또하나 있다. 울창한 느릅나무와 보드라운 목초지가 펼쳐진 아름다운 시골 마을이다.

이 벽지 문양 아래쪽으로 빛깔이 다른 문양이 또 있다. 특정한 불빛에서만 보이고 그마저도 분명하게 보이지 않아 특히 거슬린다.

하지만 색이 바래지 않은 부분에 햇빛이 적당하게 비출 때면, 시비를 거는 듯한 무정형의 기이한 형체를 볼 수 있다. 앞에 드러난 우스꽝스러운 문양 뒤에 숨어 있는 것만 같다.

시누이가 층계를 올라오네!

아, 독립기념일이 지났다! 사람들도 다 갔고 난 기진맥진하다. 얼마간의 사람들과 어울리는 게 내게 좋을 거라는 생각으로 존이 엄마와 넬리와 아이들만 일주일 동안 내려와 있으라고 했다.

물론 내가 한 일은 아무것도 없다. 이젠 제니가 다 알아서 하니까.

그래도 진이 빠지는 건 마찬가지다.

존은 내 상태가 빨리 좋아지지 않으면 가을에 위어 미첼 박사*에게 보내야겠다고 한다.

하지만 난 그 사람을 절대 보고 싶지 않다. 그에게 치료를 한 번 받은 친구가 하나 있는데 그도 존이나 오빠와 똑같다고 한다. 더하면 더했지!

게다가 그렇게 멀리까지 가는 건 너무 힘들다.

무엇이든 새로 시작하는 게 무슨 소용인가 싶고 난 갈수록 지독히 안달을 하고 트집을 잡는다.

아무것도 아닌 일에 울음이 터져, 노상 운다.

물론 존이나 다른 누가 있을 때는 그러지 않는다. 혼자 있을 때나 그

---

* 미국의 신경학자로, 모든 활동을 금하는 '휴식 요법(rest cure)'을 창시했다. 길먼은 그에게 휴식 요법으로 치료받은 적이 있나.

러는 거지.

그리고 요즘은 혼자 있는 시간이 많다. 심각한 환자들 때문에 존은 마을에 붙잡혀 있는 날이 많고 제니는 착해서 내가 원하면 혼자 있게 놔둔다.

그래서 나는 정원에서 산책도 좀 하고 예쁜 길 아래쪽으로 내려가보기도 하고, 장미 덩굴이 덮인 포치에 앉아 있기도 하고, 이 방에 누워서 시간을 많이 보낸다.

벽지에도 불구하고 이 방이 점점 더 마음에 든다. 어쩌면 벽지 **때문**인지도 모른다.

도대체 벽지 생각이 머릿속에서 떠나질 않으니!

나는 꿈쩍도 않는 이 육중한 침대—바닥에 못질을 해서 고정시킨 게 분명하다—에 누워 매시간 벽지 무늬를 눈으로 좇는다. 장담하는데, 거의 곡예나 마찬가지다. 가령 아무도 건드리지 않은 맨 밑바닥 구석에서 시작해서 저 무의미한 무늬를 어떤 결론에 이를 때까지 **따라가**보겠다고 수백 번도 더 결심한다.

내가 디자인의 원칙에 대해 좀 아는데, 이건 방사형 규칙이나 교호, 반복, 대칭 규칙을 따르는 것도 아니고 내가 들어본 어떤 규칙에도 맞지 않는다.

물론 각 벽지마다 같은 무늬가 반복되기는 하지만 다른 규칙은 찾아볼 수 없다.

어떻게 보면 벽지마다 다 따로따로다. 비대한 곡선과 진전섬망증이 있는 '이류 로마네스크'양식 같은 장식이 멍청한 벽지마다 따로 어기적거리며 위아래로 이어신다.

하지만 다른 한편 대각선으로는 연결이 되어, 그렇게 제멋대로 뻗어가는 윤곽이 마치 넘실대는 해초가 전속력으로 쫓아오듯 보기만 해도 공포스러운 사선의 거대한 물결을 이루며 달려나간다.

전체로 보면 수평으로도 연결이 된다. 적어도 그렇게 보인다. 그 방향으로는 어떤 규칙을 따르는지 따지다보면 진이 다 빠진다.

천장 아래 장식 띠 삼아 같은 벽지를 수평으로 둘러놓은 바람에 혼란은 극에 달한다.

방 한쪽 구석에 벽지가 멀쩡한 곳이 있는데, 사방에서 들어오는 빛이 기울고 낮게 걸린 해가 그 부분을 똑바로 비출 때면 나는 마침내 방사형 무늬가 드러난다고 상상한다. 하나의 중심이 있고 거기서 사방으로 그로테스크한 모양이 한없이 뻗어나가다가 갑작스레 곤두박질쳐서 마찬가지로 정신을 빼놓는다.

무늬를 따라가고 있자니 피로가 몰려온다. 아무래도 낮잠을 자야겠다.

이걸 왜 쓰고 있는지 모르겠다.

쓰고 싶지 않다.

쓸 수 있을 것 같지가 않다.

게다가 존이 알면 어처구니없다고 할 것이다. 하지만 어떤 식으로든 내가 느끼고 생각하는 것을 **말해야만** 하니까. 그러면 얼마나 마음이 놓이는지!

그런데 마음이 놓이는 것보다 글쓰는 데 들이는 노력이 더 커져간다.

이제 하루의 반은 아무것도 안 하고 빈둥거리고, 누워 있는 시간도 늘어만 간다.

존은 기력을 잃으면 안 된다고 하면서, 맥주나 와인, 살짝 익힌 고기는 물론이고 대구 간유에 온갖 강장제 따위를 먹인다.

사랑스러운 존! 나를 아주 많이 사랑하니까 내가 아픈 게 싫은 것이다. 며칠 전에 존과 정말 진지하게 합리적인 대화를 나눠보겠다는 마음을 먹고 사촌 헨리와 줄리아를 만나러 가고 싶다고, 가게 해달라고 말했다.

하지만 그는 내가 거기까지 갈 수 없을 거라고, 간다 해도 버티지 못할 거라고 했다. 게다가 나는 할말을 다 끝마치기도 전에 울음이 터져 내 주장을 제대로 펴보지도 못했다.

갈수록 똑바로 생각하는 데도 엄청나게 애를 써야 한다. 이 신경쇠약 때문이겠지.

사랑스러운 존은 나를 다정히 안아서 위층으로 올라가 침대에 뉘였다. 그러고는 곁에 앉아 머리가 지끈거릴 때까지 책을 읽어주었다.

그는 내가 자신의 사랑이자 위안이자 모든 것이라고, 그러니까 자기를 생각해서라도 몸을 잘 챙기고 건강해야 한다고 말했다.

병증에서 벗어나는 일은 나 자신만이 할 수 있다고, 그러니까 의지와 통제력을 발휘해 바보 같은 공상에 휩쓸리지 않도록 노력해야 한다고 했다.

그나마 한 가지 위안은 아기가 건강하고 행복하다는 것이다. 끔찍한 벽지가 발린 이 육아실에 있지 않아도 되고.

우리가 이 방을 쓰지 않았다면 아기가 이 방을 썼을 테니까! 정말 다행이지 뭐람! 내 아기를, 감수성 예민한 그 어린것을 절대 이런 방에 두지는 않을 것이다.

지금까지 그런 생각은 전혀 못했는데, 따지고 보면 존이 내게 이 방을 쓰게 한 게 다행스럽다. 아무래도 아기보다야 내가 더 잘 견딜 수 있으니까.

물론 이제 나는 누구에게도 벽지 이야기는 꺼내지 않는다. 그 정도로 바보는 아니니까. 하지만 여전히 계속 주시하고 있다.

그 벽지에는 나 말고는 아무도 모르는, 그리고 앞으로도 절대 모를 어떤 것이 있다.

바깥 무늬 안쪽에 있는 흐릿한 형상이 날이 갈수록 뚜렷해진다.

늘 같은 모양이다. 수가 아주 많다뿐이지.

바깥 무늬 안쪽에서 한 여자가 구부정하게 기어다니는 것 같다. 정말 마음에 들지 않는다. 요즘 들어 존이 나를 여기서 데리고 나가주길 내가 과연 진심으로 바라는 걸까 하는 의문이 든다!

존은 아는 게 많고 나를 정말 사랑하기 때문에 내 상태를 함께 논의하기가 힘들다.

하지만 어젯밤에는 시도해봤다.

달이 환한 밤이었다. 햇빛과 마찬가지로 달빛도 사방에서 들어온다.

나는 때때로 달빛이 싫다. 너무 느릿느릿 기어다니는데다 늘 아무 창문에서나 들어온다.

존은 자고 있었고 나는 굳이 깨우기가 싫었다. 그래서 꼼짝 않고 누워 물결치는 벽지를 비추는 달빛을 뚫어지게 바라보았고 그러다보니 으스스한 느낌이 들었다.

무늬 안쪽의 흐릿한 형상이 밖으로 나가고 싶은 양 무늬를 흔드는 것 같았다.

난 슬며시 일어나 그쪽으로 다가가서 벽지가 **정말** 움직이는지 만져보았다. 그러고 나서 침대로 돌아갔더니 존이 깨어 있었다.

"왜 그래, 우리 아가?" 그가 물었다. "그렇게 돌아다니지 마. 감기 걸린다고."

지금이 얘기하기 좋은 기회다 싶어서 난 아무래도 여기서 상태가 나아지는 것 같지 않다고, 여기를 떠났으면 좋겠다고 말했다.

"아니, 여보!" 그가 말했다. "계약한 날짜까지 아직 삼 주가 남았는데, 그전에 어떻게 떠나겠어. 우리집 손보는 일도 덜 끝났고, 내가 당장은 여기를 뜰 수가 없어. 물론 당신이 위험하다면야 어떻게든 그래야겠지. 하지만 당신은 좋아지고 있어. 당신은 못 느낄지 몰라도. 내가 의사잖아, 여보. 그러니까 보면 알아. 혈색도 좋아지고 살도 좀 붙고 식욕도 생겼잖아. 나는 이제 당신을 보면 훨씬 안심이 되는데."

"살은 전혀 붙지 않았어." 내가 말했다. "예전만도 못해. 당신이 저녁에 집에 있으면 식욕이 좀 도는 것도 같지만, 아침에 가버리고 나면 더 나빠지는걸."

"아이고, 정말 아가라니까!" 그가 나를 끌어안으며 말했다. "그래, 우리 아가 아프고 싶은 만큼 아파요! 하지만 지금은 일단 잠이나 푹 자두고 내일 아침에 얘기하자고!"

"그럼, 안 돌아가는 거야?" 내가 침울하게 물었다.

"아니, 어떻게 돌아가, 여보? 겨우 삼 주 남았잖아. 그다음엔 제니가 우리집을 정리하는 동안 며칠 가까운 데 여행이나 다녀오자고. 당신 정말 나아졌다니까!"

"몸은 나아졌을지 몰라도─" 나는 말을 꺼냈다가 입을 닫았다. 존이 일어나 앉더니 나무라는 투의 아주 엄한 눈길로 나를 똑바로 보았기 때문에 한 마디도 더 할 수가 없었다.

"여보." 그가 말했다. "당신을 위해서도 그렇지만 나와 우리 아기를 위해서 정말 부탁하는데, 단 한 순간도 절대 그런 생각을 떠올리면 안 된다고! 당신 같은 기질은 그런 데에 쉽게 마음이 끌리겠지만 그보다 위험한 게 없어. 말도 안 되는 바보 같은 공상일 뿐이야. 의사인 내가 그렇다고 하면 믿어야 하지 않겠어?"

그래서 난 당연히 그 문제에 대해 더 말하지 않았고 우리는 곧 잠이 들었다. 그는 내가 먼저 잠들었다고 생각했지만 사실 아니었다. 나는 앞쪽 무늬와 뒤쪽 무늬가 같이 움직이는지 따로 움직이는지 알아보려고 몇 시간이고 누워서 지켜봤으니까.

이런 무늬는 환한 낮에 보면 도대체 연속성이라고는 없고 규칙도 없어서 항상 보통 사람의 신경을 긁는다.

색도 말할 수 없이 흉측하고 무슨 색인지 정확히 알 수도 없어 화를 돋우기까지 하지만, 무늬는 아예 고통스러울 정도다.

이제 감 잡았다 하며 잘 따라가는 중에 문득 그것이 뒤로 공중제비를 넘으면, 이것 보게나. 보는 이의 얼굴을 후려치고 때려눕히고 발로 짓밟는 것이다. 나쁜 꿈을 꾸는 기분이다.

겉 무늬는 버섯이 연상되는 화려한 아라베스크무늬다. 나뭇가지 마디에 피어난 독버섯, 줄줄이 늘어선 독버섯이 새순을 올리며 구불구불 한없이 이어지는 모습을 상상하면 된다. 그래, 딱 그런 모양이다.

그러니까 때로는 그렇다는 거다!

나 말고는 아무도 눈치채지 못한 것 같지만 이 벽지에는 눈에 띄게 특이한 점이 하나 있는데, 바로 빛이 달라지면 벽지도 달라진다는 것이다.

동쪽 창으로 햇빛이 똑바로 비쳐들어올 때면—난 처음 햇빛이 길게 똑바로 뻗어오는 그 순간을 늘 주시한다—벽지의 모양이 얼마나 순식간에 바뀌는지 거의 믿기지 않을 정도다.

그래서 내가 언제나 눈을 부릅뜨고 지켜보는 거다.

달빛이 비출 때면—달이 뜬 밤이면 밤새도록 달빛이 들어온다—벽지는 도무지 같은 벽지라고 생각할 수가 없다.

밤에 어떤 빛이라도 비추면, 노을빛이건 촛불이건 등불이건 상관없지만 달빛이 비출 때 가장 두드러지는데, 벽지에 창살이 생긴다! 그러니까 겉 무늬가 창살이 되고 그 뒤의 여자 모습도 상당히 뚜렷해진다.

뒤로 보이는 형상, 그 흐릿한 뒤쪽 무늬가 정확히 무엇인지 오래도록 깨닫지 못했지만, 이제는 여자라고 확신할 수 있다.

그 여자는 대낮에는 조용히 숨을 죽이고 있다. 벽지 무늬 때문에 그렇게 가만히 있을 수밖에 없지 않나 싶다. 너무 알쏭달쏭하다. 그래서 나도 내내 숨죽이게 된다.

요즘은 누워 있는 시간이 아주 많다. 존은 그게 나한테 좋다고, 될 수 있는 한 많이 자라고 한다.

사실 밥을 먹고 한 시간씩 누워 있는 습관을 들이라고 했다.

확신하건대 나쁜 습관이다. 왜냐하면 알다시피 그런다고 내가 잠을 자는 게 아니니까.

그러다보니 속임수만 늘어간다. 사실은 잠을 안 잔다고 솔직히 말하지 않으니까. 아, 이런!

사실 존이 점점 겁이 난다.

간혹 너무 이상하게 굴고, 제니도 알 수 없는 표정을 지을 때가 있다.

마치 과학적 가설처럼, 문득문득 어쩌면 그게 다 벽지 때문이라는 생각이 든다!

몰래 존을 지켜보다가 순진한 핑계를 대며 불쑥 방에 들어갔을 때 **벽지를 빤히 쳐다보고 있던** 존을 몇 번이나 목격했는지! 제니도 그렇다. 한번은 벽지에 손을 대고 있는 걸 본 적도 있다.

제니는 내가 방에 들어온 줄도 몰랐다. 내가 되도록 차분한 태도로, 조용히, 아주 작은 목소리로 벽지에 손을 대고 뭐하는 거냐고 물었을 때 제니는 마치 도둑질하다 들킨 사람처럼 화들짝 놀라 뒤를 돌아보며 화를 냈다. 사람을 왜 그렇게 놀라게 하느냐고 나한테 되묻질 않는가!

그러면서 뭐든지 벽지에 닿으면 얼룩이 남는다고 했다. 내 옷과 존의 옷에 누런 얼룩이 있는 걸 발견했다면서, 좀 주의했으면 좋겠다는 것이다!

정말 그럴듯하게 들리지 않나? 하지만 난 제니가 무늬를 연구하고 있었다는 걸 안다. 나 말고 누구도 그걸 밝혀내지 못하게 할 거다!

사는 게 예전보다 훨씬 더 흥미진진하다. 예상하고, 고대하고, 지켜볼 것이 생겼으니까. 정말로 밥도 더 잘 먹고 예전보다 차분해졌다.

내가 나아진 것을 보고 존은 무척 기뻐한다! 얼마 전에는 약간 웃으며 벽지에도 불구하고 내가 아주 잘 지내는 것 같다고 말했다.

나는 그 말을 그냥 웃어넘기며 화제를 돌렸다. 벽지 **때문에** 나아졌다는 말을 하고 싶은 마음이 전혀 없었다. 비웃기나 할 테니까. 어쩌면 집으로 다시 데리고 갈지도 모른다.

그게 뭔지 알아내기 전에는 여길 떠나고 싶지 않다. 일주일이 남았고, 그 정도면 시간은 충분하다.

오늘은 정말 몸이 훨씬 거뜬하다! 일의 진행을 지켜보는 것이 너무 재미있어서 밤에는 별로 잠을 못 자지만 대신 낮에 많이 잔다.

낮에 벽지는 따분하고 복잡하기만 하다.

독버섯에는 늘 새로 싹이 나고 새로운 빛깔의 노란색이 덧입혀진다. 아무리 꼼꼼히 세어봐도 그 수를 다 헤아릴 수가 없다.

벽지의 노란색은 얼마나 기이한지! 지금껏 보아온 모든 노란색을 떠올리게 한다. 미나리아재비꽃처럼 예쁜 노란색이 아니라 오래되고 더럽고 불쾌한 노란빛을 띤 것들 말이다.

그러나 벽지에는 뭔가 다른 것이 있다. 바로 냄새! 방에 처음 들어선 순간 눈치챘지만, 워낙 환기가 잘되고 햇빛도 잘 들어 별로 심하지 않았다. 그런데 지금 일주일째 안개가 자욱하고 비가 내리니, 창문을 열어놓든 닫아놓든 냄새가 가시질 않는다.

냄새가 온 집안을 스멀스멀 기어다닌다.

식당에 떠다니고 응접실에서 살금살금 돌아다니고 현관에 숨어 있거나 계단에 자리잡고 나를 기다리기도 한다.

내 머리칼에도 스며든다.

말을 타고 나갈 때조차 내가 별안간 머리를 획 돌리면, 바로 그 냄새가 풍긴다!

얼마나 특이한 냄새인지! 나는 그 냄새를 분석하느라, 어떤 냄새랑 비슷한지 찾아내느라 몇 시간을 보내곤 했다.

지독하진 않다, 처음에는. 아주 은은하고, 지금껏 맡아본 어떤 냄새보다 미묘하고 오래간다.

이렇게 습한 날씨엔 정말 끔찍하다. 밤에 자다 깨면 냄새가 내 위로 가득 들어차 있다.

처음엔 심하게 거슬렸다. 집을 통째로 태워버릴까 진지하게 생각해본 적도 있다. 냄새가 어디서 나오는지 알아보려고 말이다.

하지만 이젠 익숙해졌다. 유일하게 생각해낸 것은 냄새가 벽지 **색깔**과 비슷하다는 것이다! 누런 냄새.

벽 아래쪽, 굽도리널 가까이에 아주 이상한 자국이 있다. 방을 빙 둘러 선을 그은 듯 죽 이어지는. 침대만 빼고 다른 가구 뒤쪽으로도 다 이어져 있다. 길고 똑바른 선인데 그 위를 여러 번 문지른 것처럼 **얼룩**이 졌다.

그런 게 어떻게 생겼고 누가 그랬을지, 왜 그랬을지 궁금하다. 빙빙 돌며 이어져서, 그렇게 빙글빙글 돌아가니 얼마나 어지러운지!

마침내 뭔가를 발견했다.

모습이 확연하게 달라지는 밤에 열심히 지켜본 끝에 드디어 알아낸 것이다.

앞쪽 무늬가 **진짜로** 움직인다! 그럴 수밖에! 뒤에 있는 여자가 흔들고 있으니까!

어떤 때는 뒤에 수많은 여자가 있는 것 같은데, 어떤 때는 딱 한 명만 있을 때도 있다. 그녀 혼자 정신없이 여기저기 기어다니고, 그래서 무늬가 마구 흔들린다.

그녀는 아주 밝은 지점에 이르면 가만히 있다가 어둑한 곳에 다다르면 창살을 쥐고 세게 흔든다.

그러면서 동시에 창살 밖으로 기어나오려 기를 쓴다. 하지만 아무도 그 무늬를 빠져나올 수 없다. 목을 졸라버리니까. 저렇게 많은 머리가 매달려 있는 것도 그래서겠지.

여자들이 빠져나오려고 기를 쓰면 벽지 무늬가 목을 졸라 거꾸로 매달아놓는 것이다. 그래서 눈이 허옇게 뒤집히고!

저 머리들만 덮어놓거나 떼어낼 수 있어도 벽지가 그나마 나아 보일 텐데.

저 여자가 낮에 나온 것 같아!

왜냐면, 몰래 말해주는 건데, 내가 봤거든!

방에서 어느 창문으로든 내다보면 그 여자가 보인다고!

같은 여자야, 나는 알지, 왜냐면 늘 기어다니니까. 여자들은 대개 낮에는 기어다니지 않잖아.

그녀가 그늘진 긴 오솔길을 기어서 오르락내리락하는 게 보인다. 포도 덩굴로 덮인 어둑한 정자에서도 보이고 정원 곳곳을 기어다니는 게 보인다.

나무가 늘어선 긴 도로를 기어가는 것도 보이는데, 마차가 오면 그녀는 얼른 블랙베리 덩굴 아래로 숨는다.

숨는다고 비난할 마음이 전혀 없다. 벌건 대낮에 그렇게 기어다니다가 사람들 눈에 띄면 너무 치욕스러울 테니까!

난 낮에 기어다닐 때는 항상 문을 걸어 잠근다. 존이 금방 수상쩍은 낌새를 눈치챌 거라 밤에는 할 수가 없다.

게다가 존은 요즘 너무 이상하게 굴어서 굳이 그의 신경을 긁고 싶지 않다. 방을 따로 썼으면 좋겠는데! 게다가 나 아닌 다른 사람이 밤에 그 여자를 나오게 하는 건 싫다.

모든 창문에서 동시에 그녀를 내다볼 수 있을까 종종 궁금하다.

아무리 빨리 돌아봐도 한 번에 한 사람밖에는 볼 수 없으니까.

그리고 내가 돌아보는 것보다 그녀가 기어다니는 속도가 더 빨라서 내가 늘 그녀를 볼 수 있는 건지도 모른다!

때로는 그녀가 세찬 바람에 내달리는 구름 그림자처럼 빠르게 탁 트인 시골길에서 기어다니는 것을 본 적도 있다.

뒤쪽은 놔두고 앞쪽 무늬만 떼어낼 수 있다면 좋겠는데! 조금씩 해볼 작정이다.

신기한 일 또하나를 알아냈지만, 지금은 얘기하지 않을 거야! 사람들을 너무 믿으면 안 되니까.

벽지를 떼어낼 수 있는 날이 이제 이틀밖에 남지 않았는데, 존이 눈치챈 것이 분명하다. 나를 바라보는 그의 눈빛이 마음에 들지 않는다.

그리고 제니에게 나에 관해 직업적인 질문을 쏟아놓는 걸 들었다.

제니는 보고할 일이 많았고.

제니는 내가 낮에 잠을 엄청 잔다고 말했다.

존은 내가 밤에 잠을 잘 못 잔다는 것을 안다. 그렇게 꼼짝도 않고 누워 있었는데도!

그는 애정이 넘치고 상냥한 남편인 척하며 내게도 온갖 질문을 던졌다.

그런다고 내가 그 속을 모를까봐!

하지만 세 달 동안 이 벽지에 둘러싸여 잠을 잤으니 존이 그렇게 행동하는 것도 무리는 아니지.

내게는 벽지가 그저 흥미로울 뿐인데, 존과 제니는 확실히 무의식적으로 벽지의 영향을 받고 있는 것 같다.

와! 마지막날이다! 하지만 하루면 충분해. 존은 오늘 저녁에 나가서 밤새 마을에 있을 테니까.

제니가 나와 함께 자고 싶다고 했다. 교활한 것! 하지만 나는 혼자 자야 더 잘 잘 수 있다고 단호하게 말했다.

영리한 대답이었지. 사실 나는 혼자 있는 게 아니니까! 달빛이 방안을 비추고 그 불쌍한 것이 기어다니며 무늬를 흔들기 시작하면 난 곧바로 일어나 그녀를 도와주러 달려간다.

나는 잡아당기고 그녀는 흔들고, 내가 잡아당기면 그녀가 흔들고, 그렇게 우리는 아침이 밝기 전에 둘이서 몇 미터의 벽지를 뜯어냈다.

내 머리 정도 높이로 방의 반 정도 벽지를 빙 둘러 뜯어냈다.

그러다 해가 뜨고 그 끔찍한 무늬가 나를 비웃기 시작하기에 나는 오늘 끝내주겠다고 선언을 했다!

내일 이 집에서 나갈 거라 방의 가구를 다시 제자리에 갖다놓기 위해 아래층으로 옮기고 있다.

제니가 기막힌 듯 벽지를 바라보았다. 나는 저 못된 것이 싫어서 순전히 악의로 그런 거라고 명랑하게 말했다.

그녀가 웃으며 말하길, 자기라도 그럴 수는 있는데 내가 기력을 소진하면 안 된다고 했다.

그런 식으로 자기도 모르게 속내를 드러낸 것이다!

하지만 내가 여기 버티고 있으니 나 말고는 아무도 이 벽지를 건드릴 수 없다. 살아서는 절대로!

제니는 나를 방에서 나오게 하려고 별수를 다 썼다. 그런데 너무 뻔히 보이잖아! 나는 이제 방이 텅 비어 아주 말끔하고 조용하니까 침대에 누워서 실컷 자야겠다고 말했다. 그러니 저녁 먹으라고 깨우지도 말라고, 내가 일어나면 부르겠다고 했다.

그래서 이제 제니도 나가고 하인들도 나가고 여기 있던 물건들도 다 사라져, 이 방에는 못으로 고정된 거대한 침대와 원래 그 위에 있던 캔버스 천 매트리스 말고는 아무것도 없다.

오늘밤에는 아래층에서 자고 내일 보트를 타고 집으로 돌아갈 것이다.

다시 아무것도 없이 휑한 방을 보니 꽤 마음에 든다.

아이들이 여기를 어쩌면 이렇게 다 뜯어놓았을까!

침대도 긁은 자국이 많네!

어쨌든 나는 일을 해야지.

난 문을 잠그고 열쇠를 현관 앞 진입로로 던져버렸다.

존이 올 때까지 이 방에서 나가고 싶지 않고, 누가 들어오는 것도 싫다.

존을 깜짝 놀래줘야지.

이 방에 노끈도 하나 갖다두었는데 제니는 그게 있는 줄도 몰랐다. 저 여자가 벽지에서 나와 도망가려고 하면 이걸로 묶어야지!

그런데 뭘 딛고 올라가지 않는 다음에야 저 위까지 닿을 수 없다는 걸 깜빡했네!

이 침대는 꿈쩍도 안 하잖아!

나는 사지가 후들대도록 침대를 들어보고 끌어보고 하다가 화가 솟구쳐 침대 모서리를 물어뜯기까지 했다. 하지만 내 이만 아플 뿐이었다.

그래서 그냥 바닥에 서서 손이 닿는 데까지 벽지를 뜯어냈다. 얼마나 딱 붙어 있는지! 그리고 무늬는 얼마나 즐거워하는지! 목 졸린 머리와 툭 튀어나온 눈과 어기적거리는 버섯 무리가 모두 째지는 소리로 나를 조롱한다!

너무 화가 나서 필사적으로 어떤 짓이라도 할 수 있을 것 같다. 창문으로 뛰어내리는 일도 괜찮은 운동일 텐데 창살이 너무 단단해 시도조차 할 수가 없다.

더구나 그런 일은 하지 않을 것이다. 당연히 안 하지. 그런 일은 부적절하고 다들 잘못 이해하리라는 것 정도는 나도 다 안다.

창문 밖을 내다보는 것도 싫다. 기어다니는 여자들이 너무 많고 또 얼마나 빨리 기어다니는지 모른다.

저들도 나처럼 다들 벽지에서 나왔을까?

하지만 꽁꽁 숨겨놓은 노끈으로 나를 단단히 묶었으니, 절대 저 바깥 길가로 날 내보내지는 못할걸!

밤이 오면 다시 무늬 안쪽으로 들어가야 할 텐데, 그건 정말 힘들어!

이 커다란 방에서 맘껏 기어다니니 정말 기분이 좋은데 말이지!

밖으로 나가지는 않을 거야. 제니가 부탁한다 해도 절대 안 한다고.

밖으로 나가면 땅바닥에서 기어다녀야 하는데다 모든 게 여기처럼 누런색이 아니라 초록색이잖아.

그런데 여기서는 반질반질한 방바닥에서 기어다닐 수 있고, 벽을 빙둘러 있는 저 긴 얼룩에 어깨가 딱 맞으니까 길을 잃을 걱정도 없다고.

이런, 존이 문 밖에 있네!

소용없네, 젊은이, 그 문은 못 열어!

내 이름을 부르며 문을 두드리고 난리네!

이제 도끼를 가져오라고 소리치는군.

저 예쁜 문을 부수는 건 안 될 일이지!

"여보!" 내가 아주 상냥한 목소리로 말했어. "열쇠는 아래층 현관 계단 근처 질경이 이파리 아래에 있어."

그러자 밖이 잠시 조용해졌다.

그러더니 그가 아주 나직하게 말했다. "문 열어, 자기야!"

"못 열어." 내가 말했다. "현관 옆 질경이 이파리 아래에 열쇠가 있다니까!"

그러고도 나는 다시 여러 번, 천천히, 아주 상냥하게 그 말을 되풀이했다. 하도 여러 번 얘기하니까 존은 마지못해 내려가 찾아보았고,

당연하게도 열쇠를 찾아 방으로 들어왔다. 그가 문간에서 우뚝 멈춰 섰다.

"이게 다 뭐야?" 그가 외쳤다. "맙소사, 도대체 뭐하는 거냐고!"

난 여전히 기어다니면서 어깨 너머로 그를 쳐다보았다.

"드디어 나왔어." 내가 말했다. "당신과 제니가 기를 썼지만 말이야! 벽지를 거의 다 뜯어냈으니까 날 다시 저기에 집어넣지는 못할걸!"

그런데 저 남자가 왜 기절을 했지? 그는 진짜로 기절했고, 그것도 바로 내가 기어다니는 벽 가까이에 가로로 쓰러지는 바람에 방을 돌 때마다 타넘어야 했다!

아카디아 무도회에서
At the 'Cadian Ball(1892)

[속편] 폭풍우
The Storm(1969)

실크 스타킹 한 켤레
A Pair of Silk Stockings(1897)

케이트 쇼팽
Kate Chopin

케이트 쇼팽 (1850~1904)

미국 미주리주 세인트루이스 출생. 아일랜드 출신의 사업가인 아버지와 프랑스 귀족 혈통의 어머니 사이에서 태어났으며, 세인트루이스 가톨릭 여학교를 졸업했다. 1870년에 루이지애나주 출신의 오스카 쇼팽과 결혼해, 뉴올리언스에 살면서 서른 살이 되기도 전에 여섯 자녀를 낳았다. 1882년에 남편이 사망하자 세인트루이스로 돌아와 본격적으로 글을 쓰기 시작했다. 1899년 장편소설 『깨어남The Awakening』을 출간하나 비평가들로부터 뭇매를 맞은 후 장편소설은 쓰지 않고 크레올(미국에 정착한 프랑스계나 스페인계 귀족의 후손들)의 삶을 담은 단편에 주력했다. 『깨어남』은 20세기 중반 '제2의 물결' 여성운동에 힘입어 재발견되면서, 시대를 앞서 여성의 욕망을 파격적으로 다룬 페미니즘 대표 소설로 자리잡았다. 주요 단편으로 「데지레의 아기 Désirée's Baby」「한 시간 사이에 일어난 일The Story of an Hour」「점잖은 여성A Respectable Woman」 등이 있고 단편집으로는 『바유 사람들Bayou Folk』과 『아카디에서 보낸 하룻밤A Night in Acadie』이 있다.

아카디아 무도회에서

거구에 피부색이 짙고 사람 좋은 보비노는 칼릭스타가 참석하리라는 걸 알았지만 무도회에 갈 마음이 없었다. 가봐야 골치만 아프고 한 주 내내 지겹도록 일하기 싫어져 힘들기만 하지 무도회에 간다고 뭐 얻을 게 있거나 한가? 그러고 나면 또다시 토요일 밤이 오고 똑같은 고문이 새로이 시작될 뿐이다. 내일이라도 당장 자신과 결혼해줄 듯한 오지나는 왜 사랑할 수가 없을까? 아니면 프로니라든가. 그 스페인 붙여우 말고도 여자는 쌔고 쌨는데 말이다. 칼릭스타의 가녀린 발은 쿠바 땅을 밟아본 적도 없었다. 하지만 모친은 쿠바에 산 적이 있었고, 어쨌든 그녀에게는 스페인인의 피가 흘렀다. 그런 연유로 대초원 사람들은 자기 딸이나 여동생이라면 그냥 넘어가지 않을 일도 그녀라면 눈감아 주는 때가 많았다.

그녀의 눈은, 보비노는 그 눈을 떠올리자 마음이 약해졌다. 그 눈은 지금껏 남자의 눈에 들어온 그 누구의 눈보다도 푸르고 몽롱하면서 상대방의 애간장을 녹였다. 물라토*의 머리칼보다 더 곱슬거리는 그녀의 짧은 아마색 머리칼도 떠올랐다. 미소 짓는 커다란 입과 끝이 살짝 들린 코, 그 풍만한 몸매. 농후한 콘트랄토 노래처럼 들리는 목소리와 카덴차는 사탄에게 배운 게 분명한데, 루이지애나의 대평원에서 그런 재주를 가르쳐줄 사람은 달리 없기 때문이다. 보비노는 사탕수수밭 고랑을 갈며 그 모든 것을 떠올렸다.

일 년 전 칼릭스타가 승천 대축일 축제에 갔을 때 그 사실을 두고 이러쿵저러쿵 말들이 많았지만, 그런 얘기를 지금 해봐야 뭐하겠는가? 이젠 그 일을 입에 올리는 사람은 없었다. "스페인 사람이잖아." 대부분 어깨를 으쓱하며 관대하게 말했다. "피는 못 속이지." 노인들은 파이프를 입에 물고 회상에 젖어 중얼거렸다. 어느 일요일 미사가 끝난 후 성당 계단에서 애인을 두고 칼릭스타와 싸우던 프로니가 그 말을 내뱉은 적이 있긴 하지만, 그때 빼고는 아무도 그걸 가지고 뭐라고 하지 않았다. 칼릭스타는 진정한 스페인식 기백에 훌륭한 루이지애나식 프랑스어로 대차게 욕을 하면서 프로니의 뺨을 갈겼다. 프로니도 똑같이 했다. "이년아, 이거나 먹어라!" "암사자 같은 게, 너도 이거나 먹어!" 둘의 싸움은 당사자가 급히 달려와 둘 사이를 떼어놓을 때까지 계속되었다. 보비노는 그런 일들이 다 떠올랐으므로 무도회에는 가지 않을 작정이었다.

---

* 백인과 흑인 사이에서 태어난 혼혈.

그런데 오후에 봇줄을 사러 프리드하이머네 가게에 갔을 때 누군가 알세 라바이에르가 무도회에 온다고 말하는 것을 들었다. 무슨 일이 있어도 무도회에 안 오고는 못 배기는 모양이었다. 그 잘생긴 젊은 농장주는 이따금 무도회를 찾았는데, 보비노는 그가 간다면 상황이 어떻게 될지 알았다. 아니 어떻게 될지 모른다고 해야 할까. 진지한 기분으로 온다면 그냥 카드놀이 하는 방에 들러 게임이나 한두 판 하고 말 것이다. 아니면 베란다에 나가 나이든 사람들과 농사나 정치에 대해 얘기를 나누거나. 하지만 알 수 없는 일이었다. 술만 한두 잔 들어갔다 하면 완전히 난봉꾼이 되니까. 보비노는 빨간 두건으로 이마의 땀을 훔치면서 속으로 생각했다. 칼릭스타의 반짝이는 눈이나 빙글빙글 도는 치맛자락 아래로 슬쩍 드러나는 발목만 봐도 똑같은 상황이 벌어질 수 있었다. 그래, 내가 무도회에 가야겠다.

그해에 알세 라바이에르는 900에이커의 땅에 쌀농사를 지었다. 땅에 엄청난 돈을 쏟아붓는 일이었지만 그로부터 나오는 수익도 대단할 터였다. 라바이에르 노부인은 헐렁한 흰옷을 휘날리며 널찍한 베란다를 휘젓고 다니면서 머릿속으로 계산을 다 끝냈다. 대녀인 클래리스까지 가세하며 두 사람은 함께 거대한 공중누각을 쌓아나갔다. 당시 알세는 죽도록 일했다. 그럼에도 죽어 나자빠지지 않은 건 몸이 원체 강철처럼 단단했기 때문이다. 그에게는 허리까지 땀에 절고 완전히 녹초가 되어 집에 들어오는 것이 일상이었다. 혹시 집에 누가 찾아와도 그는 신경도 쓰지 않았고 모든 것을 어머니와 클래리스에게 맡겨두었다. 손님이 찾아오는 일은 잦았다. 몇 시간 거리인 도시에서 젊은 남녀들이 아름다운 그의 사촌 처녀를 보러 왔기 때문이다. 그보다 훨씬 먼길이라도 기꺼이 찾아가볼 만한 미인이었다. 그녀는 백합처럼 고상하면서도 해바라기처럼 강인해 보였다. 습지에 자라는 갈대처럼 늘씬하고 우아했다. 하지만 차갑다가 다정했다가 또 냉혹했다가, 손바닥 뒤집듯 태도가 바뀌어서 알세는 부아가 치밀었다.

찾아오는 손님들을 빗자루로 쓸어내듯 다 쫓아버리고 싶을 때가 한두 번이 아니었다. 특히 그 태도와 행동거지가 거슬리는 남자들을. 여자처럼 부채질을 하고 해먹을 덜렁대는 꼴이라니. 살인죄가 적용되지만 않는다면 제방 넘어 강물 속에 처넣었으리라. 그게 알세였다. 제정신이 아니었던 어느 날엔가는 정신이 나갔음에 분명한 것이, 논에서 돌아와 땀과 흙 범벅인 상태로 클래리스의 양팔을 부여잡고서 그 얼굴에 대고 뜨거운 사랑 고백을 맹렬하게 퍼부었다. 어떤 남자도 그녀에게 그런 식으로 사랑 고백을 한 적은 없었다.

"이봐요!" 그녀는 한 치의 흔들림도 없이 그의 눈을 똑바로 바라보며 소리쳤다. 알세의 손이 툭 떨어졌고, 싸늘해진 그녀의 맑고 차분한 시선 앞에서 눈빛이 흔들렸다.

"세상에!" 그녀가 몸을 돌려 그가 마구 흩뜨려놓은 섬세한 화장용품을 다시 정돈하며 경멸스럽다는 듯 중얼거렸다.

그 일이 있은 지 하루이틀 뒤 허리케인이 몰려와 강철로 베어내듯이 논을 전부 쓸고 지나갔다. 순식간에 벌어진 끔찍한 일이라, 미리 알고 촛불을 켜거나 성스러운 야자 잎을 태우며 기도를 올릴 새도 없었다. 늙은 마님은 목놓아 울며 묵주기도를 했다. 뉴올리언스에 사는 다른 아들 디디에라도 보나마나 그랬을 것이다. 만약 내커터시에 있는 라바이에르 면화 농장인 앨폰스에 그런 일이 일어났다면, 그 자신이 곧 두번째 허리케인이 되어서는 미친듯이 고함을 지르고 난리를 쳐대서 며칠은 그 근처에 가기도 힘들었을 것이다. 하지만 알세가 그 불운을 받아들이는 태도는 달랐다. 이후 낯빛도 안 좋은 것이 어디 아픈 사람 같았고 아예 입을 닫아버렸다. 얼마나 말이 없는지 겁이 날 정도였다. 클래리스의 마음에 연민과 애정이 솟아났다. 하지만 그녀가 부드럽고 아양스레 위로의 말을 건네도 그는 대꾸도 없이 무심하게 굴었다. 그래서 그녀와 대모는 서로 부둥켜안고 또 울었다.

하루이틀 뒤 클래리스가 잠자리에 들기 전에 기도를 하려고 달빛이 비치는 창가로 갔을 때, 알세의 흑인 하인인 브루스가 안장을 얹은 주인님의 말을 자갈길과 맞닿은 잔디밭 끝까지 가만히 끌고 와서는 붙들고 서 있는 게 보였다. 곧 자신의 방 바로 아래쪽 방을 쓰는 알세가 방에서 나와 아래층 주랑현관을 가로지르는 소리가 들렸다. 그늘진 곳에서 나와 달빛을 가르며 걸어가는 그의 손에 불룩한 안장용 가방이 들려 있는 것이 눈에 띄었다. 그는 가방을 말안장 위에 얹고는 바로 올라탔다. 그러고는 브루스와 짧게 몇 마디 주고받은 뒤 조심스러웠던 흑인 하인과는 딴판으로 요란하게 자갈길 위를 달려 말을 몰고 가버렸다.

클래리스는 알세가 몰래, 그것도 자정이 가까운 시간에 농장을 빠져나가는 버릇이 있다는 의심을 해본 적이 없었다. 그리고 눈에 딱 띄는 그 가방만 아니었으면 그냥 침대로 기어들어갔을 테고, 궁금하고 안달이 나면서도 잠에 빠져 불쾌한 꿈이나 꾸었을 것이다. 그러나 지금은 불안하기도 하고 조급증이 나서 참을 수가 없었다. 그녀는 베란다로 이어지는 방문의 걸쇠를 급히 풀고 밖으로 나가 나이든 흑인을 조용히 불렀다.

"아이구 놀래라! 클래리스 아씨! 한밤중에 그렇게 가만히 거기 서 있으면 귀신인지 뭔지 알 수가 없구먼요."

그가 길고 널찍한 계단을 반쯤 올라왔다. 그녀는 층계 맨 위에 서 있었다.

"브루스, 알세 주인님이 어디 가신 거지?" 그녀가 물었다.

"뭐, 일 보러 가셨겠죠." 처음에는 어물쩍 넘기려 애쓰며 브루스가 대답했다.

"알세 주인님이 어디 가신 거냐고!" 그녀가 맨발을 구르며 다시 물었다. "허튼소리나 거짓말하면 가만 안 둘 거야. 명심해, 브루스."

"여태껏 아씨께 거짓말을 한 적은 없구먼요. 알세 주인님이 상심이 이만저만이 아니에요."

"주인님이-어디-가셨냐고! *세상에! 아냐, 참아야지! 너 정말 그럴래? 얼른 말해봐!*"

"오늘 주인님 방에서 옷에 먼지를 떨고 있는데," 흑인 하인이 층계 난간에 몸을 기대고 말을 꺼냈다. "얼마나 말이 없고 축 처져 있던지, 제가 '금방이라도 큰 병 걸릴 사람 같아요, 알세 주인님' 그랬구먼요. 그러니까 주인님이, '그래 보여?' 그러시더라고요. 그러더니 일어나 거울 앞에 서서 찬찬히 들여다보시더구먼요. 그러곤 찬장 문을 열고 키니네 병을 홱 꺼내더니 콸콸 따라서는 순식간에 꿀꺽 넘겨버리고 방에 둔 위스키도 한가득 따라서 마셨어요. 들에 나갔다가 완전히 땀에 절어 들어오신 참이었거든요.

그러고는 '아냐, 아플 일 없어, 브루스' 그러더니 난데없이 싸울 것처럼 자세를 취하고는 '남자라면 그 누가 덤벼도 난 다 이겨먹을 수 있어.

존 L. 설리번*만 아니면. 하지만 하느님하고 여자들이 힘을 합쳐 나를 막으니 혼자서는 어떻게 해볼 도리가 없네' 그러셨어요. 그래서 제가 '그렇죠' 하며 맞장구를 쳤죠. 주인님 코트 옷깃에 있지도 않은 먼지를 떨어내는 척하면서 말이에요. '좀 쉬셔야죠.' 그랬더니 '아냐, 실컷 한번 놀아봐야겠어. 그러고 싶어. 그래야겠다고. 여기 이 가방에 내 옷 좀 가득 챙겨줘' 그러셨어요. 신경쓰지 마세요, 아씨. 저기 아카디아 무도회에 가서 좀 즐기다 오실 모양이구먼요. 어, 어, 아씨 발에 벌떼만치 모기가 모여드는데요."

정말로 모기떼가 클래리스의 하얀 발에 무지막지하게 달려들고 있었다. 그녀는 브루스가 말하는 동안 무의식적으로 한 발을 다른 쪽 발에 번갈아 문지르고 있었다.

"아카디아 무도회라." 그녀가 경멸조로 되풀이했다. "쳇! *세상에!* 라바이에르 집안사람이 잘하는 짓이네. 아카디아 무도회에 가는데 가방에 옷을 잔뜩 넣어갈 이유는 뭐람!"

"오, 클래리스 아씨, 어서 잠자리에 드세요. 잠이나 푹 자두시라고요. 한두 주 있다 돌아오신다고 했구먼요. 젊은 남자들이 하는 말을 여기 젊은 아씨 앞에서 그대로 읊을 수는 없지요."

클래리스는 더는 별말이 없다가 갑자기 몸을 돌려 집안으로 들어가버렸다.

"요놈의 입으로 너무 많이 떠들어버렸구먼, 바보 천치 같으니라고." 집에서 멀어지며 브루스가 중얼거렸다.

---

* 미국독립전쟁에서 활약한 장군.

알세가 무도회에 도착한 것은 당연히 아주 늦은 시간이었다. 그러니까 자정에 손님들에게 닭 검보*를 대접하는 시간도 지난 후였다.

사람들이 홀이라고 부르는 천장이 낮고 커다란 방엔 세 대의 바이올린이 울려대는 음악에 맞춰 춤을 추는 남녀가 가득했다. 넓은 베란다가 홀 사방을 둘러싸고 있었다. 한편에는 취기가 없는 남자들이 카드놀이를 하는 방이 있었다. 아기들을 재워놓은 또다른 방은 '*아가들 방*'이라고 불렸다. 백인은 누구든 아카디아 무도회에 참석할 수 있었지만, 레모네이드와 커피, 닭 검보값은 내야 했다. 그리고 아카디아인처럼 행동해야 했다.** 이 무도회의 주최자는 그로스뵈프였다. 젊은 시절부터 내내 무도회를 열어온, 이제는 중년에 접어든 남자였다. 그사이 소란이 인 건 단 한 번으로 기억하는데, 이 동네에 볼일도 없고 동네 사람과 접촉도 없던 미국인 철도노동자들이 일으킨 것이었다. 그로스뵈프는 그들을 '철길에서 온 악동들'이라고 불렀다.

알세 라바이에르가 무도회에 나타나자 남자들 사이에서도 잠시 동요가 일었다. 그런 불운을 겪고도 여전한 '강단'에 감탄하지 않을 수 없었던 것이다. 물론 라바이에르 집안이 부자라는 건 다들 알았다. 그 집 자산이야 동쪽에도 있고 도시에도 더 있었으니까. 하지만 '대단한 *사나이*'는 되어야 그 정도의 타격에도 냉정함을 유지하며 버틸 수 있다고

---

* 루이지애나의 대표적인 음식으로, 고기나 해산물 육수에 셀러리, 피망, 양파, 그리고 오크라나 필레 가루를 넣어 끓인 걸쭉한 수프.

** '아카디아인'은 17~18세기 프랑스에서 건너와 캐나다 대서양 연안에 정착한 이주민을 뜻한다. 이후 정착지에서 쫓겨나 미국 루이지애나로 이주하게 되는데 이들을 흔히 '케이즌(cajun)'이라고 부른다. 이들은 프랑스의 문화와 생활양식을 오래도록 유지하며 독특한 프랑스어를 사용하고 미국 내 독특한 프랑스 문화를 형성했다.

보았다. 파리 신문을 주로 읽으며 만사에 통달한 나이든 신사 하나는 만나는 사람마다 알세의 행동이 '시크'하다고, '아주 시크'하다고 말하며 낄낄거렸다. 불랑제*보다 위풍당당하다고도 했다. 어쩌면 그럴지도 몰랐다.

하지만 그가 밖으로 내보이지 않았던 것이 있다면, 오늘밤 난장판을 벌이고 싶은 기분이라는 사실이었다. 가엾은 보비노만이 어렴풋이 느꼈을 뿐이다. 그는 젊은 농장주 알세가 문간에 서서 약간 열에 들뜬 시선으로 모인 사람들을 둘러볼 때나 곁에 있는 아카디아인 농부들과 웃고 떠들 때, 그 잘생긴 눈매에서 뿜어나오는 어떤 빛을 감지했다.

보비노는 둔해 보이는데다 어설펐다. 사실 남자들 대부분이 그랬다. 하지만 젊은 여자들은 무척이나 아름다웠다. 알세 앞을 지나치며 흘깃 눈길을 주는 여자들의 눈은 시원한 대초원에 선 암송아지의 눈처럼 크고 깊고 다정했다.

그래도 역시 최고는 칼릭스타였다. 그녀의 흰 드레스는 프로니(두 사람은 성당 계단에서 싸운 일을 까맣게 잊고 다시 친구가 되었다)의 드레스에 비하면 전혀 멋지거나 잘 만들어진 드레스가 아니었고, 신발도 오지나의 것만큼 맵시가 나지 않았다. 게다가 지난 무도회 때 빨간색 부채가 부러졌는데 숙모고 삼촌이고 아무도 새로 부채를 사주려 하지 않아 손수건으로 얼굴을 부쳐대고 있었다. 그래도 남자들은 오늘밤 그녀가 더할 나위 없이 아름답다고 입을 모았다. 얼마나 생기발랄한지! 얼마나 자유분방한지! 얼마나 재치 만발인지!

---

* 프랑스 제3공화정 때 활약한 조르주 에르네스트 장마리 불랑제 장군.

"어이, 보비노! 대체 왜 그래? 늪에 빠진 티나 아줌마네 나이든 암소처럼 왜 거기 가만히 콕 박혀 있는 거냐고?"

제대로였다. 딴 데 정신이 팔려 춤출 생각은 완전히 잊고 있던 보비노를 보기 좋게 한 방 먹인 거였고, 그로 인해 주변에서 한바탕 웃음이 터져나왔다. 그도 기분좋게 따라 웃었다. 칼릭스타가 아예 본 척도 안 하는 것보다야 그런 관심이라도 보여주는 게 나았다. 하지만 구석에 앉아 있던 수존 부인은 옆에 앉은 사람에게 만약 오지나가 저런 식으로 행동했으면 당장 마차에 태워 집으로 쫓아버렸을 거라고 속삭였다. 여자들이 칼릭스타의 행동을 항상 좋게 받아들인 것은 아니었다.

이따금 음악이 잦아들면 바깥공기를 쐬면서 잠깐 쉴 겸 젊은이들은 쌍을 이루어 베란다로 몰려나갔다. 달은 이미 파리해져 서쪽으로 기울었지만 동쪽에서는 아직 동이 틀 기미가 없었다. 잠깐의 휴식이 끝나고 다들 다시 카드리유를 추려고 안으로 들어갔는데, 그 사이에 칼릭스타는 끼어 있지 않았다.

그녀는 바깥의 그늘진 곳에 놓인 벤치에 알세와 함께 앉아 있었다. 두 사람은 실없이 장난을 쳤다. 알세는 그녀의 손가락에서 작은 금반지를 빼내려고 했다. 그 반지로 뭘 어쩌자는 게 아니라 결국 다시 손가락에 끼워줄 테니 그냥 재미삼아 하는 거였다. 그런데도 그녀는 손을 꼭 쥐고 펴지 않았다. 알세는 그 손을 펴는 게 엄청나게 힘든 척을 했다. 그러고는 그 손을 자기 손으로 꼭 말아쥐었다. 반지는 그새 잊었는지 알세는 이번에는 그녀의 작은 갈색 귀에 매달린 가는 초승달 모양의 귀걸이를 가지고 장난을 쳤다. 동여맨 머리에서 삐져나온 곱슬거리는 머리칼을 잡아 그 끝을 말끔하게 면도한 자신의 볼에 비비댔다.

"작년 승천 대축일 기억나, 칼릭스타?" 두 사람은 젊은 세대라 영어로 대화하는 걸 더 좋아했다.

"승천 대축일 얘기는 꺼내지도 마요, 알세 씨. 하도 들어서 신물이 날 정도니까."

"그래, 알지. 멍청이들! 네가 대축일 축제에 가고 나도 어쩌다 간 건데, 그걸 가지고 우리가 같이 갔다고 떠들어댔으니. 그래도 그때 좋았잖아, 안 그래, 칼릭스타?"

보비노가 홀에서 나와 불 밝힌 문간에 잠시 서서 불안한 듯 뭔가를 찾으며 어둠 속을 쏘아보는 게 두 사람의 눈에 띄었다. 그는 둘을 보지 못하고 천천히 집안으로 다시 들어갔다.

"저기 보비노가 널 찾네. 불쌍한 보비노 정신을 완전히 빼놓을 셈이지. 언젠가는 그와 결혼할 거면서. 안 그래, 칼릭스타?"

"아니라고는 안 해요." 그녀가 대답하고는 그의 손에서 자기 손을 빼내려 했다. 그럴수록 그는 더욱 힘을 주어 손을 꽉 쥐었다.

"하지만 칼릭스타, 사람들에게 되갚아주기 위해서라도 승천 대축일 축제에 다시 가겠다고 했잖아."

"그런 말 한 적 없어요. 꿈을 꾸셨나보네."

"아니, 그렇게 말한 줄 알았는데. 난 도시로 갈 거야."

"언제요?"

"오늘밤에."

"그럼 서두르셔야겠네요. 금방 동틀 텐데."

"뭐, 그럼 내일 가도 되고."

"거기서 뭘 하려고요?"

"몰라. 호수에 빠져 죽겠지, 아마. 네가 거기 숙부네에 오지 않는다면 말이야."

칼릭스타의 마음이 마구 흔들렸고, 장미 꽃잎이 닿듯이 알세의 입술이 그녀의 귀를 스치자 정신이 아득해졌다.

"알세 주인님! 거기 알세 주인님이세요?" 걸쭉한 흑인 목소리가 들려왔다. 그는 두 사람이 앉은 자리 근처의 난간을 붙잡고 바깥쪽에 서 있었다.

"또 뭐야?" 알세가 짜증스럽게 외쳤다. "도대체 한순간도 날 가만히 놔둘 수가 없나?"

"주인님 찾아서 사방을 다녔구먼요." 하인이 말했다. "잠깐 주인님을 보겠다고 저기 길에, 뽕나무 아래에서 누가 기다려요."

"가브리엘 천사가 왔다 한들 내가 저 길까지 나가나봐라. 그리고 다시 와서 한 마디라도 더 떠들면 네 목을 부러뜨려놓을 줄 알아." 흑인이 뒤돌아 구시렁거리며 사라졌다.

알세와 칼릭스타가 나지막하게 웃었다. 활기 넘치던 그녀의 모습은 온데간데없었다. 두 사람은 마치 연인처럼 소리를 낮춰 속삭이고 조용히 웃었다.

"알세! 알세 라바이에르!"

이번엔 흑인 하인의 목소리가 아니라 알세의 몸 전체를 전기충격처럼 휩쓸고 지나가는 목소리였다. 알세가 벌떡 일어났다.

흑인 하인이 섰던 자리에 승마복을 입은 클래리스가 서 있었다. 별안간 잠에서 깬 사람처럼 잠깐 알세의 머릿속이 혼란스러웠다. 그렇지만 사촌이 이 한밤중에 무도회로 찾아올 정도면 뭔가 심각한 문제라는 생각이 들었다.

"무슨 일이야, 클래리스?" 그가 물었다.

"집에 무슨 일이 생겼다는 거죠. 지금 가야 해요."

"*어머니께?*" 그가 깜짝 놀라며 물었다.

"아니, 그건 아니에요. *대모님은 주무세요. 다른 일이에요.* 괜히 놀라게 하긴 싫지만 지금 가야 해요. 나랑 같이 가요, 알세."

굳이 애원할 필요도 없었다. 알세는 그 목소리라면 어디든 따라갈 테니까.

그녀는 그제야 벤치에 앉아 있는 여자를 알아봤다.

"*아, 칼릭스타, 너구나. 잘 지내지?*"

"*그럼요. 아가씨도 별일 없으시죠?*"

알세가 낮은 난간을 뛰어넘더니, 칼릭스타에게는 말 한 마디 없이 눈길조차 안 주고 클래리스를 따라나섰다. 칼릭스타를 남겨두고 간다는 사실조차 잊은 것이다. 하지만 클래리스가 뭐라고 속삭이자 그가 뒤돌아 "잘 있어, 칼릭스타"라고 말하며 난간 사이로 손을 내밀었다. 그녀는 그 손을 못 본 척했다.

"어떻게 된 거야? 혼자 여기 앉아 있었던 거야, 칼릭스타?" 혼자 남겨진 그녀를 발견한 사람은 보비노였다. 춤추던 젊은이들은 아직 나오지 않았다. 그녀는 동쪽 하늘에서 기를 쓰며 올라오는 희미한 회색 빛을 참담한 심정으로 바라보았다.

"그래, 나야. 저기 *작은 마당*에 가서 올리스 아줌마한테 내 모자 좀 달라고 해. 어디 있는지는 아줌마가 알아. 집에 가야겠어."

"올 때 어떻게 왔는데?"

"카토네랑 걸어왔지. 하지만 안 기다리고 지금 가려고. 정말 너무 피곤해."

"내가 같이 가도 될까, 칼릭스타?"

"그러든지."

두 사람은 아직 어둑한 길에서 발을 헛디뎌가며 너른 대평원을 가로질러 들판 가장자리를 따라 걸어갔다. 그녀의 치마가 바닥에 끌려 다 젖은 걸 보고 그가 치마를 걷어올리고 걸으라고 말했다. 그녀는 손으로 잡초니 풀 등을 뜯으며 걷고 있었기 때문이다.

"상관없어. 어차피 빨아야 하는데, 뭐. 보비노, 너 옛날부터 나랑 결혼하고 싶다고 그랬지. 그래, 네가 원한다면 난 상관없어."

젊은 아카디아인의 그을고 다부진 얼굴이 갑작스럽게 찾아온 엄청난 행복감으로 달아올랐다. 그는 너무 기뻐서 말이 나오지 않았다. 숨이 막힐 지경이었다.

"뭐, 싫으면 말고." 칼릭스타는 그가 아무 대꾸를 안 해서 자존심이 상한 척을 하며 되는 대로 툭 내뱉었다.

"맙소사! 지금 네가 한 말에 내가 정신이 하나도 없다는 거 알잖아. 진심이야, 칼릭스타? 또 마음 바뀌는 거 아니지?"

"이렇게까지 얘기한 적은 지금까지 한 번도 없었잖아, 보비노. 진심이야. 자." 그러면서 그녀는 남자들이 거래를 성사한 뒤 서로 손을 맞잡을 때 하듯이 손을 내밀었다. 행복에 겨워 대담해진 보비노는 칼릭스타에게 키스해달라고 말했다. 그녀는 밤새도록 신나게 노느라 거의 흥해진 얼굴을 그를 향해 돌리고 그를 가만히 바라보았다.

"그러고 싶지 않아, 보비노." 그녀가 다시 고개를 돌리며 말했다. "오늘은 아니야. 다음에 해줄게. *세상에!* 이걸로 만족이 안 되는구나!"

"아냐, 만족해, 칼릭스타." 그가 말했다.

숲속을 가로질러 달리던 중에 클래리스의 안장이 풀려 두 사람은 안장을 다시 묶기 위해 말에서 내렸다.

알세는 집에 무슨 일이 있는 거냐고 스무 번도 더 물어보았다.

"클래리스, 도대체 뭐야? 무슨 안 좋은 일이 생긴 거야?"

"*아, 몰라!* 그냥 나한테 무슨 일이 생긴 거야."

"너한테라니!"

"간밤에 당신이 가방을 들고 나가는 걸 봤어, 알세." 그녀가 안장을 제대로 하려고 애쓰며 머뭇머뭇 말했다. "그래서 브루스를 닦달해 알아냈지. 당신이 무도회에 갔고 몇 주 동안 돌아오지 않을 거라고 하더라고. 그래서 알세 당신이 아마 승천 대축일 축제에 가려나보다, 하는 생각이 들었어. 그러니까 미치겠더라고. 당신이 **지금 당장**, 오늘밤에 돌아오지 않으면 내가 견디지 못할 거라는 걸 알았어, 또다시 말이야."

그녀는 안장에 팔을 걸치고 그 팔에 얼굴을 묻은 채 말했다.

그는 이 말이 자기를 사랑한다는 말인가 싶었다. 하지만 그녀가 직접 그렇게 말해야만 믿을 수 있을 것 같았다. 그리고 그녀가 그 말을 하자, 그로서는 세상 전체가 달라진 듯했다. 보비노가 그랬듯이. 허리케인이 그를 망가뜨린 것이 겨우 지난주 아니던가? 지금은 허리케인이 멋진 농담인 것 같았다. 한 시간 전에 칼릭스타의 귀에 입을 맞추며 실없는 소리를 속삭이던 사람도 바로 그였다. 하지만 이제 칼릭스타는 먼

전설 같았다. 세상에 존재하는 단 하나의 위대한 현실은 그의 앞에 서서 자신을 사랑한다고 말하는 클래리스뿐이었다.

멀리서 총소리가 빠르게 연이어 들려왔다. 두 사람은 전혀 놀라지 않았다. 관례대로 흑인 악사들이 마당에 나와 허공에 대고 총을 쏘아 '무도회가 *끝났음*'을 알리는 것임을 알았기 때문이다.

[속편] 폭풍우

1

나무 이파리들이 얼마나 미동도 없는지 곧 비가 오리라는 건 비비도 알 수 있었다. 어린 아들과 아주 동등한 관계로 대화하는 데 익숙한 보비노는 아이를 불러 위협적이고 음침한 우르릉 소리와 함께 뭔가 불길한 의도를 지니고 서쪽에서부터 밀려오는 거무스레한 구름을 보라고 했다. 두 사람은 프리드하이머네 가게에 있었고, 폭풍우가 지나갈 때까지 가게에서 기다리기로 했다. 그들은 문 안쪽에 놓인 두 개의 빈 맥주 통 위에 앉았다. 네 살인 비비는 아주 총명해 보였다.

"엄마도 무서울 거야, 그럼." 아이가 눈을 깜박거리며 말했다.

"문을 다 닫고 있을 거야. 오늘 저녁에는 실비가 일을 도와주러 와 있을지도 모르고." 보비노가 안심시키듯 말했다.

"아냐, 실비랑 같이 있지 않아. 실비는 어제 왔었어." 비비가 새된 소리로 대꾸했다.

보비노는 일어나 건너편 카운터로 가서 칼릭스타가 무척 좋아하는 새우 통조림을 샀다. 그러곤 다시 자리로 돌아와 폭풍우가 매섭게 휘몰아치는 동안 새우 통조림을 손에 들고 멍하니 앉아 있었다. 폭풍우가 목재로 만든 가게를 마구 흔들더니 이제는 저멀리 들판에 깊은 홈을 새기며 지나가는 모양이었다. 고사리손을 아버지의 무릎에 놓고 앉은 비비는 무섭지 않았다.

2

집에 있는 칼릭스타는 두 사람이 괜찮을지 걱정하지 않았다. 그녀는 창가 옆에 앉아 재봉틀로 맹렬하게 바느질을 하고 있었다. 워낙 일에 몰두해서 폭풍우가 오는지도 몰랐다. 하지만 너무 더워서 수시로 하던 일을 멈추고 얼굴에 방울방울 맺힌 땀을 닦아내야 했다. 그녀는 헐렁한 흰색 드레스의 위쪽 단추를 풀었다. 그러다가 사위가 어두워지자 문득 상황을 알아차리고는 서둘러 자리에서 일어나 집안을 돌아다니며 창문과 문을 닫았다.

앞쪽의 작은 베란다에 보비노의 나들이옷을 말리려 널어두었기 때문에 그녀는 빗방울이 떨어지기 전에 옷을 걷으려고 황급히 밖으로 나갔다. 막 베란다로 나서는데 알세 라바이에르가 말을 타고 대문으로 들어섰다. 결혼 후에는 그를 본 적이 별로 없었고, 둘이서만 본 적은 한 번도 없었다. 그녀가 보비노의 웃옷을 손에 든 채 자리에 그대로 서 있는데 굵은 빗방울이 떨어지기 시작했다. 알세는 옆쪽 처마밑, 닭들이 옹기종기 모여 있고 한구석에는 쟁기나 써레 따위가 쌓여 있는 곳으로 말을 몰았다.

"당신네 베란다에서 폭풍우가 지나갈 때까지 좀 기다려도 될까, 칼릭스타?" 그가 물었다.

"들어와요, 알세 씨."

그의 목소리와 대답하는 자신의 목소리가 마치 꿈결처럼 들려, 그녀는 깜짝 놀라 보비노의 조끼를 꽉 움켜쥐었다. 알세는 포치로 올라와 갑자기 불어닥친 돌풍에 날려갈 뻔한 비비의 끈목 장식이 달린 웃옷을 낚아채고 바지도 붙잡았다. 그는 그냥 베란다에 있겠다고 했지만, 그건 밖에 있는 것이나 매한가지라는 사실이 곧 분명해졌다. 억수같이 퍼붓는 빗물이 베란다로 마구 들이치자 결국 그는 안으로 들어가 문을 닫았다. 문 아래로 빗물이 들어오지 못하게 뭔가로 막아야 할 정도였다.

"맙소사! 뭔 비가 이렇게! 이 정도로 비가 쏟아지는 건 이 년 만인 것 같네." 칼릭스타가 마댓자루 천조각을 둘둘 말며 외쳤다. 알세가 그것을 문 아래로 끼워넣는 일을 도왔다.

그녀는 미혼이던 오 년 전보다 살집이 좀 붙었다. 하지만 생기발랄함은 그대로였다. 사람의 애간장을 녹이는 매력적인 푸른 눈도 여전했다. 비바람에 헝클어진 아마색 머리가 귀와 이마 주변에서 특히 더 곱슬거렸다.

빗줄기가 지붕을 뚫고 쏟아져들어올 것처럼 낮은 널빤지 지붕을 세

차고 요란스레 두드려댔다. 그들이 있는 곳은 식당이자 응접실이며 다용도실이기도 했다. 한쪽으로는 그녀의 침대와 비비의 침대가 나란히 놓인 칼릭스타의 침실이 이어졌다. 방문이 열려 있었다. 창문의 덧문이 닫혀 있어서 커다란 흰 침대가 놓인 그 방은 어두침침하면서도 신비로워 보였다.

알세는 흔들의자에 털썩 앉았고, 칼릭스타는 안절부절못하며 바느질하느라 바닥에 펼쳐두었던 면 원단을 집어 정리하기 시작했다.

"저렇게 비가 계속 쏟아지면 제방이 견디려나 몰라!" 그녀가 말했다.

"제방이 무슨 상관이 있다고?"

"상관있죠! 게다가 보비노와 비비가 오다가 이 비를 만났으면 어쩐담. 차라리 프리드하이머네에 그냥 있으면 좋겠는데."

"보비노가 폭풍이 치는 동안 밖에 나다니지 않을 분별력 정도는 가졌기를 바라자고, 칼릭스타."

칼릭스타는 창가로 가서 무척이나 근심스러운 얼굴로 밖을 내다보았다. 그녀는 습기로 김이 서린 창문을 닦았다. 숨이 막히도록 후덥지근했다. 알세도 일어나 창가로 와서 그녀의 어깨 너머로 밖을 내다보았다. 빗줄기가 얼마나 굵고 거센지 멀리 떨어진 오두막집들도 잘 보이지 않고 저멀리 숲은 잿빛 안개에 뒤덮여 있었다. 천둥 번개도 계속되었다. 들판 가장자리의 멀구슬나무에 번개가 떨어졌다. 번쩍하더니 시선이 닿는 곳까지 온통 앞이 안 보일 정도로 환해졌고, 그 충격은 그들이 선 마룻바닥에까지 이른 듯했다.

칼릭스타가 두 손으로 눈을 가리며 외마디소리와 함께 뒤로 물러났다. 알세의 팔이 그녀를 감쌌고, 알세는 잠시 그의 품에 안긴 그녀를 자기도 모르게 꼭 끌어안았다.

"*아이고!*" 그녀가 자신을 감싼 팔에서 벗어나 창문가에서 물러나며 외쳤다. "다음엔 이 집 차례겠네! 비비가 어디 있는지만 알아도 좋겠는데!" 그녀는 한시도 가만히 있질 못했다. 자리에 앉으려고도 하지 않았다. 알세가 그녀의 어깨를 붙들고 그 얼굴을 가만히 들여다보았다. 무심결에 품에 안아 고동치는 따뜻한 그녀의 몸을 느끼자 그 육체에 대한 묵은 열병과 욕망이 한꺼번에 되살아났다.

"칼릭스타." 그가 말했다. "무서워할 거 없어. 아무 일도 없을 거야. 이 집은 나지막한데다가 큰 나무들이 주위를 둘러싸고 있으니 벼락이 내릴 일은 없어. 자, 좀 진정해, 응?" 그가 열이 올라 후끈해진 그녀의 얼굴을 덮은 머리칼을 뒤로 쓸어넘겼다. 입술이 석류씨처럼 빨갛고 촉촉했다. 그녀의 하얀 목덜미와 슬쩍 눈에 비친 풍만하고 단단한 가슴이 그를 뒤흔들었다. 그녀가 그를 올려다보았고, 물기 어린 푸른 눈에 담긴 두려움이 무의식적으로 육감적인 욕망을 내비치는 몽롱한 빛으로 바뀌었다. 그녀의 눈을 들여다보자 그는 자신의 입술로 그녀의 입술을 덮는 일밖에 달리 어쩔 수가 없었다. 승천 대축일이 떠올랐다.

"승천 대축일, 기억해, 칼릭스타?" 열정에 타올라 말까지 더듬거리며 그가 낮은 목소리로 물었다. 아! 당연히 기억하지! 그때 그가 그녀에게 키스를 하고 또 했으니까. 결국 그는 거의 정신이 나갈 지경이 되어 그녀를 지켜주기 위해 필사적으로 자리를 떠야 했다. 당시 그녀는 티 없이 청순한 비둘기는 아니었을지 몰라도 여전히 처녀성은 지키고 있었다. 열정적인 인물이었지만 무방비라는 바로 그 점이 오히려 그녀를 지켜주었고, 그는 자신의 명예 때문에라도 그녀를 범할 수 없었다. 그런데 지금은, 글쎄, 어떤 점에서 그녀의 입술은 마음대로 맛보아도 될 것 같았다. 곡선을 이룬 흰 목덜미와 그보다 하얀 가슴도.

둘은 요란스럽게 쏟아지는 빗소리에 더이상 신경쓰지 않았고, 비바람이 으르렁거릴 때면 그녀는 그의 팔에 안겨 깔깔거렸다. 어둑하고 신비로운 방안의 그녀는 계시啓示나 다름없었다. 누워 있는 침대만큼이나 희었다. 자신의 타고난 권리를 처음으로 깨닫게 된 그녀의 단단하고 탄력 있는 살은 태양이 영속하는 생명에 자신의 숨결과 향기를 나누어주기 위해 초대한 미색의 백합과도 같았다.

간교나 술수 없이 아낌없이 베푸는 그녀의 풍부한 열정은 흰 불꽃처럼 이제껏 한 번도 가닿은 적 없는 육감적 본성의 저 깊숙한 곳까지 뚫고 내려가 그의 반응을 느꼈다.

그의 손길 아래에서 그녀의 가슴은 황홀감으로 전율하며 스스로를 내맡겨 그의 입술을 불렀다. 그녀의 입은 기쁨이 솟아나는 샘물이었다. 하나가 되었을 때 두 사람은 삶의 신비라는 머나먼 경계에 가닿은 듯 절정에 이르렀다.

진이 빠진 그가 숨을 헐떡거리며 몽롱한 상태로 그녀의 몸 위에 쓰러졌고 고동치는 가슴이 망치처럼 그녀를 두들겼다. 그녀가 한 손으로 그의 머리를 감싸안고 그 이마에 가볍게 입술을 댔다. 다른 손으로는 탄탄한 어깨를 가만가만 토닥거렸다.

으르렁거리던 천둥이 멀어져가고 있었다. 지붕에 떨어지는 빗줄기도 어느새 약해져서 그 소리에 두 사람은 졸음이 쏟아졌다. 그러나 잠이 들 수는 없었다.

비가 그쳤다. 다시 해가 모습을 드러내며 초록빛 세상이 온통 보석을 뿌려놓은 듯 반짝였다. 칼릭스타는 베란다에 서서 알세가 말을 타고 떠나는 것을 지켜보았다. 그가 고개를 돌려 환한 얼굴로 그녀를 향해 미소를 지어 보였다. 그리고 그녀는 어여쁜 턱을 치켜들고 소리 내어 웃었다.

3

터벅터벅 집으로 돌아오던 보비노와 비비는 수조 앞에 잠깐 멈춰 서서 옷매무새를 살펴보았다.

"이런! 비비, 엄마가 뭐라고 하시겠냐! 창피한 줄 알아야 해. 그러니까 뭐하러 그 좋은 바지를 입었어. 꼴 좀 봐라. 게다가 옷깃에 진흙도 묻었네! 아니, 어떻게 하면 옷깃에까지 진흙이 튀냐, 비비? 너 같은 애는 처음 본다!" 체념한 비비는 말도 못하게 불쌍해 보였다. 질척거리는 길과 젖은 들판을 걸어오느라 자신과 아들의 몸에 잔뜩 튄 얼룩을 열심히 지우는 보비노는 더없이 사려깊고 진지했다. 나뭇가지로 비비의 맨다리와 맨발에서 진흙을 긁어내고 장화의 얼룩도 꼼꼼하게 닦아냈다. 그다음, 지나치게 빈틈없는 가정주부와 대면하는 최악의 상황을 대비해 마음을 다잡고 조심조심 뒷문으로 들어갔다.

칼릭스타는 저녁 준비를 하는 중이었다. 식탁을 차리고 화로에서 커피를 끓이고 있었다. 두 사람이 들어오자 그녀가 반색을 하며 달려갔다.

"오, 보비노! 드디어 왔네! 맙소사! 얼마나 걱정했다고. 그렇게 비가 쏟아지는데 어디 있었어? 비비는? 안 젖었어? 다친 데는 없어?" 그녀는 비비를 끌어안고 마구 입을 맞췄다. 보비노는 집에 오는 내내 준비한 해명과 사과의 말을 꺼내려고 했지만, 젖지 않았냐며 그를 만져보고 그저 두 사람이 안전하게 돌아와 다행스러워하는 듯한 그녀를 보자 그 말이 쏙 들어갔다.

"새우를 좀 사왔어, 칼릭스타." 보비노가 펑퍼짐한 옆 주머니에서 통조림을 꺼내 식탁에 올려놓으며 말했다.

"새우라니! 오, 보비노! 당신은 정말 훌륭하다니까!" 그녀는 쪽 소리가 나도록 그의 뺨에 입을 맞추며 말했다. "잘됐다, 오늘 저녁은 잔칫상이네! 쪽, 쪽!"

보비노와 비비는 마음이 놓이며 기분이 좋아졌다. 식탁에 앉은 세 사람이 얼마나 크게 웃고 떠들었는지 저멀리 라바이에르 집까지 이를 수도 있었을 것이다.

4

알세 라바이에르는 그날 밤 부인 클래리스에게 편지를 썼다. 다정한 배려심이 가득한 사랑스러운 편지였다. 그녀와 아기가 빌릭시에서 지내는 게 마음에 들면 서둘러 오지 말고 한 달 더 거기 머물러도 괜찮다는 내용이었다. 자신은 잘 지내고 있다고. 물론 두 사람이 아주 보고 싶지만 그들이 즐겁고 건강한 것보다 중요한 건 없으니 잠시 떨어져 있어도 참을 수 있다고 썼다.

5

클래리스는 남편의 편지를 받고 무척 기뻤다. 그녀와 아기는 잘 지
내고 있었다. 오랜 친구와 지인이 많이들 만※에 살아서 사교생활이 유
쾌했다. 결혼 후 처음으로 느껴보는 자유로운 분위기가 그녀를 즐거운
처녀 시절로 다시 데려다준 것만 같았다. 당연히 남편에게 정성을 다하
지만, 친밀한 결혼생활에서 당분간 벗어나는 일은 환영하고도 남을 일
이었다.

그렇게 폭풍우는 지나갔고 모두가 행복했다.

실크 스타킹 한 켤레

서머스 부인은 어느 날 기대하지도 않았던 15달러를 손에 쥐게 되었다. 그녀에게는 큰돈이었다. 다 해진 낡은 돈지갑이 두둑해진 걸 보자 수년간 누리지 못했던 자존감이 솟아났다.

이 돈을 어떻게 쓸 것인가, 그것이 그녀가 가장 고심한 문제였다. 보기에는 하루이틀을 몽롱한 상태로 돌아다니는 듯했지만 사실은 이것저것 떠올리고 계산하느라 여념이 없었다. 괜히 성급하게 행동해서 나중에 후회할 일을 하고 싶지는 않았다. 하지만 어느 때보다 말똥말똥한 정신으로 여러 방안을 따져보는 고요한 한밤중이면 그 돈을 적절하고 현명하게 지출할 길이 또렷이 보이는 듯했다.

1, 2달러를 보태면 딸 제이니에게 평소 사주는 신발보다 좀더 좋은 걸 사줄 수 있을 것이다. 그러면 분명 훨씬 더 오래 신을 수 있겠지. 아

들들과 제이니와 매그에게 셔츠를 만들어줄 퍼케일 천도 넉넉히 사고. 다 낡은 셔츠를 재주껏 기워서 입히려고 했었는데 말이야. 매그도 원피스가 하나 필요하지. 가격이 꽤 할인된 예쁜 무늬의 원피스를 상점 진열창에서 보았더랬다. 그러고 나서도 긴 양말을 살 돈이 충분히 남을 거야. 두 켤레씩 사줘야겠다. 그러면 당분간은 해진 양말을 꿰매지 않아도 되겠네! 아들 녀석들에게 모자를 사주고, 딸애들에게는 세일러 모자를 사줘야지. 생전 처음 새 옷을 차려입고 말끔해질 앙증맞은 아이들의 모습을 떠올리자 그녀는 신이 나서 마음이 들썽거리고 잔뜩 기대에 부풀어 잠을 이룰 수가 없었다.

이웃들은 그녀가 서머스 부인이 되겠다는 마음을 먹기 전의 '좋았던 시절'을 이따금 입에 올렸다. 그녀 자신은 젊은 시절을 회고하는 불건전한 일을 하는 법이 없었다. 과거에 빠져 있을 시간이라고는 일분일초도 없었다. 지금 사는 일에 온 힘을 다 쏟아야 했다. 미래가 흐릿하고 수척한 괴물 같은 모습으로 나타나면 간혹 질겁하는 일은 있었지만, 다행히 내일은 오지 않았다.

서머스 부인은 할인 행사가 얼마나 중요한지 알았다. 저렴한 가격에 파는 어떤 물건에 꽂히면 그것을 얻기 위해 조금씩 앞으로 나아가며 몇 시간이든 기다릴 수 있는 사람이었다. 필요할 때는 마구 비집고 들어가기도 했다. 원하는 물건을 움켜잡고 나면 그것을 꼭 붙들고, 언제가 되었든 자기가 계산할 차례가 올 때까지 끈기를 가지고 결연하게 기다릴 줄 알게 되었다.

하지만 그날은 피곤하고 기운도 좀 없었다. 점심을 대충 때웠구나— 아, 아니야! 생각해보니 아이들 밥을 먹이고 집 정리를 하고 쇼핑하러

나갈 준비를 하느라 밥 먹는 것도 까맣게 잊었네!

　그녀는 셔츠용 무늬 옷감이 잔뜩 쌓인 판매대 주위로 진을 치고 있는 인파를 뚫고 들어가기 전에 기운을 차리고 마음을 다잡으려 상대적으로 한적한 판매대 앞에 놓인 회전의자에 앉아 있었다. 맥이 빠지며 몸이 축 늘어져 무심결에 판매대에 손을 얹었다. 그녀는 장갑을 끼고 있지 않았다. 그런데 손에 닿은 아주 부드럽고 감촉이 좋은 무언가가 서서히 느껴졌다. 내려다보니 손 아래로 실크 스타킹이 잔뜩 쌓여 있었다. 옆에 걸린 펼침막에 2달러 50센트짜리 스타킹을 할인해서 1달러 98센트에 판매중이라고 적혀 있었다. 판매대 뒤에 서 있던 젊은 점원이 자기네 실크 스타킹을 한번 보시겠냐고 물었다. 그녀는 점원이 다이아몬드 보석을 사러 온 손님에게 물건을 한번 보시겠냐고 묻기라도 한 양 그저 미소를 지었다. 그러면서도 여전히 그 부드럽고 윤이 나는 호화로운 물건을 만지작거리고 있었다. 이제는 아예 두 손으로 집어들고는 반짝이는 스타킹을 바라보고 손가락 사이로 스르르 흐르는 감촉을 느껴보았다.

　창백하던 얼굴에서 양쪽 볼이 문득 발그레 달아올랐다. 그녀가 점원을 올려다보았다.

　"8.5사이즈 있을까요?"

　8.5사이즈는 아주 많았다. 사실 어떤 사이즈보다 물건이 많았다. 하늘색 스타킹이 한 켤레 있었다. 연보라색도 있고, 검은색도 있고, 갈색과 회색 계열의 다양한 색깔도 있었다. 서머스 부인은 검은색 스타킹을 골라 오랫동안 꼼꼼히 들여다보았다. 그녀는 옷감의 재질이 어떤지 살펴보는 시늉을 했고, 점원은 고급 옷감이라고 장담했다.

"1달러 98센트라." 그녀가 큰 소리로 혼잣말을 했다. "이걸로 살게요." 점원에게 5달러짜리 지폐를 건네준 뒤, 점원이 거스름돈과 물건을 가져오기를 기다렸다. 상자가 정말 작기도 하지! 낡고 추레한 장바구니 속 어디에 박혔는지 잘 보이지도 않았다.

그러고 나서도 서머스 부인은 할인 행사 매대로 가지 않았다. 승강기를 타고 여성 휴게실이 있는 위층으로 올라갔다. 그곳의 구석진 곳으로 가서 면 스타킹을 벗고 방금 산 실크 스타킹으로 갈아 신었다. 그녀의 예리한 정신이 작동하지도 않았고, 사리를 따져보거나 그러한 행동의 동기를 만족스럽게 설명해보려는 노력도 하지 않았다. 생각이라고는 전혀 하지 않았다. 그녀는 잠시 그 고되고 피곤한 작용에서 벗어나, 그녀의 행위를 지휘하며 그녀의 책임을 덜어주는 어떤 기계적인 충동에 몸을 맡겼다.

살에 닿는 실크의 촉감이 얼마나 좋은지! 부드러운 소파에 누워 그 호사스러움을 만끽하는 기분이었다. 그녀는 잠시 그 기분에 빠져 있었다. 그러고는 다시 신발을 신고 면 스타킹을 돌돌 말아 장바구니에 집어넣었다. 그다음엔 곧장 신발 파는 곳으로 가서, 신발을 신어보려고 앉아서 기다렸다.

그녀는 까다로웠다. 점원은 도무지 그녀를 파악할 수 없었다. 그녀의 닳고 닳은 헌 신발과 아름다운 새 실크 스타킹의 부조화를 이해할 수가 없는데다 그녀는 웬만해서는 만족하지도 않았다. 그녀는 치마를 들어올린 뒤, 발을 쭉 빼고 고개를 외로 꼬아 끝이 뾰족한 반짝이는 부츠를 내려다보았다. 발과 발목이 무척 예뻐 보였다. 그게 자신의 발이고 자신의 일부라는 게 믿기지 않았다. 그녀는 젊은 점원에게 멋지고 세련

된 신발을 원한다고, 마음에 들기만 하면 1, 2달러 비싼 건 상관없다고 말했다.

점원이 서머스 부인의 손에 맞는 장갑을 끼워준 게 언제인지 몰랐다. 아주 가끔 장갑을 샀을 때도 늘 '할인'하는 장갑을 샀고, 그렇게 싸게 파는 장갑을 점원이 끼워주기를 원하는 일 자체가 터무니없고 말이 되지 않았다.

이제 그녀는 장갑을 파는 판매대의 쿠션 위에 팔을 올려놓았고, 쾌활한 젊은 여성이 섬세하고 능란한 손놀림으로 서머스 부인의 손에 긴 '키드' 가죽장갑을 끼워주었다. 손목 부분까지 매끈하게 매만진 뒤 맵시 있게 단추를 잠갔다. 두 여자는 잠시 홀린 듯이 대칭을 이루어 놓인 장갑 낀 작은 손을 감탄하며 바라보았다. 하지만 돈을 쓸 곳은 또 있었다.

몇 걸음 걸어내려가면 노점 진열창 안에 책과 잡지가 쌓여 있었다. 서머스 부인은 자신이 여러 재미난 일을 즐기던 그 옛날 즐겨 읽던 값비싼 잡지 두 권을 샀다. 포장을 하지 않은 채 손에 들었다. 길을 건널 때는 되도록 치마를 들어올렸다. 새 스타킹과 부츠와 딱 맞는 장갑이 그녀의 태도를 기적처럼 바꿔놓았다. 그것들로 인해 그녀는 자신감이 생겼고, 잘 차려입은 사람들 무리에 속해 있다는 느낌이 들었다.

그녀는 무척 배가 고팠다. 다른 때라면 아무리 배가 고파도 참고 집에 가서 차를 끓이고 아무거나 있는 음식으로 요기를 했을 것이다. 하지만 지금 그녀를 이끄는 힘은 그런 식의 생각조차 용납하지 않았다.

길모퉁이에 식당이 있었다. 한 번도 들어가본 적이 없는 식당이었다. 이따금 창문으로 안을 들여다보면, 말끔한 다마스크 식탁보와 반짝이는 크리스털 식기와 상류층 손님의 시중을 드는 웨이터가 눈에 띄었다.

식당 안으로 들어섰을 때 사람들이 자기 모습을 보고 놀라거나 경악하면 어쩌나 약간 걱정스러웠는데 그런 일은 없었다. 작은 탁자에 혼자 앉았고, 웨이터가 곧 주문을 받으러 왔다. 그녀는 음식을 잔뜩 먹는 게 아니라 맛있고 훌륭한 음식을 먹고 싶었다. 그러니까 작은 석화 여섯 개와 무순을 곁들인 갈비 한 토막에 달달한 디저트로는 예를 들어 크림 프라페를 먹는 것이다. 그리고 백포도주 한 잔과 마지막에 작은 블랙커피 한 잔.

음식이 나오기를 기다리는 동안 그녀는 아주 느긋하게 장갑을 벗어서 옆에 놓았다. 그다음 잡지를 들고, 칼등으로 책장을 자르며 훑어보았다. 모든 게 마음에 들었다. 다마스크 식탁보는 밖에서 창문으로 들여다봤을 때보다 더 깨끗했고 크리스털 식기도 더 반짝거렸다. 그녀에게 주의를 두지 않는 신사 숙녀들이 자신처럼 작은 탁자에 앉아 점심을 먹고 있었다. 듣기 좋은 은은한 음악소리가 들려왔고, 창문으로는 산들바람이 불어들어왔다. 그녀는 음식을 한 입 맛보고 잡지를 몇 자 들여다보고 천천히 와인을 마시고 실크 스타킹을 신은 발가락을 꼼지락거려도 보았다. 가격이 비싸도 전혀 아무렇지 않았다. 그녀는 돈을 세어 웨이터에게 주고 팁으로 줄 동전을 쟁반에 놓았다. 그러자 그녀가 무슨 왕족이라도 되는 양 웨이터가 허리 숙여 인사를 했다.

지갑엔 아직 돈이 남아 있었고, 그녀를 유혹할 다음 주자로 오후 공연 광고판이 나타났다.

좀 늦게 극장에 들어갔기 때문에 연극은 이미 시작되고 실내는 사람들로 꽉 차 보였다. 하지만 군데군데 빈자리가 있었고, 그녀는 안내를 받아 비싼 옷을 자랑하고 당과를 먹으며 시간을 죽이러 온, 화려하게 치장한 여자들 사이에 자리를 잡았다. 정말로 연극을 보러 온 사람들도 많았다. 그 주변 환경에 대해 서머스 부인식의 태도를 보인 사람이 그곳에 아무도 없었다고 해도 틀린 말은 아닐 것이다. 그녀는 그 전체를, 무대와 배우와 관객을 하나의 폭넓은 감각으로 받아들였고, 한껏 흡수하며 즐겼다. 희극을 보고 웃었고 또 울었다. 그녀도 그렇고 요란하게 차려입은 옆자리 여자도 비극을 보며 울었던 것이다. 그래서 그걸 두고 약간의 대화를 나누기까지 했다. 요란스러운 차림의 그 여성은 향수를 뿌린 작은 사각 레이스로 눈물을 닦고 코도 풀더니 자기 사탕 상자를 서머스 부인에게 내밀었다.

연극은 끝났고, 음악도 멈췄고, 관객들이 밖으로 쏟아져나왔다. 마치 꿈에서 깨어난 것만 같았다. 사람들이 사방으로 흩어졌다. 서머스 부인은 거리 모퉁이로 가서 전차를 기다렸다.

전차 건너편에 앉은 날카로운 눈매의 남자가 그녀의 창백한 작은 얼굴을 관찰해보고 싶은 마음이 든 모양이었다. 그런데 그 얼굴에서 본 것을 해독하지 못해 당황스러워했다. 사실 그는 아무것도 보지 못했다. 이 전차가 아무데도 결코 멈추는 일 없이 그저 계속해서 한없이 자신을 태우고 가주었으면 하는 그녀의 애끓는 소망, 강렬한 갈망을 알아챌 수 있을 마술사가 아닌 다음에야 말이다.

감상적이지 않은 토미
Tommy, the Unsentimental(1896)

월라 캐더
Willa Cather

윌라 캐더 (1873~1947)
미국 버지니아주 백크릭밸리 출생. 아홉 살에 버지니아를 떠나 네브래스카로 이주해서 1895년
네브래스카주립대학을 졸업했다. 혹독한 기후와 싸우며 개척 생활을 하는 북유럽 이주민들과
함께 보낸 네브래스카에서의 십 년간은 이후 그녀의 작품에 중요한 소재가 되었다. 평생 미혼으
로 살았고, 피츠버그에서 몇 년 동안 신문, 문예 잡지사 일과 교직 생활을 하다가 서른셋에 뉴욕
에 정착해 창작에 전념했다. 대표작으로는 단편 「감상적이지 않은 토미」 「폴의 사례*Paul's Case*」
와, 네브래스카의 대초원을 무대로 펼쳐지는 대서사시 『오, 개척자여!*O Pioneers!*』 그리고 『나의
앤토니아*My Antonia*』가 있으며, 네브래스카에서의 삶과 제1차세계대전을 그린 『우리 중의 하나
One of Ours』로 1923년 퓰리처상을 수상했다.

"네 아버지 말씀이 그 사람은 사업 쪽으로는 전혀 일머리가 없다고 하시던데. 당연하지만 참 안된 일이라고."

"사업은 무슨." 토미가 대답했다. "그 사람은 사업에 대해 아무것도 모르는 어린애야. 가르마를 똑바로 갈라 머리를 빗고 단춧구멍에 흰 카네이션을 꽂고 다니는 일 말고는 세상에 아무것도 할 줄 아는 게 없는 사람이지. 우편이 올 때마다 정기적으로 일주일에 두 번씩 헤이스팅스에서 물건을 주문해 받으면서 현금화한 어음은 금고에 내버려두기 일쑤라, 결국 다른 사람이 찾아내든지 아예 어디로 갔는지도 모른다고. 가끔은 내가 직접 가서 그 사람 소포를 보내야 할 때도 있다니까. 네가 보낸 거면 짧은 편지에도 당장 답장을 쓰겠지만, 사업과 관련된 편지는 답장하는 게 귀찮아서 아예 열어보지도 않고 없애버릴걸."

"그런데도 네가 그렇게 무던하게 그 사람을 대하는 거 보면 정말 대단해, 토미. 어디를 보나 책망을 들어 마땅한데 말이야."

"글쎄, 남자를 좋아하고 말고는 장점이나 능력에 좌우되는 것 같진 않아. 불행하게도 여자의 경우 역시 마찬가지지만. 좋아하면 좋아하는 거고, 아니면 아닌 거고, 그냥 그런 거지. 좋아하는 이유를 따지려 들면 내가 아니라 하늘에 계신 높으신 분에게 물어봐야 할 거야. 제이는 호감이 가는 사람이고, 가진 거라고는 달랑 그것뿐이지만 어쨌든 좋은 면이니까."

"그래, 그건 분명해." 제시카가 대꾸하면서, 신중하게 가스버너를 끄고 화장용품을 정리하기 시작했다. 토미는 그 모습을 빤히 지켜보다가 이해할 수 없다는 표정으로 몸을 돌렸다.

말할 필요도 없이 토미는 남자가 아니다. 예리한 회색 눈동자와 훤한 이마가 그닥 여성스럽다고는 할 수 없고, 한창 자라는 활동적인 소년처럼 마른 몸매를 가졌지만 말이다. 원래 이름은 시어도시아이지만 토머스 셜리가 은행을 자주 비우는 사이 그녀가 아버지 일을 맡아 하면서 'T. 셜리'라고 서명을 했기 때문에 사우스다운에서는 다들 그녀를 '토미'라고 불렀다. 이렇듯 허물없이 대하는 경우가 서부에서는 드물지 않았고 나쁜 의도로 그러는 것도 아니었다. 그 지역에서는 젊은 여자에게도 얼마간의 사업 능력을 기대하는 경향이 있었고, 그런 능력을 아주 대단하게 여겼다. 토미는 틀림없이 그 능력을 지니고 있었고, 만약 그렇지 않았다면 사우스다운내셔널 은행의 상황은 아마 말이 아니었을 것이다. 토머스 셜리는 와이오밍의 토지에 대규모 투자를 해 그 일 때문에 수시로 그곳을 찾아야 했고, 은행의 출납업을 맡은 제이 엘링턴 하퍼는 그 동네에서 하는 말로 '사업 능력이 떨어지는 자'였기 때문이다. 그는 셜리 친구의 아들로, 북동부에서 대학을 다니는 동안 학교생활을 엉망으로 하고 돈도 물쓰듯 쓰는데다 너무도 정신 사납게 지내서 부친이 그를 서부로 보내버렸다. 사우스다운에서는 흥청망청 정신없이 사는 일 자체가 가능하지 않았기 때문에, 상황이 바뀌니 그 젊은이의 생활도 달라질 수밖에 없었지만, 그렇다고 그의 정신 상태나 성향에까지 실질적인 영향을 준 것은 아니었다. 그의 부친이 셜리네 은행 주식의 반을 소유한 덕분에 그가 그곳의 출납원이 될 수 있었는데, 사실 그가 할일을 토미가 도맡아 하고 있었다.

두 젊은이의 관계는 특이했다. 하퍼는 자신이 셜리 씨와의 일에서 망신을 당하지 않도록 도와주는 토미를 나름대로 고맙게 생각했고 수없이 자잘한 관심을 쏟아 그 고마움을 표현했다. 토미로서는 그런 관심이 생소하면서도, 그를 위해 해주는 귀찮은 일에 비하면 훨씬 기분좋은 일이었다. 토미는 자신이 그를 아주 좋아한다는 것을 알았고, 동시에 그런 마음이 든다는 사실 자체가 너무나 멍청한 일이라는 것도 알았다. 스스로 그렇게 얘기하기도 했지만 자신은 그가 좋아하는 유형의 여자가 아니었고 결코 그렇게 될 수도 없었으니까. 어떤 일을 고심하며 생각하는 경우가 자주 있진 않았지만, 일단 생각을 했다 하면 그녀는 일의 사정을 분명하게 파악했다. 그리고 논리적인 결론에 이르렀을 때 그것을 회피하지 않고 받아들이는 유별날 정도로 여자답지 않은 정신 구조를 지니고 있었다. 하지만 변함없이 계속 제이 엘링턴 하퍼를 좋아했다. 하퍼는 그녀가 알고 지내는 사람 가운데 유일하게 철없는 인물이었다. 그녀는 서부 마을에서 흔히 마주치는 활동적인 젊은 사업가와 건장한 목장 주인을 많이 알았지만 그 누구에게도 딱히 관심이 가지 않았다. 어쩌면 다들 현실적이고 분별 있게 행동하는 모습이 그녀와 꼭 같은 유형이라서인지도 몰랐다. 친한 여자는 거의 없었다. 그 당시 사우스다운에는 흥미로운 면이 있거나 아기와 샐러드 말고 다른 데 관심을 보이는 여자가 별로 없었기 때문이다. 그녀와 가장 가까운 사람들은 아버지의 오랜 사업 동료들이었다. 그들은 세상 경험이 많은 나이 지긋한 남자들로, 토미를 아주 좋아하고 자랑스러워했다. 제이 엘링턴 하퍼라면 절대 알아채지 못할, 혹은 알아채더라도 그것이 얼마나 드문 자질인지 몰라서 귀중하게 여길 수도 없을 그런 올곧고 진실한 정신을 그들은 알아보았던 것이다. 나이든 투자자와 사업가들은 늘 톰 셜리의 여식에 대해 일종의 책임감을 느꼈고, 어머니를 대신해 보통은 남자가 처녀에게 거론하기 꺼리는 여러 주제에 대해서도 조언자의 역할을 자처했다. 그녀는 그냥 그 무리 중 하나였다. 함께 카드놀이도 하고 당구도 쳤다. 칵테일도 만들어줬고, 때로는 자기도 한잔 마셨다. 사실 토미의 칵테일은 사우스다운에서 유명해서, 칵테일 제조 전문가들조차 그녀가 대단한 경쟁자라는 듯이 항상 그녀에게 경의를 표했다.

이 모든 사실이 제이 엘링턴 하퍼에게는 당혹스럽고 불쾌한 일이었고, 토미도 그 사실을 잘 알았다. 하지만 이제 와서 그걸 바꾼다면 바보 같은 짓이기도 하고 영감들에게도 불충한 일이라는 느낌이 들어서 완고하게 예전의 생활방식을 고수했다. 게다가 일곱 명의 영감들은 대부분 이런저런 것을 배우고, 아니다 싶은 많은 것을 버려가며 이 세상을 반백 년 살아온 명민한 사람들이었기 때문에 그녀가 들여야 하는 시간은 갈수록 늘어났다. 그리고 토미 자신은 무관심한 척하는 연기를 더 바랄 나위 없이 완벽하게 해내고 있다는 행복한 망상 속에서 지냈지만, 그들은 무슨 일이 벌어지고 있다는 의심을 품고 어떤 결과가 나올지 몰라 당혹스러워했다. 그래도 그들의 신뢰는 절대 흔들리지 않았다. 어느 날 저녁 당구를 치다가 조 엘스워스가 조 소여에게 이렇게 말한 것도 그래서였다. "토미의 분별력을 믿어도 되지 않을까 싶어."

현명한 그들은 토미에게는 내놓고 말하지 않았지만 토머스 셜리에게는 한두 마디 건넸고, 그 탓에 제이 엘링턴 하퍼는 더욱 불편한 상황이 되었다.

결국 하퍼는 그들과 관계가 너무 껄끄러워져서 자신이 마을을 떠나는 게 좋겠다는 결론을 내렸다. 그래서 부친이 레드윌로에 작은 은행을 하나 차려주었다. 하지만 레드윌로는 북쪽으로 겨우 25마일가량 떨어진 유역 분수계에 있는 마을이라 안심한 만한 곳이 아니었고, 토미는 이따금 젊은이의 일을 봐주기 위해 온갖 구실로 자전거를 타고 그곳에 가곤 했다. 그래서 갑자기 그녀가 일 년 동안 동부의 학교를 다니겠다고 결심했을 때 토머스 셜리는 깊은 안도의 한숨을 내쉬었다. 하지만 일곱 명의 영감들은 고개를 절레절레 저었다. 토미가 동부에 마음이 쏠리는 것이 달갑지 않았던 것이다. 물러진다는 신호야. 그렇게들 말했다. 제이 엘링턴 하퍼 부류가 사는 다른 방식의 삶을 시험해보고 싶은 마음인 거지.

어쨌든 토미는 동부에서 학교를 다녔고 들려오는 소식에 따르면 아주 바르고 점잖은 생활을 했다. 칵테일도 만들지 않았고 당구도 치지 않았다. 수업에서는 좀 제멋대로 하는 경향이 있었지만 체육에서는 두각을 나타냈는데, 사실 그것이야말로 사우스다운에서는 박학다식함보다 훨씬 대단하게 여기는 자질이었다.

토미 자신이 사우스다운에 다시 돌아와 기뻐하는 게 분명해 보였으므로 모두들 흡족해했다. 그녀는 모두와 악수를 나누며 마을을 돌아다녔고, 총명하고 건전한 남자아이처럼 보이는 명민한 얼굴이 행복으로 환히 빛났다. 어느 날 아침 토미는 조 엘스워스와 함께 그의 마차를 몰고 햇볕에 바싹 메마른 절벽을 따라 군데군데 자리한 작은 미루나무 군락 사이를 지나가면서 이렇게 말했다.

"동부도 다 훌륭하고 좋아요. 산도 멋지고요. 그런데 고향의 이 하늘은 정말 그리웠어요. 짙푸른 이 하늘색 말이에요. 거기 하늘은 온통 부옇고 창백하거든요. 그리고 이 바람. 기마 부대가 몰려오듯이 몰아치는 이 밉살스럽고도 영원할 바람, 아, 조 아저씨, 절대 길들일 수도 꺾을 수도 없는 이 바람이 얼마나 간절했는지 몰라요! 생기 없이 고요하기만 한 그 동네에서는 잠도 제대로 못 잤다니까요."

"사람들은 어떻던가, 톰?"

"아, 사람들은 괜찮아요. 하지만 우리와는 부류가 다르잖아요, 조 아저씨. 절대 비슷해질 수도 없고요."

"그걸 깨달은 거냐? 충분히?"

"충분할 정도로는요. 감사해요, 조 아저씨." 그녀가 좀 쓸쓸하게 웃었고, 조는 말에 채찍질을 했다.

다시 돌아온 토미에 대해 단 하나 불만스러운 것이 있다면 바로 학교에서 친해진 여자를 하나 데려왔다는 것이었다. 바이올렛 향수를 뿌리고 양산을 쓰고 다니는, 얌전하고 기운 없는 하얀 피부의 여자였다. 영감들은 토미처럼 반항적인 여자가 같은 여자에게 다정하고 상냥하게 구는 것은 나쁜 조짐이라고, 아주 나쁜 조짐이라고 입을 모았다.

그 여자가 마을에 발을 들여놓자마자 새로운 문제가 생겨났다. 제이 엘링턴 하퍼가 그녀에게서 어떤 인상을 받았을지는 안 봐도 뻔한 일이었다. 그녀는 자신의 기질과 전혀 맞지 않는 환경에서 괴로워하던 소심한 젊은 남자의 마음을 유일하게 움직일 수 있는 그런 세련됨의 온갖 소소한 표지들을 확실히 지니고 있었다. 그의 입장에서는 아주 자명한 상황이라 일곱 영감들은 심란한 마음을 누를 수 없었다. 조 엘스워스가 다른 조에게 말했다.

"수캐 마음이 그 조그만 암캐한테 간 거야. 세상의 이치로 보면 지당하고 당연한 일이긴 하지. 문제는 눈이 먼 처자가 또하나 있는데 도대체 그 병이 고쳐지질 않아서 고생은 혼자 도맡아 하고 있다는 거지. 내가 어떻게 해줄 게 없으니 당분간 캔자스시티에 내려가 있어야겠네. 여기서 걔가 끔찍하게 고통받는 모습을 지켜볼 수가 없어." 하지만 그는 실제로 가지는 않았다.

이렇게 가망 없는 상황을 조만큼 잘 이해한 사람이 딱 한 사람 더 있었는데, 바로 토미였다. 그러니까, 그녀는 하퍼의 태도를 이해했다. 제시카에 관해서라면 확신할 수가 없었다. 제시카가 파리하고 기운 없고 양산에 집착하기는 하지만 누구보다 신중한 사람이었기 때문이다. 그 문제를 두고 대화를 나누어봐야 대개 제시카의 감정을 알 만한 새로운 정보를 얻지 못한 채 끝나버렸고, 토미로서는 때로 그녀에게 감정이 있기는 한 건가 하는 의문이 들기도 했다.

결국 토미가 내내 예상했던 참사가 제이 엘링턴 하퍼에게 닥쳤다. 어느 날 아침 그녀는 자기 아버지와의 문제를 중재해달라고 애원하는 하퍼의 전보를 받았다. 은행에 예금인출 사태가 벌어져 정오 전에 꼭 도움이 필요하다는 것이었다. 그때가 열시 삼십분이었고, 매일 레드월로로 가는 느려터진 기차는 이미 한 시간 전에 기차역을 빠져나간 뒤였다. 토머스 셜리도 집에 없었다.

"아버지가 집에 안 계시는 게 제이 엘링턴에게는 나은 일이지. 아버지는 나보다 훨씬 냉담하게 나오셨을지도 모르니까." 토미가 그렇게 말하며 거래 장부를 덮고는 겁에 질린 제시카를 돌아보았다. "당연히 제이에게는 우리가 유일한 희망이야. 그를 도와주겠다고 나설 사람은 아무도 없을 테니까. 정오 전에 돈이 필요하다고 했는데 기차는 한 시간 전에 이미 떠났고, 그 마을에 은행이라고는 그곳 하나뿐이니 어디다 전보를 칠 곳도 없고. 그러니 내가 자전거를 타고 다녀오는 수밖에 없어. 시간에 댈 수도 있고, 못 댈 수도 있고. 제시, 빨리 집에 가서 내 자전거 좀 꺼내줘. 바퀴를 손봐야 할지도 몰라. 나도 곧 갈게."

"시어도시아, 나도 가면 안 돼? 나도 가야 해!"

"너도 간다고? 아, 물론 원한다면야. 하지만 이게 어떤 일인지는 명심해야 해. 언덕길 오르막을 25마일이나 달려야 하는데다 한 시간 반 만에 가야 한다고."

"오, 시어도시아, 나도 이젠 뭐든지 할 수 있어!" 제시카가 외치더니 양산을 펴고 횡하니 달려나갔다. 캔버스 천 가방에 수표를 쟁여넣으며 토미가 빙그레 웃었다. "그럴 수도 있지, 아닐 수도 있고."

사우스다운에서 레드월로로 가는 길은 어딜 보나 자전거로 갈 만한 길은 아니었다. 울퉁불퉁한 언덕길이 강바닥에서 거대한 분수계까지 계속 오르막으로 이어졌고, 태양에 바싹 타들어가는 옥수수밭과 오래된 물소 연못 주변에서 긴 뿔을 가진 텍사스 소들이 풀을 뜯는 목초지를 가르며 뻗은 길은 하얗게 이글거렸다. 제시카는 그 길에서 하릴없이 열심히 페달을 밟다보면 어떤 종류의 감정에도 빠질 여유가 없고 눈을 뜨기 힘들 정도로 두들기듯 내리쬐는 태양열 외에는 아무것도 느낄 수 없다는 사실을 곧 깨달았다. 계곡 아래쪽에서 올려다보니 절벽 길은 열기가 피어올라 아른거렸고, 열기를 참지 못한 가축들은 자연적인 도랑이 만들어낸 경사진 둑 아래로 숨어들어가고 프레리도그도 물이 있는 곳으로 이어진다고 하는 자기들 구멍을 찾아 사라진 후였다. 17년 매미가 윙윙거리는 소리만이 활력을 드러냈는데, 그것 역시 뭐든지 다 태워 없애는 지긋지긋한 열기로 생겨난 활력인 양 신경을 긁어댔다. 태양은 뜨겁게 달아오른 놋쇠 같고, 남쪽에서 불어오는 바람은 후끈할 정도였다. 하지만 토미는 그나마 바람이 불어주는 게 다행임을 알았다. 제시카는 잠깐 멈춰서 목이라도 축이지 않으면 이 눈물의 계곡을 더이상은 도저히 갈 수 없을 것 같은 상태에 이르렀다. 그래서 토미에게 넌지시 그 가능성을 타진해보았지만 토미는 고개만 가로저을 뿐이었다. "그럴 시간 없어." 그러고는 핸들 위로 몸을 숙이고 앞쪽 길에만 눈길을 준채 결코 고개를 드는 법도 없었다. 제시카는 순간 토미가 아주 박정할 뿐 아니라, 자전거에 이상하게 올라타서 구부정한 어깨를 들썩이며 나아가는 모습이 난폭하게 남성적이고 숙달되어 보였다. 하지만 그때 그녀는 숨이 넘어갈 지경이었고 강 건너편의 절벽 길이 그녀의 눈에는 뱀처럼 구불대고 치맛자락처럼 펄럭댔기에 당장은 본인의 문제가 급선무였다.

반 정도 갔을 무렵, 토미가 시계를 꺼내 보았다. "서둘러야겠는걸. 제시카, 나 먼저 가야겠다."

"아, 토미, 난 못 가겠어." 제시카가 숨을 헐떡이며 말하고는, 자전거에서 내려 길가의 불룩 튀어나온 땅에 주저앉았다. "토미, 그냥 너 혼자가서, 그에게—일이 잘되기를 바란다고 전해줘. 그를 돕는 일이라면 내가 뭐든지 하겠다고."

이때쯤에는 분별 있다는 제시카도 거의 울음이 터지기 직전이었고, 토미는 고개를 끄덕여 보인 후 언덕길을 올라가며 속으로 웃었다. "가련한 제시, 뭐든 해줄 수 있다 해도 그에게 필요한 딱 한 가지는 못 해주지. 뭐, 너희 부류가 대체로 최고의 것은 다 차지하고 있지만 이런 종류의 사소한 일에서는 우리 부류가 더 힘이 있거든. 우리야 춤추는 일보다는 이런 일에 더 뛰어나니까. 공평하지. 누구든 다 가질 수는 없는 법이니."

땀에 전 옷깃은 잔뜩 구겨지고 안경은 김이 서려 부옇고 머리칼은 축축해져 이마에 달라붙고 심지어 턱수염 끄트머리에서도 땀방울이 뚝뚝 떨어지는 제이 엘링턴 하퍼가 분개한 수십 명의 보헤미안들을 상대로 어떻게든 해명을 하려고 애쓰고 있는 와중에, 정각 열두시에 토미가 가방을 손에 든 채 조용히 은행에 들어섰다. 그녀는 곧바로 창살 뒤로 가 경리의 책상 뒤로 보이지 않게 가방을 하퍼에게 넘겨주고는 보헤미안 무리의 대변자 쪽을 보며 말했다.

"이게 다 무슨 일이죠, 앤턴? 요즘은 은행에 올 때도 한꺼번에 다 같이 오나요?"

"우리 돈을 달라는 것뿐이야, 우리 돈을. 이자가 돈이 없다며 안 주잖아." 맥주 꽤나 걸친 듯한 몸집 큰 보헤미안이 고함을 쳤다.

"아, 저 사람들 그만 놀리고 어서 돈 줘서 보내버려. 할 얘기가 있다고." 토미가 태평하게 말하고는 상담실로 들어가버렸다.

삼십 분 후 소동이 진정되고 하퍼가 방으로 들어왔을 때 평소 아주 깔끔하던 그의 모습에서 그나마 온전히 남아 있는 것이라고는 안경과 단춧구멍의 흰 꽃뿐이었다.

"정말 끔찍했어!" 그가 숨을 크게 내쉬었다. "시어도시아, 이 고마움은 평생 갚지 못할 거야."

"당연히 못 갚지." 토미가 그의 말을 끊었다. "그런 건 바라지도 않아. 그런데 아슬아슬하긴 했어, 그렇지? 들어올 때 보니까 너 아주 귀신처럼 하얗게 질렸던데. 어쩌다가 그렇게 된 거야?"

"내가 어떻게 알아? 우리 안으로 뛰어드는 늑대 무리처럼 그냥 몰려왔다고. 귀신 불러내는 춤이라도 추듯 얼마나 요란스럽던지."

"그런데 당연히 비축해둔 자금도 없었다? 아니, 이런 일이 생길 거라고 내가 늘 얘기했잖아. 네 잘난 방식을 보아 하니 이런 일이 반드시 일어날 거라고. 어쨌든 제시카가 위로의 말과 함께 자신이 도울 수 있는 일은 뭐든지 하겠다는 말을 전해달래. 나랑 같이 출발했는데 중간에 나가떨어졌어. 아, 놀랄 것 없어. 다치거나 한 게 아니라 그냥 기진맥진해서 그런 거니까. 작은 흰토끼처럼 길가에 웅크리고 앉은 걸 놔두고 왔지. 무엇보다 낭만적일 거라고 기대하며 덜컥 나섰는데 그 모험이 전혀 그렇지 않아서 맥이 빠졌을 거야. 걔가 워낙 낭만적이잖아. 입에 거품을 문 말을 타고 마구 내달렸다면 아마 끝까지 버텼겠지만 자전거는 품위가 너무 떨어지는 거지. 내가 은행을 볼 테니 너는 자전거 타고 가서 제시를 찾아 위로해줘. 그리고 만사가 정리되면 바로 제시와 결혼

해서 다 끝내버렸으면 해, 제이. 이 일은 그만 머릿속에서 지워버리고
싶어."

얼굴색이 더 파리해진 제이 엘링턴 하퍼가 의자에 털썩 주저앉았다.

"시어도시아, 그게 무슨 말이야? 지난가을에 내가 한 말 잊었어? 네
가 동부로 공부하러 가기 전날 밤에 말이야. 또 내가 편지에—"

토미가 그의 곁에 놓인 탁자 위에 걸터앉아 솔직하고 진지한 표정으
로 그의 눈을 들여다보았다.

"자, 내 말 들어봐, 제이 엘링턴. 우리는 멋진 게임을 즐기고 있었던
거고 이제 끝낼 때가 된 거야. 사람이 때가 되면 철이 들어야 하잖아.
제시 때문에 정신을 못 차릴 정도면서 왜 그걸 부정해? 제시는 너랑 비
슷한 사람이고 너한테 빠져 있는 게 분명하니까 해야 할 일은 딱 하나
지. 그런 거야."

제이 엘링턴은 이 상황이 감당이 안 되는지 연신 이마를 훔쳤다. 어
쩌면 지금껏 살면서 자신의 알량한 내면으로 그나마 가장 깊이 내려가
는 중인지도 몰랐다.

"나한테 엄청나게 잘해줬잖아. 너처럼 상냥하면서도 총명한 여자는
또 없을 거야. 나조차도 거의 버젓한 남자로 만들었을 정도니까."

"뭐, 확실히 성공은 못했지. 너한테 잘해줬다고 하는데, 사실 그게 나
다운 일은 아니었어. 내가 사근사근한 편이긴 하지만 어쨌든 나도 사
람이니까. 너를 알게 된 후로는 어떤 의미에서도 제대로인 적이 없었
어. 총명하지도 못했고. 자, 제시를, 그리고 나를 생각해서 이제 가. 얼
른 가. 자전거를 너무 열심히 탔더니 슬슬 지치네. 아무래도 심신을 혹
사하는 일이다보니. 아, 드디어 갔군. 그래도 그 정도 지각은 있어서 한

참 주절거리지 않고 갔으니 다행이지. 좀 심각해지던 참이었으니까. 그에게도 말했다시피 난 절대 슈퍼맨이 아니라고."

제이 엘링턴 하퍼가 인사를 하고 은행에서 나간 후 토미는 어둑한 사무실에 혼자 앉아 있었다. 장부를 앞에 두고 펄럭거리는 블라인드를 바라보는데, 바닥에 떨어진 흰 꽃이 눈에 띄었다. 제이 엘링턴 하퍼가 상의에 꽂고 있던 것이 난리통에 떨어진 것이다. 토미는 꽃을 집어들고 잠시 입술을 깨문 채 서 있었다. 그러곤 꽃을 벽난로 안에 던져넣고 마른 어깨를 으쓱하더니 돌아섰다.

"멍청한 것들. 절반은 저녁에 뭐 먹나, 그 생각밖에 할 줄 모르는데. 아, 그런데도 왜 이렇게 좋은지!"

다른 두 사람
The Other Two(1904)

이디스 워턴
Edith Wharton

이디스 워턴 (1862~1937)

미국 뉴욕시 출생. 부유하고 사회적으로 명망 있는 집안에서 남북전쟁중에 태어났다. 1866년부터 1872년까지 가족이 함께 유럽 각지를 돌아다니며 생활했다. 가든 디자이너, 인테리어 디자이너로도 유명해 처음 출간한 책이 『집 장식The Decoration of Houses』이었고, 마흔 살에는 매사추세츠주 레녹스에 소유한 땅에 '더 마운트(The Mount)'를 직접 디자인했다. 헨리 제임스를 비롯한 미국, 유럽의 여러 예술가 및 지식인과 교류했고, 제1차세계대전 때는 프랑스에서 전쟁 구호활동을 적극적으로 펼쳐 레지옹 도뇌르 훈장을 받았다. 뉴욕 상류층의 생활상과 그 변화를 주로 그렸고 대표작으로 『그 나라의 관습The Custom of the Country』『이선 프롬Ethan Frome』『암초The Reef』『여름Summer』 등이 있다. 1920년 『순수의 시대The Age of Innocence』를 발표해 이듬해 여성 최초로 문학 부문 퓰리처상을 받았다.

1

웨이손은 응접실 벽난롯가에서 부인이 저녁을 먹으러 내려오길 기다렸다.

그의 집에서 함께 보내는 첫번째 밤이었고, 소년처럼 들뜬 기분이라 스스로도 놀라웠다. 물론 그의 나이가 그렇게 많지는 않았다. 거울을 보면 아내도 인정했듯 서른다섯 정도로 보였지만, 그 자신은 혈기왕성한 젊은 시절은 이미 지나버린 느낌이었다. 그런데 지금 쾌적한 방과 곧 있을 훌륭한 저녁식사를 기분좋게 떠올리는 그의 머릿속으로 화환으로 장식된 신혼방 문설주를 묘사한 옛 시 구절이 흘러들어오는 사이, 그는 부인의 발소리에 귀기울이며 그 소리가 상징하는 모든 것에 마음이 따뜻해졌다.

두 사람은 웨이손 부인이 첫 결혼에서 낳은 딸인 릴리 해스킷이 아프다는 소식에 신혼여행을 중단하고 급히 돌아왔다. 웨이손의 바람에 따라 어린 딸은 결혼식 날 그의 집으로 들어왔는데, 두 사람이 도착하자마자 의사는 아이가 장티푸스에 걸렸으나 증상이 심하지는 않다고 알렸다. 릴리는 열두 살인 지금까지 아무 문제 없이 건강하게 지내왔으므로 이 병도 가볍게 지나갈 것이라고 했다. 간호사 역시 그렇게 안심을 시켰기 때문에 웨이손 부인은 곧 놀란 가슴을 가라앉히고 상황에 적응했다. 그녀는 릴리를 무척 사랑했다. 아마 딸을 향한 그 사랑이 웨이손의 눈에 뚜렷한 매력으로 비쳤을 것이다. 그러면서도 그녀는 아주 침착한 성품을 지녔고 딸 역시 그러한 성격을 물려받았다. 그녀만큼 쓸데없는 걱정에 티슈를 낭비하지 않는 여자는 또 없을 것이다. 따라서 웨이손은 잠들기 전 릴리를 마지막으로 들여다보느라 좀 늦어지긴 했어도 건강한 이마에 입맞춤을 해주고 올 때와 마찬가지로 평온하고 흐트러짐 없는 모습으로 부인이 곧 나타나리라 기대했다. 부인의 침착함은 그를 편안하게 했다. 약간 불안정한 그의 감수성을 안정시켰다. 침대에 누운 아이 위로 몸을 숙이는 그녀의 모습을 떠올리자, 그는 아픈 사람에게 그녀의 존재가 커다란 위안이 되리라는 생각이 들었다. 그 발소리만 들어도 병이 곧 나을 듯했다.

그 자신은 상황 때문이라기보다는 타고난 기질 탓에 칙칙한 삶을 살아온 터라, 여성들이 대개 활동성이 떨어지거나 아니면 너무 과열되는 그런 나이에도 생기 넘치고 탄력 있는 모습을 보여주는 그녀의 변함없는 유쾌함에 끌렸다. 사람들이 그녀를 두고 뭐라고들 하는지는 그도 잘 알았다. 그녀는 인기가 많았지만 희미하게나마 그녀를 험담하는 목소리가 늘 아래에 깔려 있었다. 구 년인가 십 년 전쯤 거스 배럭이 어디선가—피츠버그였는지 유티카였는지—찾아냈다는 어여쁜 해스킷 부인으로 그녀가 처음 뉴욕에 모습을 보였을 때, 사교계는 곧바로 그녀를 받아들이긴 했지만 나름의 기준에 따라 여차하면 언제든 그런 판단에 의심의 눈길을 던질 준비가 되어 있었다. 하지만 알아보니 그녀가 틀림없이 사회적으로 영향력 있는 집안과 연줄이 있고, 최근의 이혼도 열일곱에 야반도주로 한 결혼이었으니 당연한 결과라는 사실이 분명해졌다. 그리고 해스킷 씨에 대해서는 알려진 바가 전혀 없으니 끔찍한 남자이리라 믿기도 쉬웠다.

앨리스 해스킷은 거스 배릭과 재혼을 함으로써 그토록 들어가고 싶어하던 사교 집단에 무사통과되었고, 몇 년간 배릭 부부는 시내에서 가장 인기가 많은 부부였다. 불행하게도 바람 잘 날 없던 그 관계는 얼마 가지 못했는데, 이번에는 남편을 편드는 쪽이 많았다. 그렇지만 배릭의 확고한 옹호자들조차 그가 결혼생활의 적격자가 아니라는 사실은 인정했고, 배릭 부인의 고충은 뉴욕 법정에서 따져봐야 할 성질의 것이었다. 뉴욕에서의 이혼이란 그 자체가 선한 인격의 보증서였고 이 두번째 별거라는 반‡과부 생활 동안 배릭 부인은 고매한 태도로 여기저기 다니면서 시내에서 가장 신중한 몇몇 사람에게 자신이 당한 일을 털어놓을 수 있었다. 그런데 웨이손과의 결혼 소식이 알려지자 일시적으로 반감이 일어났다. 친한 친구들조차 그녀가 상처 입은 부인의 역할을 계속해나갔으면 했기 때문이다. 홍조 띤 얼굴에 덮어쓴 검은 베일만큼이나 그 역할이 그녀에게 잘 어울렸으니까. 어지간히 시간이 지난 건 사실이었고, 웨이손이 이미 전남편의 자리를 차지했다는 암시도 없었다. 그래도 사람들은 그를 보며 고개를 절레절레 흔들었고, 그 일을 마뜩잖아한 친구는 눈을 똑바로 뜨고 결정한 일이라는 웨이손의 장담에 예언조로 이렇게 말하기까지 했다. "그래, 그렇겠지. 귀는 닫고 말이야."

이같이 비꼬는 말에도 웨이손은 여유롭게 웃어줄 수 있었다. 월스트리트식 표현을 쓰자면, 그런 말들은 '에누리'해서 들었다. 그도 사교계가 아직 이혼의 결과에 적응하지 못했다는 사실은 알고 있었고, 법이 허용하는 자유를 이용하는 여자들은 사람들이 적응할 때까지는 스스로 사회적 정당성을 갖춰야 한다는 것도 알았다. 재미나게도 웨이손은 자신의 부인에게 그런 능력이 있다는 확신이 있었다. 그의 기대는 맞아떨어져, 결혼식을 올리기도 전에 앨리스 배릭을 옹호하던 무리가 공공연하게 그녀를 지지하고 나섰다. 그녀는 그 모든 상황을 동요하는 기색도 없이 태연히 받아들였다. 그녀에게는 장애물을 의식하는 것 같지도 않으면서 극복해내는 나름의 방식이 있었고, 웨이손은 아주 사소한 일에도 말도 못하게 신경이 쓰여 스스로를 들들 볶아대는 자신을 떠올리며 놀라지 않을 수 없었다. 그는 자신보다 넉넉하고 따뜻한 품성에서 피신처를 찾은 기분이었고, 지금 이 순간에는 부인이 릴리를 위해 할일을 다 해주고 나면 당연히 아래층으로 내려와 훌륭한 식사를 즐기리라는 기대에 그의 만족감이 잘 집약되어 있었다.

그러나 곧 모습을 드러낸 그녀의 매력적인 얼굴에 나타난 감정은 훌륭한 식사에 대한 기대가 아니었다. 아주 고혹적인 드레스를 입고 있기는 했지만 그와 함께여야 할 미소는 얼굴에서 찾아볼 수 없었기 때문에 웨이손은 그녀가 그토록 걱정스러운 표정을 한 건 처음 본다고 생각했다.

"무슨 일이에요?" 그가 물었다. "릴리한테 무슨 문제라도?"

"아니에요. 방금 들어가봤는데 아직 자고 있어요." 웨이손 부인이 주저했다. "그런데 좀 피곤한 일이 생겼어요."

그가 그녀의 두 손을 모아 잡았는데, 손에 구겨진 종이가 들려 있는 것이 그제야 눈에 띄었다.

"이 편지 때문인가요?"

"네, 해스킷 씨가 쓴 편지인데, 그러니까 해스킷 씨 변호사가 쓴 편지죠."

웨이손은 거북해서 얼굴이 달아오르는 것이 느껴졌다. 그는 잡았던 부인의 손을 놓았다.

"무슨 일로?"

"릴리를 만나는 일로요. 당신도 알다시피 법정에서—"

"알아요, 알아." 그가 신경질적으로 말을 잘랐다.

뉴욕에서는 해스킷 씨에 대해 아는 바가 없었다. 저 바깥의 암흑에서 그 부인이 구출되어 빠져나온 뒤에도 여전히 그 속에 머물러 있다고만 어렴풋이 알려져 있을 뿐, 그가 어린 딸과 가까이 있고 싶어서 유티카의 사업을 접고 뉴욕으로 왔다는 사실을 아는 사람은 얼마 없었고 웨이손이 그중 하나였다. 웨이손은 연애하던 시절에 "아빠를 보러 간다"며 발그레한 얼굴에 미소를 띤 릴리를 문간에서 마주친 일이 종종 있었다.

"정말 미안해요." 웨이손 부인이 중얼거렸다.

그가 정신을 가다듬고 물었다. "원하는 게 뭐죠?"

"릴리를 보고 싶다고요. 원래 일주일에 한 번씩 릴리를 만났었잖아요."

"글쎄요, 릴리가 지금 그 집으로 오기를 바라는 건 아니겠죠?"

"그건 아니에요. 그도 릴리가 아프다는 소식을 들었으니까. 여기로 와서 만났으면 하네요."

"여기로?"

그가 쳐다보자 웨이손 부인이 얼굴을 붉혔다. 두 사람은 시선을 돌렸다.

"그에게 아빠로서의 권리가…… 어떻게 해봐야죠……" 그녀가 편지를 내밀었다.

웨이손은 거절의 몸짓을 하며 물러났다. 그는 선 채로 방금 전만 해도 친밀한 신혼의 분위기로 가득했던, 은은하게 불 밝힌 방안을 둘러보았다.

"정말 미안해요." 그녀가 되풀이했다. "릴리를 어떻게든 보낼 수 있으면ㅡ"

"말도 안 되는 소리 말아요." 그가 성마르게 대꾸했다.

"그렇죠."

그녀의 입술이 떨리기 시작했고, 그는 자신이 몹쓸 놈으로 여겨졌다.

"그가 오는 수밖에 없죠, 당연히." 그가 말했다. "언제죠, 만나는 날이?"

"그게, 내일이에요."

"좋아요. 아침에 전갈을 보내요."

집사가 들어와 식사 준비를 마쳤다고 알렸다.

웨이손이 부인 쪽으로 몸을 돌렸다. "자, 당신 너무 피곤하겠네. 상황이 별로긴 하지만 잊어버리자고요." 그녀의 손을 잡아 자신의 팔에 끼우며 그가 말했다.

"당신은 정말 자상한 사람이에요. 노력해볼게요." 그녀가 속삭였다.

그녀의 얼굴이 곧 환해졌고, 그는 식탁에 놓인 꽃 너머 장밋빛 양초 갓 사이로 그를 바라보는 그녀의 입술에 조금씩 미소가 어리는 것을 보았다.

"어쩌면 이렇게 모든 게 아름다운지!" 그녀가 편안하게 한숨을 내쉬며 말했다.

그가 집사를 향해 몸을 돌렸다. "당장 샴페인 가져와요. 웨이슨 부인이 피곤해하니까."

잠시 후 반짝이는 유리잔 위로 두 사람의 눈이 마주쳤다. 그녀의 눈은 아주 맑고 평온했다. 그는 그녀가 자신의 말대로 정말로 그 일을 다 잊어버렸음을 알았다.

2

다음날 아침 웨이슨은 평소보다 일찍 집을 나섰다. 해스킷은 오후나 되어야 올 테지만, 그곳을 벗어나야 한다는 본능적인 충동이 그를 내몰았다. 하루종일 나와 있을 작정이었다. 저녁도 클럽에서 먹을 생각이었다. 등뒤로 현관문이 닫힐 때 그에게 떠오른 생각은 자신이 다시 그 문을 열기 전에 자신만큼이나 그 문을 들어설 권리를 지닌 다른 남자가 그 문을 열리라는 것이었다. 그 생각을 하자 불쾌감이 온몸으로 느껴졌다.

그는 직장인들이 출근하는 시간에 고가철도를 타는 바람에 흔들리는 거대한 두 겹의 인간들 사이에 꽉 끼게 되었다. 그와 마주보고 선 남자가 8번가에서 기를 쓰고 빠져나간 뒤 다른 사람이 그 자리에 들어섰다. 고개를 들어보니 거스 배릭이었다. 워낙 가까이 맞붙어 있었기 때문에 자신을 알아보고는 통통하고 잘생긴 배릭의 얼굴에 떠오른 미소를 모른 체할 수가 없었다. 그리고 어차피 무슨 상관인가? 두 사람은 늘 사이가 좋았고, 웨이손이 그의 부인에게 관심을 쏟은 건 이미 그와 이혼한 후였다. 그들은 항상 혼잡한 전차에 대해 한 마디씩 불평을 주고받았고, 옆쪽으로 기적처럼 빈자리가 났을 때 웨이손은 자기보호 본능을 발휘해 배릭 뒤를 쫓아 자리를 잡고 앉았다.

배릭은 뚱뚱한 사람답게 안도의 한숨을 내쉬었다.

"맙소사, 말린 꽃처럼 납작해지는 줄 알았네." 그가 등을 뒤로 기대고는 태평하게 웨이손을 바라보았다. "셀러스가 또 나가떨어졌다니 안 됐어."

"셀러스가?" 자기 사무소 대표의 이름에 깜짝 놀라며 웨이손이 되물었다.

이번엔 배릭이 놀란 표정을 했다. "셀러스가 풍으로 쓰러졌다는 얘기 못 들었나?"

"응. 여기 없었으니까. 간밤에 돌아왔는걸." 웨이손은 상대방이 미소를 지을 듯해 얼굴이 달아올랐다.

"아, 그렇지. 그렇겠군. 셀러스가 쓰러진 건 이틀 전이니까. 상태가 꽤 안 좋은 것 같던데. 그가 나를 위해 좀 중요한 일을 처리하는 중이었으니까 나로서는 상황이 아주 곤란하게 되었지."

"그래?" 웨이손은 배릭이 언제부터 '중요한 일'을 다루었나 싶어서 막연하게 되물었다. 지금까지 그가 해온 것이라고는 웨이손의 사무실에서는 대체로 취급하지 않는 잔챙이 투자에 잠깐 손을 대본 게 전부였다.

그는 그냥 함께 앉아 있는 게 불편해서 긴장을 풀 셈으로 배릭이 아무 말이나 막 하나보다, 하고 생각했다. 잠깐 사이에 웨이손에게도 긴장감이 분명하게 느껴지기 시작했고, 코틀랜드 스트리트 역에서 아는 사람까지 눈에 띄자 자신과 배릭이 함께 있는 모습이 아는 사람 눈에는 어떻게 비칠지가 문득 떠올라 그는 핑계를 대며 자리에서 벌떡 일어섰다.

"셀러스가 얼른 낫길 바라네." 배릭이 예의바르게 말했다. 웨이손은 '뭐 내가 해줄 거라도 있으면─' 하고 시작한 대답을 끝맺지도 못하고 전차에서 내리는 사람들 무리에 휩쓸려 플랫폼으로 나갔다.

사무실에 도착하니 셀러스가 정말로 중풍으로 쓰러져 몇 주 동안 집 밖에 나오지 못할 거라고 했다.

"일이 이렇게 되어서 정말 유감이에요, 웨이손 씨." 선임 사무원이 싹싹하게 말을 건넸다. "지금 같은 때에 자기 일까지 떠맡게 해서 셀러스 씨도 정말 괴로워하세요."

"아, 괜찮아요." 웨이손이 서둘러 대답했다. 그는 업무가 과중해지는 것이 내심 반가웠다. 게다가 오늘 일이 끝나고 퇴근하는 길에 대표의 집에 들러야겠다는 생각에 다행스러운 기분마저 들었다.

점심이 좀 늦어져 그는 클럽에 가는 대신 가까운 식당으로 향했다. 식당은 사람들로 꽉 차 있었고, 웨이터가 안쪽 구석의 남은 한 자리로 서둘러 그를 안내했다. 실내가 담배 연기로 자욱해 웨이손은 옆에 앉은 사람이 누군지 바로 알아보지 못했다. 그러나 이윽고 주위를 둘러보니 얼마 떨어지지 않은 자리에 앉은 배릭이 보였다. 다행히도 이번에는 함께 대화를 나눌 정도로 가깝지는 않았고, 배릭은 반대쪽을 바라보고 앉아 그를 보지 못했을 수도 있었다. 하지만 또다시 이렇게 가까운 자리에서 보게 되다니 공교로운 일이었다.

배릭은 호사스러운 삶을 즐긴다고 알려져 있었다. 웨이손은 앞에 놓인 음식을 급히 먹어치우면서 느긋하게 식사를 즐기는 상대방을 반쯤 부러운 눈으로 건너다보았다. 처음 웨이손의 눈에 띄었을 때 배릭은 딱 적당히 녹은 카망베르 한 조각을 엄정하게 맛보고 있었는데, 지금은 치즈를 치운 뒤 자그마한 이단짜리 도자기 주전자에서 진한 커피를 잔에 따르는 참이었다. 그는 혈색 좋은 옆얼굴을 앞으로 숙이고 반지를 낀 손으로 주전자 뚜껑을 누르며 천천히 커피를 따랐다. 그러고는 다른 손을 곁에 놓인 코냑 디캔터 쪽으로 뻗어 술잔을 채운 다음, 조금 마셔보고는 커피잔에 부었다.

웨이손은 홀린 듯이 그 모습을 지켜보았다. 그는 무슨 생각을 하고 있을까? 커피맛과 술맛에 대한 생각뿐일까? 아침에 그와 마주친 일은 아무렇지 않은 얼굴만큼이나 머릿속에서도 아무런 흔적 없이 사라져버린 걸까? 전 부인은 자신의 삶에서 완전히 지워져서, 재혼한 지 일주일도 안 된 그녀의 새 남편을 마주친 묘한 우연조차도 그냥 일상적으로 벌어지는 대단찮은 사건일 뿐인가? 웨이손은 그런 생각을 하다가 불현듯 다른 생각이 떠올랐다. 자신이 배릭과 마주친 것처럼 배릭도 해스킷과 마주친 적이 있을까? 그는 해스킷을 떠올리자 마음이 심란해져서 자리에서 일어났고, 무덤덤하게 고개를 끄덕이는 배릭의 아이러니한 모습을 피하려고 반대쪽으로 빙 둘러서 식당을 나왔다.

웨이손이 집에 도착한 것은 일곱시가 넘어서였다. 문을 열어준 하인이 그를 바라보는 표정이 좀 묘했다.

"릴리는 어떤가?" 그가 다그치듯 물었다.

"괜찮습니다. 신사분이 —"

"발로에게 저녁을 삼십 분 정도 늦게 준비하라고 하게." 웨이손이 그의 말허리를 자르고 서둘러 위층으로 올라갔다.

그는 곧장 방으로 가서 부인을 찾기 전에 먼저 옷을 갈아입었다. 응접실로 나가자 생기 넘치고 환한 얼굴의 그녀가 있었다. 릴리는 그날 상태가 아주 좋아서 저녁엔 의사가 오지 않았다고 했다.

저녁을 먹으며 웨이손은 셀러스가 병이 났고 그래서 좀 일이 복잡해졌다고 말했다. 그녀는 안쓰러운 마음을 내보이며 절대 과로하지 말라고 당부했고 여느 여자들처럼 회사에서의 일과에 대해 막연한 질문을 던졌다. 그러고는 릴리의 하루에 대해 자세히 들려주었다. 간호사와 의사가 뭐라고 했는지 알려주고 누가 찾아왔는지도 말해주었다. 그보다 평온하고 침착한 모습은 여태 본 적이 없었다. 나와 함께 있어서 무척 행복하구나, 그날 있었던 온갖 사소한 일을 일일이 들려주는 게 아이처럼 즐거울 만큼 행복하구나, 하는 생각이 문득 스치자 묘한 동통이 찾아왔다.

저녁을 먹고 두 사람은 서재로 갔다. 하인이 커피와 술을 그녀 앞의 낮은 탁자에 놓고 나갔다. 총각 시절 그가 쓰던 짙은 색깔의 일인용 가죽소파에 옅은 장밋빛 드레스를 입고 앉은 그녀는 유난히 소녀처럼 여려 보였다. 그 전날이었다면 그는 그 대비에 마음이 끌렸을 것이다.

하지만 지금 그는 몸을 돌려 짐짓 세심히 고르는 척하며 시가를 만지작거렸다.

"해스킷이 왔다 갔나요?" 등을 돌린 채로 그가 물었다.

"아, 네. 왔다 갔죠."

"당신이 만나본 건 아니겠지?"

그녀가 잠깐 주저했다. "간호사에게 방으로 안내하라고 했어요."

그게 다였다. 더 물어볼 것도 없었다. 그는 시가에 불을 붙이며 그녀 쪽으로 휙 몸을 돌렸다. 그래, 어쨌든 일주일이면 끝날 일이야. 그는 그 생각을 머릿속에서 지우려 애썼다. 그녀가 평소보다 약간 더 발그레해져서 웃음기어린 눈으로 그를 올려다보았다.

"커피 드실 거죠?"

그는 벽난로에 기대서서 그녀가 커피 주전자를 들어올리는 모습을 지켜보았다. 팔찌에 램프 불빛이 반사되어 부드러운 머리칼 끝이 환히 빛났다. 어쩌면 저렇게 호리호리하고 경쾌한지, 어쩌면 저렇게 모든 동작이 물 흐르듯 자연스럽게 이어지는지! 조화로움으로 똘똘 뭉친 존재 같았다. 해스킷에 대한 생각이 물러나면서 웨이슨은 다시금 그녀를 소유했다는 기쁨에 빠져들었다. 모두 그의 것이었다. 가볍게 움직이는 저 하얀 손과 밝은 머리칼, 저 입술과 눈……

그녀가 커피 주전자를 내려놓고 코냑 디캔터로 손을 뻗더니 술잔에 적당히 따라 그의 커피잔에 부었다.

웨이슨의 입에서 불쑥 외마디소리가 튀어나왔다.

"왜 그래요?" 그녀가 깜짝 놀라 물었다.

"아무것도 아니에요, 다만—난 커피에 코냑을 넣지 않잖아요."

"오, 이렇게 멍청할 때가." 그녀가 외쳤다.

두 사람의 눈이 마주쳤고, 그녀의 얼굴이 불현듯 곤혹스러움으로 달아올랐다.

3

열흘 후 여전히 집에서 요양중인 셀러스 씨가 웨이손에게 시내에 나가는 길에 집에 들러달라고 부탁했다.

난롯가에서 둘둘 싸맨 발 아래를 괴어올리고 누운 사무소 대표가 거북한 태도로 동료를 맞았다.

"미안하네, 친구. 곤란한 일을 자네에게 부탁해야 할 것 같아."

웨이손은 대꾸 없이 기다렸고, 상대는 말을 고르기 위해서인지 잠시 짬을 두었다가 말을 이었다. "사실은 내가 풍으로 쓰러진 게 마침 좀 복잡한 일을 막 맡은 참이었지 뭔가. 거스 배릭 일이라네."

"그래요?" 상대를 편하게 해주려 애쓰며 웨이손이 말했다.

"그러니까, 이런 거야. 내가 쓰러지기 전날 배릭이 날 찾아왔더군. 분명 누군가로부터 내부 정보를 어떻게 얻었을 텐데, 어쨌든 10만 달러를 벌었다는 거야. 나한테 와서 조언을 구하기에 밴덜린에 투자해보라고 제안했어."

"아, 저런!" 웨이손이 외쳤다. 무슨 일인지 단박에 알 수 있었다. 매력적이지만 협상이 필요한 투자였다. 셀러스가 상황을 설명하는 동안 그는 주의깊게 들었다. 그리고 그가 말을 마치자 이렇게 물었다. "제가 배릭을 만나봐야 한다는 건가요?"

"아무래도 내가 직접 만날 수가 없어서 말이야. 의사가 아주 완고하게 나와. 게다가 당장 해야 하는 일이고. 자네에게 부탁하기는 정말 싫지만 이 일의 자초지종을 다 아는 사람이 사무실에 자네 말고 달리 없으니, 원."

웨이손은 말없이 서 있었다. 배릭의 투자가 성공하건 말건 손톱만큼도 신경쓰이지 않았지만 사무실의 명성이 걸린 일이었고 대표가 부탁하는 일을 거절할 수는 없었다.

"알겠어요." 그가 말했다. "제가 하죠."

그날 오후 전화 연락을 받은 배릭이 사무실로 찾아왔다. 웨이손은 자기 방에서 기다리면서 다른 사람들이 이 일에 대해 어떻게 생각할지 궁금했다. 웨이손 부인이 결혼할 즈음 온갖 신문이 그녀의 예전 결혼생활을 세세하게 다루었기에, 배릭을 자신의 방으로 안내하는 자신의 등뒤에서 빙그레 웃고 있을 직원들의 모습이 가히 상상이 가고도 남았다.

배릭의 행동거지는 훌륭해서, 편안하면서도 채신없이 굴지 않았다. 웨이손은 그에 비해 자신이 보잘것없다는 사실을 의식했다. 배릭은 사업 쪽으로는 무지했으므로, 웨이손이 제안된 거래의 상세한 내용을 하나하나 정확하게 알려주느라 이야기가 거의 한 시간 동안 이어졌다.

"정말 고맙네." 배릭이 자리에서 일어나며 말했다. "사실 내가 이렇게 큰돈을 건사해본 적이 없는데다 괜히 바보 같은 짓을 저지르고 싶지는 않아서―" 그러면서 싱긋 웃었는데, 웨이손은 그 미소에 뭔가 유쾌한 면이 있다는 점을 눈치채지 않을 수 없었다. "쓰고도 남는 돈이 있다는 게 낯설면서도 신기하단 말이야. 몇 년 전에 그럴 수 있었다면 영혼이라도 팔았을 텐데!"

그 말이 암시하는 바에 웨이손은 인상이 찌푸려졌다. 돈 문제가 배릭 부부가 헤어지게 된 결정적인 원인 중 하나였다는 소문을 들은 적이 있기 때문이었다. 하지만 배릭이 일부러 그런 말을 한 것 같지는 않았다. 서로 불편한 주제를 피하려다가 오히려 돌이킬 수 없이 그쪽으로 가버린 게 더 맞지 싶었다. 웨이손은 예의의 문제에서 그에 뒤지고 싶은 마음이 없었다.

"우리가 최선을 다하겠네." 그가 말했다. "자네가 여기에 투자하는 건 좋은 일이야."

"오, 당연히 엄청나게 좋겠지. 자네가 이렇게 해줘서 정말—" 배릭이 당황하며 말을 멈추었다. "이제 얘기는 다 끝난 것 같은데, 그래도—"

"셀러스가 사무실에 나오기 전에 무슨 일이 생기면 다시 보게 되겠지." 웨이손이 조용히 말했다. 그는 결국 자신이 배릭보다 침착한 모습을 보였다는 생각에 기뻤다.

* * *

릴리는 별문제 없이 병세가 나아져갔고 날이 가면서 웨이손은 해스 킷이 매주 찾아오는 일에 익숙해졌다. 두번째로 그가 찾아왔던 날 웨이손은 밤늦게야 집에 들어가 그의 방문에 대해 부인에게 물었다. 그녀가 바로 대답하기를, 의사가 고비를 넘긴 직후에는 환자 방에 아무도 들이지 말라고 해서 해스킷이 아래층에서 간호사만 만나고 돌아갔다고 했다.

그다음주에 웨이손은 그날이 돌아왔다는 사실은 의식했지만 저녁 무렵 그 사실을 잊고 저녁을 먹으러 집으로 돌아갔다. 며칠 동안 병세가 심각했지만 곧 열이 빠르게 내려 의사는 아이가 이제 위험한 상황은 완전히 넘겼다고 알린 참이었다. 웨이손은 그 사실에 기쁜 나머지 해스킷 생각이 머릿속에서 사라져 어느 날 오후 열쇠로 문을 따고 집에 들어갔고, 현관에 걸린 남루한 모자와 우산을 보지 못한 채 곧장 서재로 향했다.

서재에 들어가자 가는 턱수염이 희끗희끗 난 눈에 잘 띄지 않을 법한 자그마한 남자가 의자 가장자리에 걸터앉아 있었다. 그 낯선 사람은 가령 피아노 조율사처럼, 집안 기기의 세세한 문제를 처리하기 위해 급히 불러들인 불가사의한 실력자 중 하나일 수도 있겠다 싶었다. 그가 웨이손을 보고 금테 안경 너머의 눈을 깜박거리더니 온화하게 말했다. "웨이손 씨지요? 전 릴리의 아비 되는 사람입니다."

웨이손의 얼굴이 확 붉어졌다 "아―"가 어색하게 더듬거렸다. 그러다 무례해 보일까 싶어 입을 닫았다. 마음속으로는 부인의 회고를 듣고 그려봤던 이미지와 실제의 해스킷을 맞춰보려 애썼다. 앨리스의 말만 들으면 첫 남편이 폭군 같은 남자라고 추론할 만했기 때문이다.

"이렇게 폐를 끼쳐 죄송합니다." 해스킷이 손님에게 하듯 예의바르게 말했다.

"괜찮습니다." 웨이손이 정신을 가다듬으며 대답했다. "간호사에게 이르긴 한 거죠?"

"그럴 겁니다. 좀 기다려도 상관없습니다." 해스킷이 말했다. 그는 삶에 하도 시달려 타고난 저항력이 마모된 사람처럼 체념한 투로 말했다.

웨이손은 문간에 서서 불편한 마음으로 장갑을 벗었다.

"오래 기다리시게 해서 죄송합니다. 간호사를 부르겠습니다." 그가 말했다. 그리고 문을 열면서 어렵사리 이렇게 덧붙였다. "우리로서는 릴리가 나아졌다는 소식을 전할 수 있어 다행스럽게 생각합니다." 그는 '우리'라는 말이 입에서 나올 때 자기도 모르게 움찔했는데, 해스킷은 알아채지 못한 모양이었다.

"고맙습니다, 웨이손 씨. 저도 걱정을 많이 했거든요."

"아, 뭐, 이제 다 지나간 일이니까요. 곧 당신을 찾아갈 수 있을 겁니다." 웨이손이 고개를 끄덕여 보이고는 방을 나갔다.

그는 자기 방에 들어가 끙하는 신음소리를 내며 털썩 주저앉았다. 기괴한 운명의 장난에 극도로 시달리는 자신의 여성적 감수성이 끔찍이도 싫었다. 부인의 전남편 두 명이 다 살아 있다는 건 결혼할 때도 알았고, 따라서 수많은 만남이 존재하는 현대 생활방식에서는 두 사람 가운데 누구라도 언제든지 쉽게 마주칠 수 있다는 것도 알았다. 그런데도 해스킷과 만나는 과정에서 생겨나는 곤란함을 법이 마땅히 알아서 없애주지 않았다는 듯이, 그와의 짧은 만남으로 그는 말할 수 없이 마음이 심란해졌다.

웨이손은 벌떡 일어나 안절부절못하며 방안을 서성이기 시작했다. 배릭은 두 번이나 만났지만 이렇게 힘들지는 않았다. 해스킷이 자신의 집안에 들어와 있다는 사실이 정말이지 견디기 힘들었다. 복도를 지나가는 발소리가 들리자 그는 걸음을 멈추고 자리에 우뚝 섰다.

"이쪽이에요." 간호사의 목소리가 들렸다. 해스킷이 위층으로 올라가고 있군. 그러니 내 집안에서 못 돌아다니는 곳이 없는 거지. 웨이슨은 다른 의자에 털썩 주저앉아 멍하니 앞쪽을 바라보았다. 화장대 위에는 그가 처음 그녀를 만났을 때 찍은 앨리스의 사진이 놓여 있었다. 그때는 앨리스 배릭이었지. 그녀는 얼마나 섬세하고 아름다웠던지! 목에 차고 있는 진주 목걸이도 배릭이 사준 것이었다. 웨이슨의 바람에 따라 그 목걸이는 결혼 전에 배릭에게 돌려주었다. 해스킷은 그녀에게 장신구를 사준 적이 있을까? 그러면 그건 다 어떻게 했을까? 그런 생각을 하다가 웨이슨은 문득 해스킷의 과거와 현재에 대해 자신이 아는 바가 거의 없다는 사실을 깨달았다. 하지만 그의 외양과 말투만으로도 앨리스의 첫 결혼이 어땠을지 놀랍도록 정확하게 재구성해볼 수 있었다. 그는 지금까지 자신이 아내와 연결 지었던 그 무엇과도 확연히 다른 삶의 모습이 그녀의 삶의 이력에 존재했다는 생각이 들자 소스라치게 놀랐다. 배릭이야 무슨 잘못을 했건 어쨌든 관습적이고 전통적인 의미의 신사였다. 이상하기 그지없지만 그 순간에는 이 사실이야말로 웨이슨에게 가장 중요하게 여겨졌다. 그와 배릭은 동일한 사회적 관습을 따르고, 사용하는 언어도 같았으며, 어떤 암시를 해도 이해했다. 하지만 지금 이 남자는…… 그 순간 웨이슨의 뇌리에 괴상할 정도로 무엇보다 또렷하게 떠오른 것은 바로 해스킷이 밴드 넥타이를 하고 있었다는 점이다. 그처럼 터무니없이 사소한 면이 그 사람을 어떻게 다 말해준다고? 웨이슨은 자신의 좀스러움에 화가 치밀었지만, 넥타이가 마치 앨리스의 과거를 알려주는 열쇠라도 되는 양 점점 부풀려지며 그를 압도했다. 값비싼 플러시 천을 입힌 '앞쪽 응접실'에 앉아 있는 해스킷 부인의 모습이 눈앞에 선했다. 자동피아노가 있고, 가운데 탁자 위에는 『벤

허』가 놓여 있었다. 해스킷과 함께 극장에 가거나 심지어는 '교회 모임'에 가는 모습도 보였다―그녀는 챙 넓은 모자를 쓰고 해스킷은 약간 구겨진 검은색 프록코트에 밴드 넥타이를 맨 모습으로. 집으로 돌아오는 길에 두 사람은 환하게 불 밝힌 상점 진열창을 들여다보고 뉴욕 여배우 사진을 구경하느라 미적거리겠지. 일요일 오후면 해스킷은 에나멜을 입힌 하얀 유모차에 릴리를 태우고 그녀와 산책을 나갈 것이다. 그들이 길에 멈춰 선 채 어떤 사람들과 이야기를 나눌지도 훤히 보였다. 뉴욕 패션잡지에 나오는 것처럼 솜씨 좋게 제작한 드레스를 입은 앨리스가 얼마나 아름다워 보일지도 가히 상상이 갔다. 그녀가 속으로 자신은 더 넓은 세상에 속한다고 확신하며 삶에 귀찮게 끼어드는 다른 여성들을 얼마나 업신여겼을지도.

해스킷과의 결혼이 함축하는 삶의 단계를 허물 벗듯 벗어버린 방식이 얼마나 놀라운지, 그는 잠시 생각에 빠졌다. 그녀의 모든 면모가, 몸짓과 억양과 암시 하나하나가 그 시기를 의도적으로 면밀하게 부정한 결과로 보였기 때문이다. 아예 해스킷과의 결혼 자체를 부정했다 한들 그의 부인이던 자아가 싹 사라진 지금의 모습보다 이중적이라는 비난을 받지는 않을 것 같았다.

웨이손은 그녀의 동기를 따져보다가 화들짝 놀라 생각을 멈췄다. 자신이 무슨 권리로 기상천외한 그녀의 모형을 만들어낸 뒤 그걸 놓고 이러쿵저러쿵한단 말인가? 그녀는 첫 결혼에 대해 막연하게 불행했다고만 했고, 마찬가지로 말을 아끼면서 자신이 어려서부터 가졌던 환상을 해스킷이 완전히 부숴놓았다고만 했다…… 해스킷이 누구에게 해를 끼칠 사람으로는 전혀 보이지 않았기 때문에 웨이손은 그녀의 환상의 정체를 새롭게 바라보게 되었고, 이는 마음의 평화를 위협했다. 남편으로서야 자기 부인이 전남편에게 학대를 받은 것이 그 반대보다 나은 일일 테니 말이다.

4

"웨이손 씨, 전 릴리의 프랑스어 가정교사가 마음에 들지 않습니다."

서재에서 웨이손의 앞에 선 해스킷이 남루한 모자를 손으로 빙빙 돌리며 미안한 투로 조용하게 말했다.

안락의자에서 석간신문을 보던 웨이손은 깜짝 놀라서 당황한 표정으로 상대를 쳐다보았다.

"이렇게 당신을 굳이 만나보겠다고 해서 죄송합니다." 해스킷이 말을 이었다. "이번이 마지막이라 다시 올 일은 없을 텐데, 부인의 변호사에게 편지를 쓰는 것보다 당신과 잠깐 이야기를 나누는 편이 낫겠다 싶었습니다."

웨이손이 어색하게 일어섰다. 그 역시 프랑스어 가정교사가 마음에 들지는 않았지만, 그건 중요하지 않았다.

"전 잘 모르겠군요." 그가 뻣뻣하게 대꾸했다. "하지만 그게 당신의 뜻이라니―내 안사람에게 말을 전하도록 하죠." 해스킷에게 말을 할 때면 늘 '내'라는 말이 바로 나오지 않았다.

상대방이 한숨을 쉬었다. "그래봤자 별로 소용이 없을 겁니다. 이미 그렇게 얘기했지만 마뜩잖아했거든요."

웨이손의 얼굴이 붉어졌다. "아내를 언제 만났죠?" 그가 물었다.

"처음 릴리를 보러 온 날 딱 한 번 봤습니다. 릴리가 병이 난 직후에요. 그때 그 가정교사가 마음에 안 든다고 말했죠."

웨이손은 아무 대꾸도 하지 않았다. 그가 처음 찾아온 날, 부인에게 해스킷을 만났느냐고 물었던 것을 웨이손은 똑똑히 기억했다. 그렇다면 그녀는 그때 거짓말을 했고, 이후로는 그의 뜻대로 따라준 것이다. 그 사건으로 그녀의 인성의 묘한 면을 알게 되었다. 웨이손이 애초에 반대했다면 그녀는 분명 첫날에도 해스킷을 만나지 않았을 것이다. 그러나 그녀가 그것을 알아서 생각하지 못했다는 사실이 거짓말을 했다는 사실보다 그에게는 더 불쾌하게 여겨졌다.

"그 여자가 마음에 들지 않아요." 해스킷은 온유하지만 집요하게 같은 말을 반복했다. "똑바른 사람이 아니에요, 웨이손 씨. 그녀의 가르침 때문에 아이가 부정직해질 겁니다. 저는 릴리가 벌써 달라진 걸 느껴요. 상대의 마음에 들려고 너무 애를 써요. 게다가 솔직하게 말하지 않을 때도 있고요. 예전엔 전혀 그렇지 않고 똑바른 아이였습니다, 웨이손 씨ㅡ" 목소리가 잠기며 그가 잠시 말을 멈추었다가 이렇게 말을 맺었다. "아이가 세련된 교육을 받는 것에 반대하는 건 아닙니다."

웨이손은 짠한 마음이 들었다. "죄송합니다, 해스킷 씨. 솔직히 내가 해줄 수 있는 일이 없는 것 같네요."

해스킷이 머뭇거렸다. 그러더니 모자를 탁자에 놓고 웨이손이 선 벽난롯가의 카펫 쪽으로 다가왔다. 그의 태도에는 공격적인 구석은 전혀 없었지만, 결정적인 조치를 취하겠다고 결심한 소심한 남자의 엄숙함이 깃들어 있었다.

"해줄 수 있는 일이 딱 하나 있습니다, 웨이손 씨." 그가 말했다. "법원의 결정에 따라 내게 릴리의 양육과 관련해 발언권이 있다는 사실을 웨이손 부인에게 상기시켜주면 됩니다." 그가 잠깐 말을 멈췄다가 좀 더 강한 어조로 말을 이었다. "저는 무슨 일이 있어도 내 권리를 행사하겠다고 주장하는 그런 사람은 아닙니다, 웨이손 씨. 지키지도 못해놓고 권리가 있다고 주장하는 게 말이 되는지도 모르겠고요. 하지만 아이 문제는 다릅니다. 그 문제에서는 절대 그냥 넘어간 적이 없고, 앞으로도 결코 그러지 않을 겁니다."

* * *

그 일로 웨이손은 몹시 충격을 받았다. 부끄러운 일이긴 하지만 그는 에둘러서 해스킷에 대해 알아보고 있었다. 그리고 그렇게 알아낸 모든 사실이 해스킷에게 호의적이었다. 그 왜소한 남자는 딸 가까이에 있기 위해 수익성이 좋은 유티카의 사업에 투자했던 자기 몫을 처분하고 뉴욕의 제조공장에서 대단할 것 없는 직원으로 일했다. 누추한 거리의 하숙집에 살았고 아는 사람도 거의 없었다. 그의 삶은 릴리에 대한 애정이 전부였다. 해스킷에 대해 알아보면서, 웨이손은 침침한 등불을 들고 부인의 과거를 더듬거리는 기분이었다. 그러다 이제 그의 등불이 전혀 비추지 못한 구석이 있다는 사실을 알게 되었다. 그는 부인의 첫번째 결혼이 왜 파국에 이르렀는지, 정확한 정황을 전혀 알아보지 않았던 것이다. 겉으로 보기에는 아무런 문제가 없었다. 이혼을 얻어낸 사람은 그녀였고, 법원은 아이의 양육권도 그녀에게 수었다. 하지만 그런 평결이 그냥 덮어버리는 애매한 구석이 얼마나 많은지 웨이손은 잘 알았다. 해스킷이 딸을 만날 수 있는 권리를 가졌다는 사실만 해도 확실히 어떤 타협이 있었음을 의미했다. 웨이손은 이상주의자였다. 어쩌다가 불쾌한 상황이 생겨도 정면으로 맞닥뜨리기 전까지는 인정하는 법이 없었고, 그때서야 거기서 특정한 결과들이 줄줄이 따라 나오는 것을 목격하곤 했다. 이후 며칠 동안 그 얘기가 뇌리를 떠나지 않자 그는 차라리 부인 앞에서 그 망령을 불러내 아예 잠재워버려야겠다고 결심했다.

그가 해스킷의 요구를 전달하자 그녀의 얼굴에서 분노가 화르륵 타올랐다. 그러나 곧바로 억누르고는 화가 나 약간 떨리는 엄마의 목소리로 입을 열었다.

"너무 신사답지 못한 요구네요." 부인이 말했다.

그 단어가 웨이손의 신경에 거슬렸다. "그건 전혀 상관이 없는 얘기예요. 그냥 권리의 문제니까."

그녀가 중얼거렸다. "릴리한테 도움을 준 적도 한 번 없으면서―"

웨이손의 얼굴이 달아올랐다. 이 말은 더욱 그의 비위에 맞지 않았다. "문제는 그가 릴리에 대해 어떤 권한을 가지고 있냐는 거예요." 그가 되풀이했다.

그녀가 앉은 자리에서 약간 몸을 틀며 시선을 떨구었다. "그를 만나볼게요. 그를 만나는 일을 당신이 반대한다고 생각해서 그랬죠." 그녀가 더듬거렸다.

순간 웨이손은 해스킷이 어느 정도를 요구했는지 그녀가 이미 알고 있다는 사실을 깨달았다. 아마 그 요청을 거부한 것이 이번이 처음이 아니었을 것이다.

"내가 반대하고 말고는 이 문제와 아무 상관이 없어요." 그가 냉정하게 말했다. "해스킷에게 상의할 수 있는 권한이 있다면 당신은 당연히 그렇게 해야죠."

그녀가 울음을 터뜨렸고, 그는 그녀가 자신을 피해자로 여겨주기를 바란다는 것을 알았다.

해스킷은 자신의 권한을 남용하지 않았다. 그러지 않으리라는 사실을 웨이손은 참담한 심정으로 깨달았다. 하지만 가정교사는 해고되었고, 그 왜소한 남자는 이따금 앨리스와의 면담을 요청했다. 그녀는 감정이 폭발했던 첫날 이후로는 예전처럼 유연하게 그 상황을 받아들였다. 웨이손이 처음 해스킷을 보았을 때 피아노 조율사를 떠올렸듯, 한두 달 지나자 웨이손 부인은 그를 집안일 봐주는 사람처럼 취급하는 모양새였다. 웨이손은 그 아버지의 완강함에 경의를 표하지 않을 수 없었다. 처음에는 해스킷이 뭔가 '꿍꿍이속'이 있다고, 집안에 발을 들여놓으려는 속셈이라는 의심을 가져보려 했다. 하지만 웨이손은 마음속으로는 해스킷의 외곬을 확신했다. 그의 추측으로는 해스킷은 심지어 웨이손 집안과의 그런 연줄을 이용해 어떤 이득을 얻을 수도 있다는 생각에 약간 혐오감마저 느끼는 모양이었다. 그 의도가 진정했기 때문에 해스킷은 끄떡도 하지 않았고, 그의 뒤를 이어 남편이 된 자로서 웨이손은 그에게 일종의 질권質權이 있다고 인정할 수밖에 없었다.

* * *

셀러스 씨가 중풍 치료를 위해 유럽으로 가는 바람에 배릭 관련 일은 아예 웨이슨의 차지가 되었다. 협상은 간단치 않아 계속 늘어졌다. 그러다보니 두 사람이 자주 만나 논의를 해야 했는데, 회사의 이익을 생각하면 웨이슨은 차마 자신의 고객을 다른 회사로 넘길 수가 없었다.

사업과 관련해서 배릭은 훌륭하게 처신했다. 긴장이 풀어지면 때로 경박한 면모가 문득 튀어나오기도 했고 웨이슨으로서는 그가 괜히 친하게 대할까 두려웠다. 하지만 그는 사무실에서는 웨이슨의 판단을 알아서 존중해주었고 간결하고 명석한 모습을 보였다. 둘 사이에 사업적으로 친밀한 관계가 자리잡았으니 사교 관계에서 서로를 모르는 척하는 것도 우스운 일이었다. 처음 사교 모임에서 마주쳤을 때 배릭은 예의 편안한 태도로 그 만남을 받아들였고, 모임의 여주인은 다행스러워하며 웨이슨에게 마찬가지의 대응을 재촉하는 눈치를 주었더랬다. 이후 두 사람은 마주치는 일이 잦았고, 어느 날 밤 무도회에서 외딴 방들을 배회하던 웨이슨은 배릭이 자신의 부인 곁에 앉아 있는 것을 보았다. 그녀는 약간 얼굴을 붉히면서 말을 더듬었지만, 배릭은 자리에서 일어나지도 않은 채 그에게 고개만 까닥했을 뿐이었다. 그래서 웨이슨도 그들을 지나쳐 다른 곳으로 갔다.

돌아오는 마차에서 그는 신경질적으로 말을 꺼냈다. "배릭과 따로 얘기를 나누는 관계인 줄은 몰랐네요."

대답하는 부인의 목소리가 약간 떨렸다. "오늘 처음 본 거예요. 어쩌다보니 그가 바로 옆에 서 있었는데 어찌해야 할지 모르겠더라고요. 어디를 가나 마주치니까 너무 어색했어요. 그런데 그 사람이 말하길 당신이 자기 일을 아주 잘 봐주고 있다더군요."

"그건 다른 문제예요." 웨이슨이 말했다.

그녀가 잠시 말이 없다가 순종적인 태도로 말했다. "당신이 원하는 대로 할게요. 그런 자리에서 마주치면 얘기를 나누는 게 덜 어색하다고 생각했을 뿐이에요."

그는 그녀의 순종적인 태도에 신물이 나기 시작했다. 정말 자기 의지라고는 전혀 없는 건가? 그 남자들과의 관계와 관련해서 스스로 생각하는 바도 없고? 해스킷을 그렇게 받아들였으니 이제 배릭도 받아들일 셈인가? 그녀 말대로 그편이 '덜 어색'했고 그녀는 본능적으로 곤란한 일은 피하거나 에둘러 갔다. 불현듯 웨이손의 눈앞에 그런 본능이 어떻게 발달하게 되었는지가 생생하게 떠올랐다. 그녀는 '오래된 신발처럼 편안한' 사람인 것이다. 여러 발이 그 신발을 거쳐갔으므로. 그녀의 유연함은 서로 다른 갈래의 긴장을 수없이 거쳐온 결과물이었다. 앨리스 해스킷, 앨리스 배릭, 앨리스 웨이손. 그녀는 연이어 각각의 인물이 되며 그 이름들에 자신의 사생활, 자신의 인성, 그리고 미지의 신이 거주하는 자기 내면의 자아를 조금씩 떼어두고 온 것이다.

"그래, 배릭과 그냥 말을 하는 편이 좋겠군." 웨이손이 지친 기색으로 말했다.

5

겨울은 더디게 지나갔고, 사교계는 웨이손 부부가 배릭을 받아들인 것을 잘 이용했다. 곤란해하던 여주인들은 그 난관을 극복해준 두 사람에게 고마워했고, 웨이손 부인을 교양을 아는 놀라운 인물로 추어올렸다. 실험 정신이 강한 이들은 배릭과 그의 전 부인을 한자리에 붙여놓는 재미를 즐겼고, 배릭이 그런 상황을 즐기게 되었다고 보는 사람들도 있었다. 하지만 웨이손 부인의 행동은 전혀 나무랄 데가 없었다. 그녀는 배릭을 피하지도 않았지만 일부러 찾는 일도 없었다. 그녀가 최근 생겨난 사교상 문제의 해결책을 찾아냈다는 것은 웨이손도 인정하지 않을 수 없었다.

그는 결혼 당시에는 그 문제를 깊이 생각해보지 않았다. 여자도 남자와 마찬가지로 허물을 벗듯 과거를 벗어버릴 수 있으리라 보았다. 하지만 이제 보니 앨리스는 어쩔 수 없이 과거와의 관계를 지속할 수밖에 없는 상황과 과거가 그녀의 본성에 남겨놓은 흔적으로 인해 여전히 과거에 매여 있었다. 웨이손은 자신이 신디케이트의 한 구성원 같다고 침울하게 자조 섞인 비유를 했다. 자신이 부인의 인성에서 상당히 많은 몫을 차지하지만, 어쨌든 전남편들을 사업상 동업자로 두고 있는 식으로 말이다. 그 거래에 열정이라는 요소라도 있었다면 참담한 기분이 덜했을 것이다. 날씨가 바뀌듯 앨리스가 남편을 바꿨다는 사실에 이 상황은 범상한 일이 되고 말았다. 차라리 그녀가 어리석은 실수를 범했거나 도 넘는 짓을 했다면 용서할 수 있을 것 같았다. 해스킷을 거부했거나 배릭에게 넘어가기라도 했다면. 자신의 말에 순순히 따르며 요령을 부리는 일만 아니라면 그 무엇이라도 용서할 수 있을 것 같았다. 그녀는 마치 칼을 들고 저글링을 하는 사람 같았지만, 칼날이 무뎌 절대 다치지 않을 것임을 스스로 알고 있는 듯했다.

게다가 습관은 갈수록 그의 감수성에 안전한 보호막을 씌우고 있었다. 그가 환상이라는 푼돈을 지불하며 매일의 편안함을 구했던 거라면,

날이 갈수록 그 편안함은 더 소중하고 거기에 쓰는 동전은 아깝지 않았다. 해스킷이나 배릭과 가까이 있어도 별 느낌이 없었고, 그런 상황을 풍자하는 값싼 복수를 피신처로 삼을 뿐이었다. 심지어 거기서 생겨나 쌓여가는 이득을 셈해보면서 3분의 1밖에 못 가져도 남자를 행복하게 해줄 줄 아는 여자를 아내로 갖는 것이 그런 기술을 얻을 기회조차 없던 여자를 통째로 갖는 것보다 낫지 않나 자문하기도 했다. 왜냐하면 그것은 진정 기술이라 할 만했고, 다른 모든 기술처럼 양보와 생략과 장식으로, 사려 깊게 밝힌 불과 솜씨 좋게 은은히 드리운 그림자로 이루어졌기 때문이었다. 그의 부인은 불빛을 조절하는 법을 정확히 알았고, 어떤 훈련으로 그런 기술을 익혔는지는 그 역시 정확하게 알 수 있었다. 그는 심지어 부부 관계의 원천을 따져보면서 자신이 누리는 행복한 가정을 만들어낸 여러 영향력을 구분해보기까지 했다. 앨리스는 해스킷이 평범했기 때문에 좋은 교육을 동경하게 되었고, 다른 한편 자유분방한 배릭과 결혼생활을 하면서는 부부간에 지켜야 할 덕목을 소중히 여기게 되었다. 결국 대단하지는 않더라도 그의 삶을 편안하게 하는 그녀의 자질에 관해서는 직접적으로 전남편들의 덕을 보고 있는 셈이었다.

이 단계를 지나 그는 완전히 받아들이는 단계로 나아갔다. 시간이 지나면서 상황의 아이러니도 무뎌지고 농담도 그 통렬함을 잃어갔으므로 스스로를 풍자하는 일을 그만두었다. 현관 탁자에 놓인 해스킷의 모자가 눈에 띄면 풍자적인 시구가 떠오르는 일도 이젠 없었다. 어린 릴리가 생부의 하숙집을 찾아가는 것보다 그가 집으로 만나러 오는 게 낫겠다고 결정했기 때문에 이제 탁자 위에 놓인 모자는 자주 눈에 띄었다. 이러한 결정에 순순히 따랐던 웨이손은 그뒤에도 거의 달라진 것이 없어서 오히려 놀라울 정도였다. 해스킷은 절대 나서는 법이 없었고, 손님이 어쩌다 그를 계단에서 마주쳐도 그가 누군지 알지 못했다. 그가 앨리스를 얼마나 자주 만나는지 웨이손이야 알 수 없지만 어쨌든 그 자신과는 만나는 법이 거의 없었다.

그런데 어느 날 오후 집에 들어서던 그는 릴리의 생부가 기다리고 있다는 말을 들었다. 서재로 들어가자 해스킷이 예의 어정쩡한 자세로 의자에 앉아 있었다. 그가 등을 기대고 앉는 법이 없다는 사실에 웨이손은 늘 고마운 마음이었다.

"이렇게 방에 들어와 있어서 죄송합니다, 웨이손 씨." 그가 일어나며 말했다. "릴리 일로 부인을 만나보고 싶다고 했더니 돌아올 때까지 여기서 기다리라고 해서요."

"괜찮습니다." 그날 아침 응접실에 갑자기 물이 새는 바람에 배관공을 불렀다는 사실을 떠올리며 웨이손이 말했다.

그가 시가 상자를 열어서 손님에게 권하자 해스킷이 받아들었는데, 그로써 그들의 관계가 새로운 단계로 들어선 듯했다. 봄밤이 서늘했기 때문에 웨이손은 손님에게 벽난로 가까이로 의자를 당겨 앉으라고 했다. 뭐라도 핑계를 대고 곧 자리를 뜰 생각이었다. 하지만 춥고 피곤한데다 어차피 왜소한 그 남자가 이제 그다지 거슬리지도 않았다.

자욱한 담배 연기가 친근하게 두 사람을 감싸고 있는데 문이 열리더니 배럭이 방안으로 들어왔다. 웨이손이 벌떡 일어났다. 배럭이 자신의 집을 찾아온 것은 처음이었고, 정말 공교로운 때에 집안에 들어선 그의 모습을 보자 놀라, 무뎌진 웨이손의 신경이 다시금 예민해졌다. 그가 말없이 상대방을 쳐다보았다.

배릭은 뭔가에 정신이 팔려 상대방이 당황하고 있다는 사실도 알아채지 못하는 모양이었다.

"이보게." 그가 크고 괄괄한 목소리로 말했다. "이렇게 자네 집에 쳐들어와서 정말 미안한데, 시내로 찾아가기엔 이미 늦었고, 그래서 내 생각에—" 해스킷이 눈에 띄자 그는 말을 뚝 멈췄고 듬성듬성한 금발 머리 아래로 혈색 좋은 얼굴이 붉게 달아올랐다. 하지만 곧 정신을 차리고 가볍게 목례를 했다. 해스킷도 말없이 고개를 끄덕였고, 웨이손이 여전히 할말을 찾지 못해 어쩔 줄 모르는 중에 하인이 다기 세트를 들고 들어왔다.

방에 들어온 하인은 웨이손이 팽팽해진 신경을 터뜨릴 좋은 구실이 되었다. "도대체 그건 왜 여기로 가져오는 거야?" 그가 날선 목소리로 물었다.

"죄송합니다만, 응접실에는 아직 배관공이 있어서요. 마님께서 서재에서 차를 드시겠다고 했습니다." 하인은 흠잡을 데 없이 공손한 투로 대답했기 때문에 웨이손도 사리에 맞는 태도를 취해야 했다.

"아, 알겠어." 그가 체념한 투로 말했고, 하인은 접이식 차탁을 펴고 그 위에 복잡한 다기 세트를 늘어놓기 시작했다. 끝나지 않을 것 같은 이 과정이 이어지는 사이 세 남자는 꼼짝도 하지 않고 홀린 듯 그 광경을 바라보며 서 있었다. 웨이손이 침묵을 깨며 배릭에게 물었다. "시가 피우겠나?"

방금 해스킷에게 권한 시가 상자를 내밀자 배릭은 미소를 지으며 하나를 집었다. 성냥을 찾았지만 보이지 않아 웨이손은 자신의 시가를 내밀었다. 뒤쪽의 해스킷은 이따금 시가 끝을 살펴보며 조용히 자리를 지키다가 적당한 때마다 앞쪽으로 나와 벽난로 안에 재를 떨었다.

마침내 하인이 물러가자 배릭이 바로 말을 꺼냈다. "사업 문제로 잠깐 몇 마디만 하면 되는데—"

"물론이지. 식당에서—" 웨이손이 더듬거렸다.

그런데 문고리에 손을 얹는 순간 밖에서 누군가 문을 열었고, 부인이 문간에 나타났다.

외출용 드레스에 모자를 쓴 그녀가 산뜻한 모습으로 미소를 띠고 들어왔는데, 들어오면서 벗은 깃털 목도리의 향기가 여전히 풍겼다.

"여기서 차를 마실까요, 여보?" 그녀가 입을 열었는데, 순간 배릭이 눈에 들어왔다. 그녀는 놀라서 약간 떨리는 것을 감추기 위해 더욱 환한 미소를 띠며 말했다. "어머, 어쩐 일이세요?" 기쁜 기색이 분명한 말투였다.

배릭과 악수를 하다가 그녀는 그 뒤에 선 해스킷을 보았다. 잠깐 미소가 흐려졌지만 곧바로 다시 미소를 띠고는 아무도 모르게 곁눈질로 살짝 웨이손을 쳐다보았다.

"안녕하세요, 해스킷 씨." 그녀가 말하며 약간 덜 다정한 투로 그와 악수를 나누었다.

세 남자는 어색하게 그녀 앞에 서 있었는데, 언제나 침착함을 잃지 않는 배릭이 나서서 해명을 하기 시작했다.

"우리는—나는 사업에 관해 잠깐 웨이손과 할말이 있어서 왔는데." 목덜미까지 새빨개진 그가 더듬거렸다.

해스킷이 온화한 완고함을 내비치며 앞으로 나섰다. "끼어들어서 미안하지만, 당신과 약속이 다섯시였는데—" 그러면서 맥없이 벽난로 위의 시계로 시선을 돌렸다.

그녀는 손님을 대하는 매력적인 태도로 그들의 당황스러움을 단번에 날려버렸다.

"정말 미안해요. 하여간 매번 늦는다니까. 하지만 오후에 날씨가 얼마나 좋던지." 그러면서 선 채로 우아하게, 달래듯이 장갑을 벗었다. 그러자 편안하고 친숙한 분위기가 주변으로 퍼지며 상황의 기괴함도 사라졌다. "하지만 일 얘기를 하기 전에 다들 차 한 잔씩 드셔야죠." 그녀가 밝게 덧붙였다.

그녀가 차탁 곁의 낮은 의자에 앉자, 두 명의 손님은 그 미소에 이끌리듯 자연스럽게 앞으로 나와 그녀가 내미는 찻잔을 받았다.

그녀가 시선을 돌려 웨이손을 보았고, 웨이손은 웃으며 세번째 잔을 받아들었다.

여성 배심원단

A Jury of Her Peers(1917)

수전 글래스펠
Susan Glaspell

수전 글래스펠 (1876~1948)

미국 아이오와주 대븐포트 출생. 대학 졸업 후 신문기자로 일하다가 고향으로 돌아가 본격적으로 소설을 쓰기 시작했다. 곧바로 주요 잡지에 단편을 발표하며 유망한 신인으로 떠올랐고, 첫 소설 『정복당한 자들의 영광The Glory of the Conquered』은 단숨에 베스트셀러가 되었다. 남편 조지 크램 쿡과 극단 '프로빈스타운 플레이어스'를 창단했다. 극단은 칠 년간 100여 편의 작품을 무대에 올리는 등 성공을 거두었지만, 극단이 상업적으로 변질되었다고 여긴 부부는 극단과 결별하고 그리스로 이사했다. 그곳에서 남편이 질병으로 사망한 후 글래스펠은 케이프코드로 돌아와 창작에 전념했다. 1931년 희곡 『앨리슨의 집Alison's House』으로 퓰리처상을 수상했다. 생전에는 여러 방면에서 유명했지만 사후 거의 잊혔다가 20세기 후반에 재조명되었다. 『사소한 것들Trifles』은 기자였을 당시 취재한 살인사건을 바탕으로 한 단막극으로 페미니즘 문학에서 중요한 자리를 차지한다.

덧문을 열자마자 살을 에는 북풍이 얼굴을 때리는 바람에 마사 헤일은 커다란 울 스카프를 가지러 다시 뛰어들어갔다. 그녀는 서둘러 스카프를 머리에 두르면서도 두 눈으로는 심란하게 부엌을 둘러보았다. 이렇게 집을 나서게 된 것은 평범한 이유에서가 아니었다. 어쩌면 지금껏 딕슨 카운티에서 일어난 그 어떤 일보다도 평범함과는 거리가 먼 일이었다. 하지만 지금 그녀의 눈에 들어온 광경으로 말하자면 자신의 부엌은 도대체 그냥 두고 나갈 상태가 아니었다. 빵을 구울 준비를 하고 있던 터라 밀가루를 반 정도 체에 치다가 말았던 것이다.

그녀는 일을 하다 마는 것을 아주 싫어했다. 그러나 빵 구울 준비를 하고 있던 차에 시내에서 사람들이 와 헤일 씨를 데려갔고, 곧이어 보안관이 헐레벌떡 와서는 자기 부인이 헤일 부인도 같이 갔으면 한다고 말했다. 그러고는 씩 웃으며 아내가 겁이 나는지 여자가 한 사람 더 있으면 좋겠다고 했다는 말을 덧붙였다. 그래서 그녀는 하던 일을 그대로 놔두고 집을 나서야 했다.

"마사!" 남편이 다그치듯이 부르는 소리가 들렸다. "다들 추운 데서 기다리잖아."

그녀는 다시 덧문을 열었고, 이번에는 곧장 남자 셋과 여자 하나가 기다리는 커다란 이 열 좌석 마차에 올랐다.

앉아서 옷을 잘 여민 후 그녀는 뒷자리에 함께 앉은 여자를 다시 한번 보았다. 피터스 부인은 작년 마을 행사에서 한 번 봤는데, 보안관 부인처럼은 안 보인다는 인상만 남아 있었다. 왜소하고 마른 몸에 목소리도 여린 여자였다. 피터스 씨가 오기 전에 보안관이던 고먼 씨 부인은 무슨 말을 하던 그 목소리에서 법의 권위가 묻어났다. 그러나 전혀 보안관 부인처럼 보이지 않는 피터스 부인과 달리 피터스 씨는 어딜 보나 보안관이었다. 그는 머리끝부터 발끝까지 보안관으로 뽑힐 만한 사람이었다. 거구에 목소리도 우렁우렁했고, 범죄자와 범죄자가 아닌 사람의 차이를 잘 안다는 것을 똑똑히 보여주듯 준법정신이 유달리 투철했다. 그들을 그토록 유쾌하고 활달하게 대하는 이 남자가 지금 보안관으로서 라이트네 집으로 향하고 있다는 사실이 바로 그때 헤일 부인의 마음에 비수처럼 꽂혔다.

"요맘때는 여기 날씨가 별로 안 좋아요." 남자들처럼 뭔가 대화를 해야 한다고 느꼈는지 피터스 부인이 마침내 입을 열었다.

헤일 부인이 대답을 채 끝마치기도 전에 마차가 낮은 언덕을 오르면서 라이트네 집이 눈에 들어왔고, 그 집이 보이지 그녀는 너는 말을 하고 싶은 기분이 아니었다. 추운 3월 아침에 그 집은 무척이나 쓸쓸해 보였다. 언제 봐도 쓸쓸해 보이는 집이었다. 움푹 꺼진 땅에 자리를 잡은 집을 빙 둘러싼 미루나무도 쓸쓸해 보였다. 남자들은 그 집을 보며 거기서 일어난 일에 대해 말을 주고받았다. 마차가 다가가는 동안 지방 검사는 마차 옆쪽으로 몸을 기울여 눈을 떼지 않고 그 집을 바라보았다.

"당신이 같이 와줘서 다행이에요." 남자들을 따라 함께 부엌문으로 들어서며 피터스 부인이 불안한 듯이 말했다.

문간에 발을 들여놓고 문고리에 손을 대면서도 마사 헤일은 절대 그 문안으로 들어설 수 없을 것 같은 기분이 잠깐 들었다. 지금 그런 기분이 드는 이유는 그저 예전에 그곳에 발을 들여본 적이 없기 때문이었다. '미니 포스터를 보러 가야 하는데'라는 생각이야 수도 없이 많이 했다. 라이트 부인으로 산 지가 이십 년인데도 헤일 부인에게 그녀는 여전히 미니 포스터였다. 그런데 늘 뭔가 할일이 생겼고 그러면 미니 포스터는 어느새 머릿속에서 사라졌다. 그런데 이제야 올 수 있게 된 것이다.

남자들이 화덕 쪽으로 갔다. 두 여자는 문간에 붙어서 있었다. 지방 검사인 젊은 헨더슨이 그들 쪽을 보며 말했다. "추운데 불 앞으로 오세요."

피터스 부인이 한 걸음을 뗐다가 멈췄다. "춥지 않아요." 그녀가 말했다.

그렇게 두 사람은 문간에 서 있었고, 처음에는 부엌을 둘러보지도 않았다.

남자들은 보안관이 그날 아침에 부보안관을 미리 보내 불을 피워놓기를 정말 잘했다며 잠깐 떠들더니, 피터스 보안관이 화덕에서 물러나 외투 단추를 끄르고는 공식적인 업무의 시작을 알리는 것처럼 식탁 위에 손을 올려놓았다. "자, 헤일 씨." 그가 반쯤 공적인 말투로 말했다. "일을 시작하기 전에 어제 아침에 당신이 여기 왔을 때 목격한 상황을 헨더슨 씨에게 설명해줘요."

지방 검사가 부엌을 둘러봤다.

"그런데 아무것도 건드리지 않은 거죠?" 그가 보안관을 보며 물었다. "모두 어제 그대로인 거죠?"

피터스는 찬장에서 싱크대까지 죽 살피고 식탁 한편에 놓인 작고 낡은 흔들의자로 시선을 옮겼다. "그대로네."

"어제 누군가 여기를 지켰어야 하는데." 검사가 말했다.

"아, 어제―" 어제라는 게 다시 떠올리기도 힘든 뭐라도 되는 듯한 몸짓을 하며 보안관이 대꾸했다. "어떤 놈이 난동을 피우는 바람에 프랭크를 모리스 센터에 보내야 했어. 정말이지 어제는 일이 얼마나 많던지. 조지, 자네가 오늘쯤 오마하에서 돌아온다는 걸 알았고, 그렇다고 내가 직접 여기 와서 살펴보기에는―"

"그럼 헤일 씨. 어제 아침 여기 왔을 때 일을 말씀해주세요." 지나간 일은 어쩔 수 없다는 듯이 검사가 말했다.

여전히 문에 기대어 있던 헤일 부인은 앞에 나가 발표하는 아이를 지켜보는 엄마처럼 가슴이 쿵 내려앉았다. 루이스는 말을 하다가 자주 딴 데로 샜고, 이야기를 뒤죽박죽으로 만들었다. 괜히 쓸데없이 미니 포스터에게 불리한 얘기를 떠들지 말고 똑바로 분명하게 할밖만 했으면 하는 바람이었다. 그는 곧장 입을 열지 않았고, 그녀는 그 모습이 영이상하다는 것을 알아챘다. 바로 그 부엌에 서서 어제 아침에 본 것을 말하려니 속이 메스껍기라도 한 것처럼.

"헤일 씨?" 검사가 재촉했다.

"해리랑 내가 감자를 싣고 읍내로 가고 있었어요." 헤일 씨가 입을 열었다.

해리는 그들의 큰아들이었다. 해리는 지금 같이 있지 않았는데, 어제 감자를 싣고 읍내까지 가지 못해서 오늘 아침에 갔으니 당연한 일이었다. 그래서 보안관이 라이트네 집에 가서 하나하나 짚어가며 지방 검사에게 목격한 것을 설명하라고 헤일 씨를 찾아왔을 때 해리는 집에 없었다. 온갖 감정이 밀려드는 중에도 헤일 부인은 해리가 아침에 나갈 때 따뜻하게 차려입지 않았다는 걱정이 들었다. 북풍이 이렇게 매섭게 몰아치는 줄은 아무도 몰랐던 것이다.

"이쪽 길로 왔어요." 그들이 방금 온 길 쪽을 손으로 가리키며 헤일이 말을 이었다. "집이 보일 때쯤 내가 해리에게 말했죠. '잠깐 들어가서 존 라이트가 전화를 놓으려나 좀 물어봐야겠다' 하고요. 누구라도 함께하지 않으면 회사에서는 전화를 놓으러 여기까지 나오지 않을 거라서요. 감당할 수 없는 비싼 요금을 요구하거나." 그가 헨더슨에게 설명했다. "라이트에게 전에도 말한 적이 있는데 거절하더군요. 지금도 사람들은 말이 너무 많다고, 자기는 조용하고 평화롭게 살고 싶다면서요. 자기가 얼마나 말을 안 하고 사는지 누가 모를까봐. 그래도 집으로 직접 가서 부인이 있는 데서 말하면 또 모르니까. 여자들은 다들 전화를 좋아하고 이렇게 외딴곳에서는 특히나 유용할 거라고 하면. 뭐, 그런 식으로 설득을 해봐야겠다고 해리에게 말했죠. 물론 부인이 원한다고 해서 존이 눈이나 깜짝할지 모르겠다는 말도 했지만."

저것 보라고! 괜한 말을 하고 있잖아. 헤일 부인은 남편과 눈을 맞춰보려 애썼는데, 다행히 검사가 이렇게 말하며 말을 끊었다.

"그건 좀 이따가 얘기하죠, 헤일 씨. 당연히 그 얘기도 들어야겠지만 지금은 일단 이 집에 들어왔을 때 벌어진 일로 넘어갔으면 합니다."

그가 다시 말을 시작했는데 이번엔 상당히 신중하고 조심스러웠다.

"아무것도 보지 못했고 아무 소리도 듣지 못했어요. 문을 두드렸는데 집안이 쥐죽은듯 고요하더라고요. 여덟시가 넘었으니까 당연히 둘 다 일어났을 시간인데. 그래서 다시 한번 더 세게 문을 두드렸더니 안에서 '들어오세요'라는 말이 들린 것 같았어요. 확실하진 않아요. 지금도 잘 모르겠고. 아무튼 문을 열고 들어갔죠. 이 문이요." 두 여자가 서 있는 문 쪽으로 그가 홱 손을 뻗었다. 그러더니 흔들의자를 가리키며 말했다. "이 의자에 라이트 부인이 앉아 있었어요."

부엌에 있던 사람들 모두 의자를 쳐다보았다. 헤일 부인은 문득 그 흔들의자가 미니 포스터와 전혀 어울리지 않는다고 생각했다. 그러니까 이십 년 전의 미니 포스터. 거무죽죽한 붉은색 의자 등받이에는 나무 가로대가 있는데 그마저도 중간 가로대는 떨어져나갔고, 의자는 바닥 한쪽이 푹 꺼져 있었다.

"어때 보이던가요?" 검사가 물었다.

"글쎄요." 헤일이 말했다. "이상해 보였어요."

"이상하다면 어떤 의미에서?"

그렇게 물으며 그가 공책과 연필을 꺼냈다. 헤일 부인은 그 연필이 마음에 들지 않았다. 그녀는 남편이 저 공책에 적혀 문제가 될 만한 불필요한 말을 내뱉는 일을 막으려는 듯 여전히 그에게 시선을 붙박고 있었다.

헤일 역시 연필에 영향을 받았는지 신중하게 말을 골랐다.

"글쎄요, 뭘 해야 할지 모르는 사람 같았다고 할까요. 그리고 아주 지쳐 보였어요."

"집에 들어온 당신을 어떻게 받아들이는 것 같던가요?"

"뭐, 아무래도 상관없다는 식이었달까요. 별로 아는 척을 하지도 않아서 내가 말을 걸었죠. '안녕하세요, 라이트 부인. 날씨가 아주 추워요, 그렇죠?' 그랬더니 '그래요?' 그러고는 계속 앞치마를 붙들고 조몰락거렸어요. 좀 놀랐죠. 화덕 가까이 오라거나 앉으라는 말도 없이 그냥 가만히 앉아만 있으니까. 심지어 날 쳐다보지도 않았어요. 그래서 내가 존을 만나보고 싶다고 했죠. 그랬더니—웃는 거예요. 여하튼 웃었다고 할 수 있을 것 같아요. 해리가 밖에서 마차에 탄 채로 기다리고 있으니까 내가 좀 날선 말투로 물었죠. '존을 좀 볼 수 있어요?' 그랬더니 약간 멍하게 안 된다고 그러더라고요. '집에 없어요?' 물었더니 그제야 나를 쳐다봤어요. 그러곤 이렇게 말하더군요. '아니요, 집에 있어요.' 이때쯤 저도 짜증이 일어서 '그럼 대체 왜 안 된다는 겁니까?' 하고 물었죠. 그랬더니 아까처럼 멍한 표정으로 나직하게 '죽었거든요' 이러는 거예요. 그러곤 다시 앞치마를 조몰락거리기 시작했어요. '죽어요?' 듣고도 무슨 뜻인지 이해가 안 될 때 다들 그러듯이 내가 되물었죠. 그랬더니 딱히 감정이 북받치거나 그런 기색도 없이 의자를 앞뒤로 흔들면서 그냥 고개만 주억거리더라고요. '아니, 지금 어디 있어요?' 무슨 말을 해야 할지 몰라 내가 그렇게 물었죠. 그녀는 위층을 가리켰어요. 이렇게요.”

그가 손가락으로 머리 위의 이층 방을 가리켰다.

“저는 직접 가볼 생각으로 자리에서 일어났어요. 그땐―뭘 어떻게 해야 할지 모르겠더라고요. 저쪽에서 이쪽으로 걸어오다가 제가 다시 물었어요. ‘아니, 어쩌다가 그렇게 되었어요?’ 그랬더니 ‘목에 줄을 감고 죽었어요.’ 그러는 거예요. 계속 앞치마를 조몰락거리면서.”

헤일이 말을 멈추고는 전날 아침에 흔들의자에 앉아 있던 그 여자가 여전히 눈에 보이는 듯이 의자를 뚫어지게 보았다. 아무도 입을 열지 않았다. 마치 전날 아침 거기에 앉아 있던 여자의 모습이 다들 눈에 보이는 듯이.

“그다음엔 어떻게 했나요?” 마침내 지방 검사가 침묵을 깨며 물었다.

“밖으로 나가 해리를 불렀죠. 아무래도―혼자서는 안 되겠다 싶어서요. 해리를 집안에 들어오라고 해서 함께 이층으로 올라갔어요.” 그의 목소리가 점점 작아지더니 거의 속삭임이 되었다. “거기에―존이 누워 있는데―”

“정확한 위치는 함께 위층으로 올라갔을 때 알려주는 게 좋겠고.” 검사가 말을 끊었다. “지금은 일단 얘기를 계속해봐요.”

“처음 든 생각은 노끈을 풀어야겠다는 것이었는데, 보니까―” 그가 말을 멈추고 얼굴을 씰룩거렸다.

“그런데 해리가 가까이 다가가더니 말했죠. ‘아니, 이미 숨이 끊어졌는걸요. 아무것도 건드리지 않는 게 좋겠어요.’ 그래서 아래층으로 내려왔죠. 라이트 부인은 여전히 그 자리에 있었어요. ‘누구한테라도 알렸어요?’라고 물었더니 무심하게 ‘아니요’라고 하데요. ‘누가 그랬나요,

라이트 부인?' 해리가 그렇게 물었는데, 사무적인 말투여서 그랬는지 부인이 앞치마를 조몰락거리던 손을 멈췄어요. '몰라요.' 부인이 대답했고 해리가 다시 물었죠. '같은 침대에서 잤는데 모른다고요?' 그랬더니 '그래요, 하지만 내가 안쪽에서 잤어요'라고 하데요. '누군가 남편 목에 노끈을 감고 목을 졸랐는데 깨지도 않았다고요?' 해리가 물었죠. 그랬더니 '깨지도 않았어요' 하고 해리의 말만 되풀이했어요. 그 말에 우리가 그게 도대체 말이 되나 싶은 표정을 지었는지 이렇게 덧붙이더라고요. '난 잠들면 누가 업어가도 몰라요.' 해리는 더 묻고 싶은 눈치였지만 우리가 상관할 일이 아닌 것 같다고 내가 말했어요. 그런 얘기는 우선 검시관이나 보안관에게 해야 할 것 같다고요. 그래서 해리는 쏜살같이 마차를 몰아 하이 로드로 갔어요. 그러니까 전화가 있는 리버스네 집으로 말이죠."

"검시관을 부르러 가는 걸 알고 부인은 어떤 반응을 보였나요?" 검사가 바로 받아 적을 태세로 연필을 쥐었다.

"저 의자에서 일어나 이쪽으로 왔어요." 헤일이 구석에 놓인 작은 의자를 가리켰다. "그러고는 저기 앉아 두 손을 맞잡고 바닥만 내려다봤어요. 무슨 말이라도 나눠야 할 것 같아서, 혹시 존이 전화를 놓을 생각이 있나 물어보려고 찾아왔던 거라고 했죠. 그랬더니 부인이 웃더라고요. 그러다 별안간 뚝 그치고 날 쳐다봤어요―겁먹은 표정으로."

연필이 움직이는 소리에 이야기를 하던 그가 시선을 들어 쳐다보고는 급히 덧붙였다.

"모르겠어요―겁먹은 건 아닐 거예요. 그렇게 말할 수는 없겠어요. 곧 해리가 돌아왔고, 뒤이어 로이드 박사가 왔고, 그다음엔 피터스 씨

당신이 왔으니까, 이후로는 당신도 아는 내용이죠."

마지막 말은 안도하는 투였고, 그는 이제 편히 물러나 있으려는 듯이 약간 자리를 옮겼다. 그에 다들 조금씩 움직였고 검사는 계단 문 쪽으로 걸어갔다.

"일단 위층으로 올라가봅시다. 그다음에 바깥으로 나가 헛간과 주변을 살펴보죠."

그가 말을 멈추고 부엌을 둘러보았다.

"여기는 딱히 중요한 단서가 없는 게 분명해요?" 그가 보안관에게 물었다. "그러니까 동기를 보여줄 만한 뭐라도."

보안관도 다시 확인하듯이 주변을 둘러보았다.

"부엌살림밖에 없는데요, 뭐." 부엌살림이 뭐 대수냐는 듯이 짧게 웃으며 그가 말했다.

검사가 찬장을 보았다. 별나고 볼품없는 그 가구는 위쪽은 벽에 고정되어 있고 아래쪽은 구식 찬장처럼 보이는 벽장 겸 찬장이었다. 하도 희한해서 관심이 가는지 그가 의자를 놓고 그 위로 올라가 위쪽 문을 열고 들여다보았다. 잠시 후 그는 끈적이는 손을 빼냈다.

"아주 엉망이군." 그가 성을 내며 말했다.

두 여자가 그쪽으로 다가갔고 보안관 부인이 입을 열었다.

"오, 과일 절임이네." 그녀가 이해를 구하듯이 헤일 부인을 보며 말했다.

그러곤 검사 쪽으로 몸을 돌리고 설명했다. "그러잖아도 간밤에 날이 추워져서 부인이 걱정하더라고요. 불도 안 피우니까 얼어서 다 넘칠 거라고."

피터스 부인의 남편이 웃음을 터뜨렸다.

"하여튼 여자들은 못 말린다니까! 살인 혐의로 갇혀 있으면서 과일 절임을 걱정하다니!"

젊은 검사가 입을 앙다물었다.

"아마 조사가 다 끝나기도 전에 과일 절임이 아니라 더 심각한 문제를 걱정해야 할걸요."

"아, 여자들이야 원래 사소한 문제를 두고 한걱정하니까." 헤일 씨가 사람 좋은 말투로 우월감을 내비치며 말했다.

두 여자가 좀더 가까이 붙어섰다. 어느 쪽도 입을 열지 않았다. 지방 검사가 문득 예의에 어긋났다는 느낌이 든 모양이었다. 자기 앞날도 생각해야 했다. 그래서 그는 젊은 정치인처럼 정중하게 말했다.

"하지만 그렇게 걱정이 한가득인 마나님들이 없다면 우리가 뭘 할 수 있겠어요?"

여자들은 여전히 대꾸하지 않았고, 마음을 누그러뜨리지도 않았다. 그는 싱크대로 가서 손을 씻었다. 손을 닦으려고 롤러식 수건으로 몸을 돌리더니 깨끗한 쪽이 나오도록 손잡이를 돌렸다.

"수건도 더럽고! 제대로 된 가정주부는 아닌가보네. 마나님들 생각은 어떤가요?"

그가 싱크대 아래쪽에 놓인 지저분한 냄비들을 발로 걷어찼다.

"농장에는 할일이 워낙 많아요." 헤일 부인이 딱딱하게 대꾸했다.

"물론 그렇겠죠." 그녀에게 살짝 고개를 숙여 보이고는 그가 말을 이었다. "그래도 딕슨 카운티에는 수건이 저 모양이 아닌 농장도 꽤 있는 거로 압니다." 그가 완전히 깨끗한 부분이 나오도록 수건을 다시 잡아당기며 말했다.

"저런 수건은 금방 더러워져요. 남자들이 손을 깨끗이 닦지 않을 때가 많으니까요."

"아, 같은 여자라 이거군요. 알겠어요." 그가 웃었다. 그는 곧 웃음을 그치고 그녀를 예리하게 주시했다. "그런데 라이트 부인과는 이웃이었죠? 그전엔 친구였다고 알고 있는데."

마사 헤일이 고개를 저었다.

"최근엔 거의 만난 적이 없어요. 이 집에 발을 들여놓은 게—일 년도 넘었어요."

"그건 왜죠? 라이트 부인이 마음에 안 들었나요?"

"마음에 안 들 리가요." 그녀가 힘주어 대답했다. "농장 부인들은 할 일이 너무 많아요, 헨더슨 씨. 게다가—" 그녀가 부엌을 둘러보았다.

"게다가요?" 그가 재촉했다.

"여긴 도대체 생기 있는 분위기가 아니에요." 그라기보다 자신에게 설명하듯이 그녀가 말했다.

"그렇죠." 그가 동의했다. "이곳을 생기 있다고 할 사람은 없겠죠. 가정을 제대로 꾸미는 데는 소질이 없는 부인이었나봐요."

"라이트 씨도 마찬가지였을 거라고 보는데요." 그녀가 중얼거렸다.

"두 사람 사이가 안 좋았다는 뜻인가요?" 그가 바로 물었다.

"아뇨. 아무 뜻도 아니에요." 그녀가 결연하게 대답했다. 하지만 그에게서 약간 물러서면서 이렇게 덧붙였다. "하지만 존 라이트 씨가 어디에서건 분위기를 밝게 할 인물은 아니라는 말이죠."

"그 얘기는 조금 있다가 좀더 해봤으면 합니다, 헤일 부인." 그가 말했다. "지금은 위층 상황을 살피는 게 급선무라서요."

그가 계단 문 쪽으로 걸음을 옮겼고 두 남자가 뒤를 따랐다.

"안사람이 여기서 뭘 좀 해도 괜찮겠지?" 보안관이 물었다. "옷이랑 몇 가지 물건을 챙겨다주기로 했거든. 어제 워낙 경황이 없이 데려가는 바람에."

검사가 아래층의 부엌살림 사이에 남겨둘 두 여자를 바라보았다.

"그렇게 하세요, 피터스 부인." 그는 피터스 부인이 아니라 그 뒤에 선 몸집 큰 농장 부인에게 시선을 둔 채로 말했다. "피터스 부인이야 당연히 우리 소속이니까." 그가 중대한 임무를 부여한다는 듯이 말했다. "그리고 뭐라도 도움이 될 게 없는지 잘 살펴보세요. 혹시 알아요? 부인들이 동기가 될 만한 단서를 발견할 수 있을지도. 우리에게 필요한 게 바로 그거거든요."

농담을 시작하기에 앞서 쇼맨이 하듯이 헤일 씨가 손으로 얼굴을 문질렀다.

"그런데 단서가 있다 한들 여자들이 그걸 알아채겠어요?" 그는 그렇게 자신의 의견을 툭 던지고는 다른 사람을 따라 계단 쪽으로 갔다.

두 여자는 말없이 꼼짝 않고 서서, 계단을 올라가 위쪽 방으로 움직이는 발소리에 귀를 기울였다. 그러다 헤일 부인이 마치 어떤 낯선 것에서 벗어나려는 듯 검사의 경멸적인 발길질로 흐트러진 싱크대 아래의 지저분한 냄비를 정리하기 시작했다.

"남자들이 내 부엌에 들어와서 여기저기 뒤적거리며 트집잡으면 나라도 질색일 거야." 그녀가 성마르게 말했다.

"그게 임무니까 그런 거죠." 보안관 부인이 소심하고 고분고분한 태도로 말했다.

"임무인 거 누가 모르나요." 헤일 부인이 퉁명스럽게 대꾸했다. "그런데 내 생각에 이 수건은 부보안관이 불 피우러 왔을 때 이렇게 더럽혀놓은 거예요." 그녀가 롤러식 수건을 잡아당겼다. "왜 그 생각을 진즉 못했지! 그렇게 급히 붙잡아가놓고 부엌이 말끔히 정리가 안 되어 있다고 떠드는 건 치졸한 일 아닌가."

그녀가 부엌을 둘러보았다. 확실히 '말끔히 정리'가 되어 있지는 않았다. 그녀의 시선이 아래쪽 선반에 놓인 설탕 통에 머물렀다. 나무 통 뚜껑이 열려 있고 그 옆에 반쯤 찬 종이봉투가 있었다.

헤일 부인이 그쪽으로 다가갔다.

"설탕을 통 안에 집어넣는 중이었나보네." 그녀가 느릿느릿 혼잣말을 했다.

그녀가 자기 부엌을 떠올렸다. 반쯤 체를 치다가 만 밀가루를. 그녀는 갑자기 불려 나오는 바람에 하던 일을 끝내지 못했다. 미니 포스터에게는 무슨 일이 있었을까? 왜 일을 하다가 말았을까? 그녀는 하다 만 일을 보면 늘 신경이 거슬리는 터라 대신 그 일을 끝내려고 다가가다가 옆을 슬쩍 보니 피터스 부인이 그녀를 지켜보고 있었다. 어떤 이유에서든 시작한 일을 끝내지 못했을 때 자신이 느끼는 그런 기분을 피터스 부인까지 느끼게 하고 싶지는 않았다.

"과일 절임은 어쩐대." 그녀가 그렇게 말하면서 검사가 열어놓은 찬장으로 걸어갔다. 그러고는 의자 위에 올라서서 중얼거렸다. "다 망쳐버린 것 아닐까."

보기만 해도 아주 엉망이었는데, 그래도 마지막엔 그녀가 이렇게 말할 수 있었다. "여기 멀쩡한 거 하나 있네요." 그녀는 병을 불빛에 비춰 보고는 "이것도 체리네"라고 말하며 다시 들여다보았다. "멀쩡한 건 달랑 이거 하나네요."

그녀는 한숨을 쉬며 의자에서 내려와 싱크대로 가서 병을 닦았다.

"무더운 여름에 그렇게 힘들여 만든 건데 얼마나 속상할까. 작년 여름날 오후에 내가 체리 절임을 만들던 때가 생각나네."

그녀가 병을 식탁 위에 놓고는 다시 한번 한숨을 쉬며 흔들의자에 앉으려는 자세를 취했다. 하지만 앉지는 않았다. 왠지 그 의자에는 앉을 수 없었던 것이다. 그녀는 몸을 일으키며 뒤로 물러났고, 반쯤 몸을 돌리다가 그대로 서서 의자 쪽을 보았다. "앞치마를 조몰락거리며" 앉아 있는 여자가 보였다.

그때 보안관 부인의 가느다란 목소리가 그녀에게 들려왔다. "앞방 옷장에 가서 옷가지를 좀 챙겨야겠어요." 그녀는 방문을 열고 들어가려다가 다시 뒤로 물러났다. "같이 들어갈 거죠, 헤일 부인?" 그녀가 불안하게 물었다. "당신이—당신이 좀 도와주면 좋겠는데."

두 사람은 금방 돌아왔다. 닫혀 있던 방안 공기가 어찌나 얼음장 같은지 오래 있을 수가 없었다.

"세상에!" 들고 나온 물건을 식탁 위에 놓고 급히 화덕 앞으로 가며 피터스 부인이 말했다.

헤일 부인은 선 채로 읍내에 구금된 여자가 갖다달라고 했다는 옷가지를 바라보았다.

"라이트가 아주 구두쇠였어!" 수없이 기운 자국이 있는 추레한 검은색 치마를 들어올리며 그녀가 외쳤다. "그래서 그렇게 집에 틀어박혀서 나오지 않은 거예요. 본분을 다할 수 없다는 생각이었겠죠. 게다가 행색이 추레하면 뭐든 즐기기는 힘드니까요. 예전엔 예쁘게 차려입고 다니는 생기발랄한 사람이었는데. 그러니까 미니 포스터였을 때 말이에요. 합창단에서 노래하던 읍내 처녀 중 하나였는데. 하지만 그게—그게 벌써 이십 년 전 일이야—"

그녀가 다정함이 깃든 손길로 조심스럽게 해진 옷가지를 개켜 식탁 한쪽에 쌓았다. 그러고는 시선을 들어 피터스 부인을 보았는데, 그 표정에 서린 무엇인가가 그녀의 신경에 거슬렸다.

'상관없겠지.' 그녀가 속으로 생각했다. '미니 포스터가 처녀 시절에 예쁜 옷을 입었건 말건 그게 자기랑 무슨 상관이겠어.'

그러고는 다시 부인을 바라봤는데 이번엔 딱히 확신할 수가 없었다. 사실 피터스 부인과 관련해서는 그 무엇도 완전히 확신할 수 없었다. 특유의 움츠러든 태도가 있었지만 그녀의 눈은 멀리까지 꿰뚫어보는 것만 같았다.

"가져다줄 건 이게 다예요?" 헤일 부인이 물었다.

"아뇨." 보안관 부인이 말했다. "앞치마도 갖다달래요. 참, 희한한 걸 다 갖다달라지." 그녀가 특유의 초조한 말투로 말을 이었다. "구치소에서는 딱히 옷이 더러워질 일도 없는데. 아마 앞치마를 두르면 평상시처럼 느껴져서 그런 거겠죠. 늘 앞치마를 두르는 습관이 들면—이 찬장 맨 아래 서랍에 있다고 했는데. 아, 여기 있네요. 그리고 항상 계단 문에 걸어두는 작은 숄도요."

그녀가 위층으로 올라가는 계단 문 뒤쪽에서 자그마한 회색 숄을 집어서는 잠시 서서 그것을 들여다보았다.

갑자기 헤일 부인이 피터스 부인 쪽으로 재빨리 한 걸음 다가갔다.

"피터스 부인!"

"네, 헤일 부인?"

"당신 생각엔 그녀가―그랬을 것 같아요?"

피터스 부인의 얼굴에 겁에 질린 표정이 떠오르며 그 눈 속에 담긴 다른 것들을 부옇게 가렸다.

"아, 나야 모르죠." 그 주제를 피하고 싶은 듯한 말투로 그녀가 말했다.

"난 아닐 것 같아요." 헤일 부인이 결연하게 말했다. "앞치마와 숄을 갖다달라고 하고, 과일 절임을 걱정하는 것을 보면."

"남편 말이―" 위층을 돌아다니는 발소리가 들려왔다. 그녀가 말을 멈추고 위를 올려다보더니 목소리를 낮춰 말을 이었다. "남편 말이 상황이 안 좋대요. 헨더슨 씨 말투가 엄청나게 냉소적인데, 라이트 부인이― 잠에서 깨지 않았다는 걸 조롱하면서 붙잡고 늘어질 거라고요."

헤일 부인은 잠시 대꾸가 없었다. 그러더니 이렇게 중얼거렸다. "뭐, 존 라이트도 깨지 않은 거잖아요. 그러니까 누군가 자기 목에 노끈을 걸어도 말이죠."

"그렇죠. 참 이상하긴 해요." 피터스 부인이 나직이 말했다. "저 사람들 말이 정말 신기하다고―남자를 죽이는 방법으로는 말이에요." 그러면서 소리내어 웃다가, 자기 웃음소리에 놀라 뚝 멈췄다.

"우리 남편 말도 그래요." 평소와 다름없는 말투로 헤일 부인이 말했다. "집에 총도 있는데. 도대체 이해가 안 된다고."

"헨더슨 씨가 나서서 하는 말이 이 사건에서 찾아내야 하는 건 동기래요. 분노를 보여주는 것 말이에요. 격렬한 감정이라든가."

"이 주변에서 그런 분노의 기색은 안 보이는데요." 헤일 부인이 말했다. "내가 보기에는—" 그러다가 문득 말을 멈췄다. 정신이 뭔가에 걸려 넘어지기라도 한 것처럼. 식탁 한가운데 놓인 행주가 그녀의 시선을 붙들었던 것이다. 그녀는 천천히 식탁 쪽으로 갔다. 식탁은 반만 닦여 있고 반은 지저분했다. 그녀의 시선이 내키지 않는다는 듯 천천히 설탕 통과 그 옆에 놓인 반쯤 찬 봉투로 움직였다. 일을 시작했는데—끝내지는 못했구나.

잠시 후 그녀가 식탁에서 물러나, 생각을 떨쳐내듯 말했다.

"위층에서는 뭘 좀 찾았을려나 모르겠네. 거긴 좀 깨끗하게 정리가 되어 있으면 좋겠는데." 그녀는 잠깐 사이를 두었다가 언짢은지 이렇게 덧붙였다. "염탐하는 것 같잖아요. 집주인은 읍내에 가둬두고 이렇게 그 집에 들어와 집주인에게 불리할 것들을 찾아다니는 게!"

"하지만 헤일 부인, 법은 법이니까요." 보안관의 부인이 말했다.

"그렇겠죠." 헤일 부인이 퉁명스럽게 대꾸했다.

그녀는 화덕 쪽으로 가서 불이 영 마땅치 않다는 투로 몇 마디 하더니 잠깐 불을 쑤석거렸다. 그러다 몸을 펴고는 따지듯이 말했다.

"법은 법이죠. 형편없는 화덕은 형편없는 화덕이고. 이런 화덕에서 요리를 하고 싶겠어요?" 그러면서 부지깽이로 다 부서진 내벽을 가리켰다. 그녀는 오븐 문을 열고 오븐에 대해서도 자신의 의견을 표명하려는 듯 입을 열었다가, 문득 어떤 생각에 빠져들었다. 아무리 해가 바뀌어도 허구한 날 저 화덕을 붙들고 씨름했다는 것은 무얼 뜻할까. 저 오븐에서 어떻게든 빵을 구워보려 애쓰는 미니 포스터가 떠올랐다—그리고 자신이 한 번도 미니 포스터를 찾아오지 않았다는 생각도.

그러다가 피터스 부인의 목소리에 퍼뜩 정신을 차렸다. "점점 낙담하다가 결국 절망하겠죠."

보안관 부인은 화덕에서 싱크대까지 죽 살펴보던 중이었다. 바깥에서 물을 길어 들여올 때 쓰는 양동이까지. 이 부엌에서 평생 일한 여자에게 불리할 증거를 찾아다니는 남자들의 발소리가 천장 위에서 들려오는 사이 두 여자는 말없이 서 있었다. 뭔가를 꿰뚫어 알아차린 표정이, 겉모습 너머로 어떤 다른 것을 알아차린 표정이 이제 보안관 부인의 눈빛에 깃들었다. 헤일 부인이 그녀를 향해 입을 열었을 때 그 말투는 부드러웠다.

"긴장을 좀 풀어요, 피터스 부인. 이 집을 나가면 괜찮을 거예요."

피터스 부인이 두르고 온 모피 목도리를 벗어 걸기 위해 부엌 뒤편으로 갔다. 곧 그쪽에서 커다랗게 말하는 소리가 들려왔다. "아니, 퀼트를 하고 있었네요." 그러면서 퀼트 조각이 잔뜩 든 큼지막한 바느질 바구니를 들어올렸다.

헤일 부인이 조각 몇 개를 꺼내 식탁에 늘어놓았다. "오두막 문양이네요." 그림 몇 개를 맞춰보더니 그녀가 말했다. "예쁘네요, 그렇죠?"

두 사람은 퀼트에 푹 빠져 계단을 내려오는 발소리도 듣지 못했다. 계단 문이 열릴 때 헤일 부인은 이렇게 말하고 있었다.

"마무리를 퀼트로 할 생각이었을까요, 매듭으로 할 생각이었을까요?"

보안관이 양손을 치켜들며 소리쳤다. "퀼트일지 매듭일지 궁금하다네!"

여자들이란, 하며 남자들이 큰 소리로 웃고 화덕에 손을 쬐더니 검사가 씩씩하게 말했다.

"자, 이제 헛간으로 가서 그곳도 살펴봅시다."

"그게 뭐가 어쨌다고 난리인지 모르겠네." 세 남자가 나간 뒤로 문이 닫히자 헤일 부인이 분하다는 투로 말했다. "자기들이 증거 찾고 있을 때 우리는 우리대로 소소한 일로 시간을 보내는 게 뭐 그렇게 비웃을 일이라고."

"아무래도 자기들이 하는 일이 무척 중요하다고 생각하니까요." 보안관 부인이 변명하듯이 말했다.

두 사람은 다시 퀼트 조각을 살펴보기 시작했다. 헤일 부인은 바느질과 마무리 처리를 보면서 그 바느질을 했던 여자 생각에 빠져들었는데, 그때 보안관 부인이 묘한 말투로 이렇게 말하는 소리가 들렸다.

"아니, 여기 좀 봐요."

헤일 부인은 고개를 돌려 그녀가 내민 조각을 보았다.

"바느질 말이에요." 피터스 부인이 심란한 목소리로 말했다. "다른 건 다 아주 고르게 잘되었는데, 이건. 아니, 정신을 완전히 딴 데 팔았던 것 같잖아요!"

두 사람의 눈이 마주쳤다. 순간적으로 무엇인가 생겨나 두 사람 사이를 오갔다. 그러더니 두 사람은 힘겹게 서로에게서 좀 거리를 두려는 것처럼 보였다. 헤일 부인은 팔짱을 낀 채로 나머지 바느질과는 무척 다른 그 부분을 내려다보며 잠시 앉아 있었다. 그러다 매듭을 풀고 실을 끄르기 시작했다.

"아니, 뭐하는 거예요, 헤일 부인?" 보안관 부인이 깜짝 놀라 물었다.

"그냥 바느질이 잘못된 부분만 조금 푸는 거예요." 헤일 부인이 대수롭지 않게 대답했다.

"여기 물건을 건드리면 안 될 것 같은데." 피터스 부인이 어찌할 바를 모르며 말했다.

"이 부분만 마무리하려고요." 헤일 부인이 여전히 아무 감정 없이 가볍게 대꾸했다.

그녀가 바늘에 실을 꿰어 바느질이 엉망으로 된 부분을 다시 말끔하게 꿰맸다. 그녀는 잠시 아무 말 없이 바느질만 했다. 그런데 문득 예의 소심하고 여린 목소리가 들려왔다.

"헤일 부인!"

"네, 피터스 부인?"

"뭣 때문에 그렇게 불안했을 거라고 봐요?"

"아, 모르죠." 헤일 부인이 시간을 들여 생각할 가치가 별로 없는 문제를 일축해버리듯 말했다. "과연 불안했을지 그것도 잘 모르겠는데요. 나도 무지하게 피곤하면 바느질을 아주 엉망으로 할 때가 있으니까요."

그녀가 실을 끊어내며 곁눈질로 피터스 부인을 올려다보았다. 보안관 부인의 작고 마른 얼굴에 잔뜩 힘이 들어가 있었다. 뭔가를 꿰뚫어보는 듯한 시선이었다. 그러나 곧 여리고 머뭇거리는 말투로 이렇게 말하며 자리를 떴다.

"난 저 옷가지를 좀 싸야겠어요. 남자들 일이 생각보다 빨리 끝날 것 같네요. 종이랑 끈을 어디서 찾을 수 있을려나."

"아마 찬장 안에 있겠죠." 헤일 부인이 주위를 한번 둘러본 후 말했다.

바느질을 풀어내지 않은 조각이 아직 하나 남아 있었다. 피터스 부인이 등을 돌린 사이 마사 헤일은 그것을 꼼꼼히 살펴보며 나무랄 데 없이 깔끔하게 바느질된 다른 조각들과 비교해보았다. 두 바느질은 서로 달라도 너무 달랐다. 그 조각을 손에 쥐고 있자니 묘한 기분이 밀려왔다. 마치 마음을 진정시키려고 그것을 붙들고 앉았을 여자의 심란한 생각이 자신에게 전해지듯이.

그녀는 피터스 부인의 목소리에 문득 정신이 들었다.

"여기 새장이 있어요." 그녀가 말했다. "라이트 부인이 새를 길렀나요, 헤일 부인?"

"글쎄요, 난 모르죠." 그녀가 몸을 돌려 피터스 부인이 들고 있는 새장을 보았다. "여기 안 온 지가 워낙 오래되어서요." 그러면서 한숨을 쉬었다. "작년에 동네를 돌아다니며 카나리아를 싸게 팔던 사람이 있었는데―그 사람한테 샀는지 어쨌는지는 모르겠네요. 샀을 수도 있죠. 그녀도 예전엔 새처럼 아름답게 노래를 불렀는데."

피터스 부인이 부엌을 둘러보았다.

"여기 새가 있었을 거라고 생각하니 이상하네요." 그녀가 애매하게 웃었는데 보호 본능에서 나온 것처럼 보였다. "하지만 분명히 있었을 거예요. 그렇지 않고서야 새장이 왜 여기 있겠어요? 새는 어떻게 된 건가 모르겠네."

"고양이가 물어갔을 수도 있죠." 헤일 부인이 다시 바느질을 하며 말했다.

"아니에요. 고양이는 안 키웠어요. 고양이를 좀 꺼림칙해하더라고요. 무서워한다고 해야 할까. 그런 사람들 있잖아요. 어제 부인을 우리집으로 데리고 왔는데 고양이가 방안으로 들어오니까 정말로 안절부절못하면서 고양이를 내보내달라고 부탁했어요."

"내 동생 베시도 그래요." 헤일 부인이 웃었다.

보안관 부인에게서 아무 반응이 없었다. 조용한 게 이상해서 돌아다보았더니 피터스 부인은 새장을 살펴보고 있었다.

"새장 문을 좀 봐요." 그녀가 느릿느릿 말했다. "망가졌어요. 경첩 하나가 아예 떨어져나갔어요."

헤일 부인이 가까이 다가갔다.

"보아하니 분명 누군가―마구 잡아당긴 것 같네요."

다시 두 사람의 눈이 마주쳤다. 놀라고 어리둥절하면서도 걱정스러운 눈길이었다. 잠시 어느 쪽도 입을 떼지 않았고 미동도 없었다. 그러다가 헤일 부인이 몸을 돌리며 무뚝뚝하게 말했다.

"증거를 찾을 거라면 빨리 찾기라도 했으면 좋겠네요. 나는 이 집이 마음에 안 들어요."

"그래도 당신이 함께 와줘서 다행이에요, 헤일 부인." 피터스 부인이 새장을 식탁 위에 올려놓고 의자에 앉았다. "외로웠을 테니까―나 혼자 여기 있으면."

"그럼요, 그랬을 거예요, 그렇죠?" 일부러 자연스럽게 보이려는 말투로 헤일 부인이 동의했다. 그녀는 바느질거리를 집어들었다가 다시 무릎에 내려놓더니 아까와는 다른 어조로 중얼거렸다. "지금 내게 후회스러운 게 뭔지 말해줄까요, 피터스 부인. 미니 포스터가 여기 있을 때 가끔이라도 찾아와볼걸, 하는 거예요. 그랬으면―좋았을 텐데."

"하지만 워낙 바빴잖아요, 헤일 부인. 집안일에―아이들도 있고."

"올 수는 있었어요." 헤일 부인이 잘라 말했다. "내가 찾아오지 않은 건 이 집이 너무 음침해서였어요. 그런데 사실 음침하니까 와봐야 했던 거예요." 그녀가 주위를 둘러보았다. "이 집을 좋아한 적이라고는 없어요. 어쩌면 지대가 낮아서 길도 보이지 않으니까 그럴지도 모르죠. 정확히 뭔지는 모르겠지만, 어쨌든 쓸쓸한 곳이고 늘 그랬어요. 가끔 미니 포스터를 찾아봤어야 했는데. 이젠 알겠는데ㅡ" 그녀는 말을 끝맺지 않았다.

"자책할 필요 없어요." 피터스 부인이 위로했다. "어쨌건 다른 사람이 어떻게 사는지 다들 잘 모르고 사니까요ㅡ무슨 일이 생기기 전까지는."

"애가 없으면 일은 덜하지만 그러면 집이 너무 적막하죠." 잠시 말이 없던 헤일 부인이 생각에 잠겨 혼잣말처럼 중얼거렸다. "라이트 씨는 일하느라 하루종일 나가 있고, 집에 있을 때도 전혀 말동무가 되어주지 못하니까. 존 라이트 알아요, 피터스 부인?"

"알진 못해요. 읍내에서 본 적은 있어요. 좋은 사람이라고들 하던데요."

"그래요, 좋은 사람이죠." 존 라이트의 이웃이 침울하게 그 말에 동의했다. "술도 안 마시고, 아마 약속도 잘 지키고 빚도 꼬박꼬박 갚았겠죠. 하지만 냉혹한 사람이었어요, 피터스 부인. 얼마간이라도 함께 시간을 보내보면ㅡ" 그녀가 말을 멈추고 몸을 부르르 떨었다. "매서운 찬바람이 뼛속까지 파고드는 것 같았죠." 그녀는 앞쪽 식탁에 놓인 새장을 바라보면서 거의 원한이 비치는 말투로 덧붙였다. "그러니 새라도 기르고 싶었겠지!"

갑자기 그녀가 몸을 숙여 새장을 주의깊게 들여다보았다. "그런데 새는 어떻게 되었을까요?"

"모르겠어요." 피터스 부인이 대답했다. "병이 들어 죽은 게 아니라면."

그렇게 말하면서 그녀는 손을 뻗어 망가진 문을 획 열어보았다. 두 여자가 홀린 듯이 그 문을 쳐다보았다.

"잘 몰랐나요? 라이트 부인 말이에요." 헤일 부인이 방금 전보다 누그러진 말투로 물었다.

"어제 우리집에 데려오기 전까지는 몰랐죠." 보안관 부인이 대답했다.

"라이트 부인은—생각해보니 그 자신이 새 같았어요. 정말 사랑스럽고 예쁘장하면서도 좀 소심하고—들썽거린다고 할까. 그런 사람이— 얼마나—변했는지."

그녀는 한동안 그 생각에 사로잡혔다. 그러다가 문득 즐거운 생각이 떠올라 일상적인 대화로 돌아갈 수 있어 다행이라는 듯이 큰 소리로 외쳤다.

"이러면 어때요, 피터스 부인? 저 퀼트를 갖다주는 거예요. 그러면 라이트 부인이 거기에 마음을 쏟을 수 있잖아요."

"그거 정말 좋은 생각이네요, 헤일 부인." 어렵지 않게 친절을 베풀 수 있어 정말 기쁘다는 듯이 보안관 부인이 맞장구를 쳤다. "그걸 못하게 할 이유는 없을 거예요, 그렇죠? 자, 그럼 뭘 가져다줄까요? 퀼트 조각하고 다른 도구는 여기 있을 것 같은데."

그들이 바느질 바구니 쪽으로 몸을 돌렸다.

"여기 빨간색이 있어요." 둘둘 말린 천을 꺼내며 헤일 부인이 말했다. 그 아래로 상자 하나가 보였다. "이 안에 가위가 있을지도 모르겠네요. 다른 도구랑." 그녀가 상자를 꺼내 들었다. "예쁘기도 해라! 분명 오래전부터 가지고 있던 상자일 거예요. 처녀 때부터."

그녀는 상자를 잠시 손에 들고 있다가 살짝 한숨을 내쉬며 뚜껑을 열었다. 그녀가 곧장 손으로 코를 막았다. "이게 무슨—"

피터스 부인이 가까이 다가왔다가 고개를 돌렸다.

"이 실크로 뭔가를 싸놓았나봐요." 헤일 부인이 더듬거렸다.

"가위는 아니겠죠." 기어들어가는 목소리로 피터스 부인이 말했다.

헤일 부인이 떨리는 손으로 실크 조각을 들어올렸다. "오, 피터스 부인!" 그녀가 외쳤다. "이건—"

피터스 부인이 가까이 몸을 숙였다.

"새잖아요." 그녀가 속삭였다.

"그런데, 피터스 부인, 이걸 봐요!" 헤일 부인이 외쳤다. "목이요, 목을 좀 보라고요! 완전히 돌아가 있잖아요."

그녀가 상자를 내밀었다. 보안관 부인은 좀더 가까이 몸을 숙였다.

"누군가 목을 비틀었네요." 그녀가 웅숭깊은 목소리로 천천히 말했다.

그리고 다시 두 사람의 눈이 마주쳤다. 이번에는 둘 다 서서히 상황이 파악되면서 점점 공포에 휩싸이는 표정으로 바뀌었다. 피터스 부인의 시선이 죽은 새에게서 망가진 새장 문으로 옮겨갔다. 두 사람은 다시 한번 마주보았다. 바로 그때 현관에서 소리가 들려왔다. 헤일 부인이 상자를 바구니 속 퀼트 조각 아래로 밀어넣고는 그 앞의 의자에 주저앉았다. 피터스 부인은 식탁을 붙잡고 섰다. 검사와 보안관이 안으로 들어왔다.

"아, 마나님들." 심각한 일을 하다 일상적인 가벼운 대화로 분위기를 바꾸듯 검사가 물었다. "그래서 라이트 부인이 퀼트로 할 거였는지 매듭으로 할 거였는지 알아내셨나요?"

"우리 생각에는 매듭을 지으려고 한 것 같아요." 보안관 부인이 당황하며 대답했다.

검사는 다른 생각에 정신이 팔려 그녀의 달라진 말투를 알아채지 못했다.

"그것참 흥미롭군요." 그가 관대하게 말했다. 그때 새장이 그의 눈에 띄었다. "새는 날아가버렸나요?"

"고양이가 물어갔나봐요." 이상하리만치 차분한 말투로 헤일 부인이 대답했다.

검사는 뭔가를 생각해내려는 듯 서성이고 있었다.

"고양이가 있어요?" 그가 건성으로 물었다.

헤일 부인이 보안관 부인 쪽을 힐끗 보았다.

"지금은 없나봐요." 피터스 부인이 말했다. "아시겠지만 신묘한 동물이잖아요. 집을 떠난 거죠."

그녀가 의자에 주저앉았다.

검사는 그녀에게 별 주의를 기울이지 않았다. "밖에서 누군가 침입한 흔적은 없어요." 그가 하던 대화를 이어가듯이 피터스에게 말했다. "노끈도 집에 있던 거고. 자, 위층에 한번 더 올라가서 하나씩 다시 살펴봅시다. 분명 잘 아는 누군가가―"

그들 뒤로 계단 문이 닫히고 목소리도 더이상 들리지 않았다.

두 여자는 어떤 사실을 꿰뚫어보면서도 입 밖에 내지 않는 사람들처럼 서로에게 눈길을 주지 않은 채 꼼짝 않고 앉아 있었다. 그러다 마침내 입을 열었는데, 겁이 나지만 또 그 말을 하지 않을 수는 없다는 듯한 어조였다.

"그 새를 좋아했던 거예요." 마사 헤일이 나직하게 천천히 말했다. "저 예쁜 상자에 넣어 묻어주려고 했던 거죠."

"어렸을 때 새끼 고양이를 한 마리 키웠는데," 피터스 부인이 숨을 죽이고 말했다. "남자아이 하나가 손도끼를 들고 와서는 내 눈앞에서― 내가 미처 손을 쓸 새도 없이―" 그녀가 잠깐 두 손에 얼굴을 묻었다. "그때 아무도 말리지 않았다면―" 그녀가 말을 끊고 발소리가 들리는 위층을 올려다본 뒤 힘없이 말을 맺었다. "내가 그애에게 무슨 짓을 했을지 몰라요."

그러곤 둘 다 말없이 가만히 앉아 있었다.

"자식이 하나도 없는 건 어떤 걸까 싶어요." 마침내 헤일 부인이 낯선 땅을 더듬거리며 나아가듯이 입을 열었다. 그녀는 그 긴 세월 동안 이 부엌에서 지내는 게 어땠을지 가늠해보려는 듯 천천히 부엌을 한 바퀴 둘러보았다. "그래요, 라이트는 그 새가 마음에 안 들었겠죠." 그녀가 말을 이었다. "노래 부르는 그 생명체가. 라이트 부인도 예전엔 노래 부르기를 좋아했는데, 그가 그것도 죽여버린 거예요." 그렇게 말하는데 목이 잠겼다.

피터스 부인이 불안하게 몸을 움직였다.

"새를 누가 죽였는지는 당연히 모르지만."

"나는 존 라이트를 알아요." 헤일 부인의 대답은 그랬다.

"간밤에 이 집에서 일어난 일은 정말이지 끔찍해요, 헤일 부인." 보안관 부인이 말했다. "잠든 남자를 죽여버렸잖아요―목에 끈을 감아서 숨통을 끊어버렸죠."

헤일 부인이 새장 쪽으로 손을 뻗었다.

"그 남자 목에. 그렇게 숨을 끊어버렸죠."

"누가 그랬는지는 우린 모르잖아요." 피터스 부인이 황망하게 속삭였다. "우린 몰라요."

헤일 부인은 꼼짝도 하지 않았다. "수년 동안 마음 둘 곳 없이 공허한 삶을 살다가 이제 새 한 마리가 노래를 해주기 시작했는데, 어느 순간 그 노래가 그치고 적막만 남는다면 정말 끔찍하겠죠."

그 말은 그녀가 아니라 내면의 다른 존재가 하는 말 같았고, 피터스 부인은 스스로도 깨우치지 못했던 어떤 생각에 가닿았다.

"그 적막함은 나도 알아요." 그녀가 이상하리만치 단조로운 목소리로 말했다. "우리가 다코타의 농가 주택에 살 때 첫애가 죽었어요. 두 살이었는데―그때 아무도 없이 나 혼자―"

헤일 부인이 몸을 움직였다.

"저 사람들이 증거를 찾는 게 언제쯤 끝날까요?"

"적막함이 어떤지 안다고요." 피터스 부인이 똑같은 말투로 되풀이했다. 그러더니 그 생각에서 벗어나며 약간 딱딱하게 말했다. "죄를 지으면 법으로 처벌을 받아야 해요, 헤일 부인."

"흰 드레스에 파란 리본을 매고 합창단석에 서서 노래 부르던 미니 포스터를 당신이 봤어야 하는데." 헤일 부인이 대꾸했다.

그 젊은 날의 모습이, 그리고 이십 년 동안 이웃해 살면서도 삶을 갈구하다 죽을 지경에 처하도록 내버려뒀다는 사실이 불현듯 감당하기 힘들만치 그녀에게 밀려들었다.

"아, 가끔이라도 이 집에 찾아왔어야 했는데!" 그녀가 외쳤다. "그게 죄야! 그게 죄라고요! 그건 누가 처벌하나요?"

"너무 큰 소리 내면 안 돼요." 피터스 부인이 겁에 질린 얼굴로 위층을 올려다보며 말했다.

"도움이 필요하다는 건 사실 나도 알았을 거라고요! 정말 이상해요, 피터스 부인. 이렇게 가까이 살면서도 얼마나 멀리 떨어져 있는지. 우리 모두 똑같은 일을 겪으며 사는데―조금씩 다를 뿐이지 사실 다 똑같잖아요! 그게 아니라면―당신과 내가 어떻게 이해를 하겠어요? 지금 알게 된 이 모든 것을 우리가 어떻게 알아차렸겠어요?"

그녀가 손으로 눈가를 훔쳐냈다. 그러다가 식탁 위의 과일 절임을 보고는 손을 뻗어 집어들고 목이 메어 말했다.

"나라면 과일 절임을 다 망쳤단 얘기는 하지 않겠어요! 그렇게 말하지 말아요. 괜찮다고 해요, 전부 다요. 자, 이걸 들고 가서 증거로 보여줘요. 라이트 부인은―그녀는 망쳤는지 아닌지 영영 직접 확인할 수 없을지도 모르니까."

그녀가 몸을 돌렸다.

피터스 부인이 반갑다는 양 그 병을 받아들었다. 익숙한 물건에 손이 닿아서 뭔가 할일이 생겼으니 다른 일을 안 해도 되어 다행이라는 듯이. 그녀가 일어나서 병을 쌀 만한 뭔가가 없을까 둘러보다가 앞방에서 가져온 옷더미 사이에서 속치마를 발견하고는 초조하게 병을 감싸기 시작했다.

"세상에!" 그녀가 꾸며낸 듯한 고음으로 말했다. "남자들이 우리 얘기를 못 들으니 얼마나 다행이람! 별 사소한 걸로, 그러니까 죽은 카나리아 같은 걸 가지고 수선을 떨고 있으니." 그녀는 서둘러 말을 이었다. "그게 무슨 관계라도 있는 것처럼—그러니까 그거랑—참 나, 남자들이 비웃지 않겠어요?"

계단을 내려오는 발소리가 들렸다.

"비웃겠죠." 헤일 부인이 중얼거렸다. "안 그럴 수도 있고."

"아니에요, 피터스." 검사가 날카롭게 말했다. "모든 게 완전히 명백해요. 동기만 없을 뿐이죠. 그런데 피고인이 여자인 경우 배심원들이 어떤지 알잖아요. 뭔가 확실한 게 있으면—확실하게 보여줄 만한 게 있으면 좋은데. 이야기가 되는 그런 거 말이에요. 이 서투른 방법과 연결 지을 만한 게 있으면."

헤일 부인이 슬쩍 피터스 부인을 보았다. 피터스 부인도 그녀를 보고 있던 터라 두 사람은 황급히 시선을 돌렸다. 바깥문이 열리더니 헤일 씨가 들어왔다.

"마차 대기시켜놓았어요." 그가 말했다. "꽤 추운데요."

"난 여기 좀더 있겠어요." 검사가 갑자기 선언했다. "프랭크를 보내줄 수 있죠?" 보안관에게 그렇게 묻고는 말을 이었다. "다시 전체적으로 철저히 살펴봐야겠어요. 지금까지 얻어낸 게 성에 차질 않아요."

다시 두 여자의 눈이 잠깐 마주쳤다.

보안관이 식탁 가까이 왔다.

"피터스 부인이 갖다줄 물건을 확인하겠다고 했던가?"

검사가 앞치마를 집어들더니 웃었다.

"아, 마나님들이 고른 물건에 위험한 건 없을 것 같네요."

헤일 부인은 상자를 숨겨놓은 바느질 바구니 위에 손을 얹고 있었다. 바구니에서 손을 떼야 하는데 그럴 수가 없을 것 같았다. 검사가 상자를 숨기려고 위에 쌓아놓은 퀼트 조각 하나를 집어들었다. 그녀의 눈빛이 활활 타올랐다. 혹시라도 바구니를 가져가려고 하면 홱 잡아챌 태세였다.

하지만 그런 일은 없었다. 그가 또 한번 짧게 웃으면서 몸을 돌리더니 말했다. "아니에요, 피터스 부인을 감시할 필요는 없죠. 보안관 부인은 법과 결혼한 것과 마찬가지잖아요. 그런 식으로 생각해본 적 있어요, 피터스 부인?"

피터스 부인은 식탁 옆에 서 있었다. 헤일 부인이 그쪽을 슬쩍 보았지만 피터스 부인이 이미 몸을 돌려서 얼굴을 볼 수 없었다. 피터스 부인은 가라앉은 목소리로 입을 열었다.

"아니요, 딱히 그런 식으로는." 그녀가 말했다.

"법과 결혼했다라!" 그녀의 남편이 키득거렸다. 그가 앞방 문 쪽으로 가더니 검사에게 말했다. "잠깐 여기 들어와보게, 조지. 여기 창문을 좀 살펴봐야겠는데."

"창문은 뭐." 검사가 코웃음을 치며 말했다.

"곧 나갈게요, 헤일 씨." 여전히 문간에서 기다리는 농부에게 보안관이 말했다.

헤일은 말을 삼키려 니기고, 보안관은 김사를 따라 나른 방으로 늘어갔다. 다시, 마지막으로 잠깐 두 여자만 부엌에 남았다.

마사 헤일이 벌떡 일어나 두 손을 꼭 맞잡고 상대를 바라보며 잠시 서 있었다. 피터스 부인은 법과 결혼했다는 말에 몸을 돌린 상태 그대로라 처음에는 얼굴이 보이지 않았다. 그러다 그녀가 돌아섰다. 헤일 부인의 눈길에 그럴 수밖에 없었다. 피터스 부인은 마지못해 천천히 고개를 돌려 다른 여자와 시선을 맞췄다. 잠시 두 사람은 회피하지도 움츠러들지도 않는 이글이글한 눈빛으로 서로를 뚫어져라 응시했다. 그러다가 마사 헤일의 시선이 또다른 여자—그 자리에 없지만 사실 내내 그들 곁에 있었던 여자—의 유죄판결을 확실시해줄 물건이 숨겨진 바구니 쪽으로 움직였다.

피터스 부인은 잠시 가만히 있었다. 그러나 결국 그녀도 몸을 움직였다. 그녀는 앞으로 달려나가서 퀼트 조각들을 들추고 상자를 꺼내더니 자기 손가방에 집어넣으려 했다. 너무 커서 들어가지 않았다. 필사적으로 상자를 열어 새를 꺼내려 했지만, 차마 새에 손을 댈 수 없어 그대로 동작을 멈추었다. 그녀는 어쩔 도리 없이 우두망찰 그 자리에 서 있었다.

방 안쪽에서 손잡이를 돌리는 소리가 들렸다. 마사 헤일은 보안관 부인의 손에서 상자를 낚아채 펑퍼짐한 자기 웃옷의 주머니에 넣었고, 곧 보안관과 검사가 부엌으로 들어섰다.

"어쨌든 라이트 부인이 퀼트로 하지는 않을 거라는 사실은 알아낸 거죠, 헨리." 검사가 농담삼아 말했다. "퀼트가 아니라—그걸 뭐라고 한다고요, 마나님들?"

손을 웃옷 주머니에 얹은 채 헤일 부인이 대답했다.

"매듭을 짓는다고 해요, 헨더슨 씨."

벽의 자국

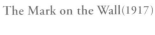

The Mark on the Wall(1917)

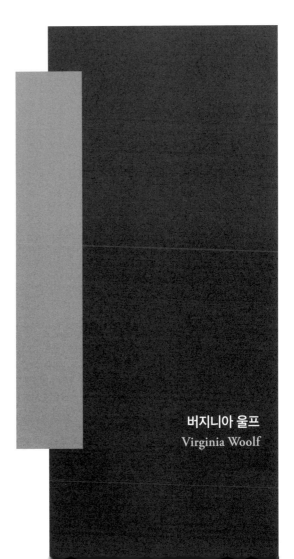

버지니아 울프

Virginia Woolf

버지니아 울프 (1882~1941)

영국 런던 출생. 20세기를 대표하는 모더니즘 작가이자 평화주의자, 페미니즘 비평가. 빅토리아시대 소위 최고의 지성들이 모인 환경에서 자랐고, 비평가이자 사상가였던 아버지 레슬리 스티븐의 서재에서 책을 읽으며 어린 시절을 보냈다. 어머니가 사망한 후 정신질환 증세를 보이기 시작했고 평생에 걸쳐 수차례 정신질환을 앓았다. 리턴 스트레치, 레너드 울프, 클라이브 벨, 덩컨 그랜트, 존 메이너드 케인스 등과 교류하며 '블룸즈버리 그룹'을 결성했다. 이 그룹은 당시 다른 지식인들과 달리 여성의 적극적인 예술활동 참여, 동성애자의 권리, 반전 등 자유롭고 진보적인 태도를 취했다. 1907년 서평 기고를 시작으로 수많은 서평과 문예비평, 소설을 썼다. 소설가로서는 내면 의식의 흐름을 정교하고 섬세한 필치로 그려내면서 현대사회의 불확실한 삶과 인간관계의 가능성을 탐색했다. 대표작으로 『댈러웨이 부인*Mrs. Dalloway*』 『등대로*To the Lighthouse*』 『파도*The Waves*』 등 20세기 수작으로 꼽히는 소설들과, 산문으로 『자기만의 방*A Room of One's Own*』 『3기니*Three Guineas*』, 산문집 『일반 독자*The Common Reader*』 능이 있다.

내가 벽에 있던 그 자국을 처음 본 것은 아마 지난 1월 중순이었을 것이다. 정확한 날짜를 알아내려면 그때 무엇이 보였는지 기억해내야 한다. 그래서 지금 내게 떠오른 것이 벽난롯불이다. 노란 불빛이 얇은 막처럼 줄곧 책 위로 드리워졌다. 벽난로 위에는 국화 세 송이가 꽂힌 둥그런 유리그릇이 놓여 있었다. 그래, 분명 겨울이었고 우리는 막 차를 마신 참이었을 것이다. 담배를 피우다가 눈을 들었을 때 그 자국을 처음 본 기억이 나기 때문이다. 담배 연기 사이로 내 시선이 잠시 발갛게 타오르는 석탄에 머물렀고, 성탑 꼭대기에서 진홍색 깃발이 펄럭거리는 오래된 상상과 함께 대열을 이뤄 말을 타고 검은 바위산을 달려 올라가는 붉은 기사단이 떠올랐다. 벽의 자국이 눈에 들어와 상상에서 벗어난 게 차라리 다행이었다. 어렸을 때 시작되었을 오래된 상상으로 거의 무의식적으로 떠오르는 것이었기 때문이다. 흰 벽에 작고 동그랗게 난 그 자국은 벽난로에서 6, 7인치 위쪽에 있었다.

처음 보는 대상에서 순식간에 얼마나 많은 생각이 쏟아져나오는지, 개미들이 지푸라기 하나를 열심히 운반하듯이 한 가지 생각을 잠시 집어들었다가는 그냥 놓고 간다…… 벽에 못을 박아 생긴 자국이라면, 그림을 걸려고 했을 리는 없다. 아주 작은 세밀화면 모를까. 곱슬머리에 흰 분을 뿌리고 얼굴에도 흰 분을 바른, 카네이션처럼 빨간 입술의 숙녀 세밀화 같은. 물론 모조품이겠지. 우리 전에 이 집에 산 사람들은 오래된 방에는 오래된 그림, 그런 식으로 그림을 골랐을 테니까. 그런 사람들이었다. 아주 흥미로운 사람들이었고, 아주 엉뚱한 자리에서 자주 그 사람들 생각이 난다. 앞으로 다시 볼 일이 전혀 없고 이후 어떤 일을 겪었는지도 결코 알 수 없는 사람들이니까. 가구 분위기를 바꿔보고 싶어서 이사를 간다고 했다. 남자의 말이 그랬다. 그러고는 바로 이어서 하는 말이, 쏜살같이 지나가는 기차에서 내다볼 때 교외 빌라의 뒷마당에서 차를 따르는 나이든 여인이나 테니스공을 막 치려는 젊은 이가 우리에게서 떨어져나가듯이 누구 할 것 없이 뿔뿔이 흩어지는 이런 시대에 예술에는 사상이 깔려 있어야 한다고 했다.

하지만 저 자국, 저건 잘 모르겠다. 못자국은 전혀 아닌 것 같다. 못자국이라기에는 너무 크고, 너무 둥글다. 자리에서 일어나 확인해볼 수도 있겠지만, 가까이 가서 보더라도 십중팔구 확실하게 콕 집어 말하지 못할 것이다. 일단 어떤 일이 일어나면 그 일이 어떻게 생겼는지는 결코 아무도 알 수 없으니까. 아, 세상에! 삶은 어쩌나 불가사의한지! 사고는 어쩌나 불확실한지! 인류는 어쩌나 무지한지! 한평생 살면서 상실하는 것들을 몇 가지만 떠올려봐도, 우리가 가진 것조차 얼마나 마음대로 하기 힘든지, 문명이 아무리 발달해도 삶이란 결국 얼마나 우연적인지 알 수 있다. 일단, 언제 생각해봐도 정말 불가사의한 상실이지 싶은데, 제본할 때 쓰는 도구를 넣어둔 하늘색 통 세 개는 도대체 고양이가 갉았나 쥐가 쏠았나? 그뿐만이 아니다. 새장도 그렇고, 굴렁쇠와 스케이트, 앤여왕시대 석탄 통, 핀볼 게임보드, 핸드 오르간 따위가 다 사라졌다. 보석도 마찬가지여서 오팔, 에메랄드 할 것 없이 다 순무 뿌리 근처에 나뒹군다. 삶이란 어쩜 이리도 갉아내고 깎아내는 일인지! 이 몸에 뭐라도 옷가지가 붙어 있는 것이, 이 순간 견고한 가구에 둘러싸여 앉아 있는 것이 신기할 지경이다. 삶을 무언가에 비유해본다면, 시속 50마일로 달리는 지하철에 쌩하니 실려가 머리에 핀 하나 남지 않은 채 반대편에 떨어지는 일이 분명하다! 신의 발아래에 완전히 발가벗은 모습으로 나동그라지는 것이다! 우체국 수송관으로 던져진 갈색 소포 꾸러미처럼 아스포델* 들판으로 거꾸로 내팽개쳐지는 것이다! 머리칼을 경주마 꼬리처럼 뒤로 휘날리면서. 그래, 그것이 삶의 속도감을, 한없이 허비하고 벌충하는 과정을 잘 보여준다. 모든 것이 그렇게 우연적이고, 무계획적이고……

하지만 사후死後는. 두터운 초록 줄기가 천천히 고개를 숙이고 꽃받침이 뒤집히면서 보라와 붉은 빛으로 쏟아져내린다. 결국 저세상에서도 이 세상에서와 마찬가지로 말도 못하는 무력한 존재로, 제대로 보이

---

* 아스포델아과의 다년생 꽃. '아스포델 들판'은 호메로스의 『오디세이』에서 지하세계인 하데스를 묘사하는 부분에 등장하지만, 낭만주의 이후에는 풍요롭고 아름다운 낙원의 분위기를 상징하는 것으로 쓰였다.

지도 않아 거인 발가락을 더듬듯 풀뿌리를 더듬으며 태어나는 것이 아
닐까? 어느 것이 나무인지, 어느 것이 여자이고 남자인지, 혹은 그런 존
재가 있기나 한 건지, 오십 년이 지나도록 그에 대답할 형편이 못 될 것
이다. 두터운 줄기가 이리저리 가로지르는 빛과 어둠의 공간밖에 없을
테고, 어쩌면 저 높은 곳에서나 옅은 분홍색과 하늘색의 흐릿한 장미
모양 얼룩이 시간이 흐를수록 차츰 또렷해져서…… 그래서 뭐가 될지
는 모르겠지만.

그래도 저 벽의 자국은 절대 구멍은 아니다. 지난여름의 작은 장미
이파리 같은, 둥그렇고 검은 물질에서 생겨난 것일 수도 있다. 나는 별
로 부지런한 살림꾼이 아니다. 벽난로 위에 쌓인 먼지만 봐도 알 수 있
지 않나. 다들 말하길 트로이를 세 번은 덮고도 남을 정도라는 먼지. 도
자기 파편만이 완전한 소멸을 거부할 뿐.

바깥에 선 나무가 가볍게 창문을 두드린다…… 나는 고요하게, 차분
하게, 광활하게 사고하고 싶다. 절대 방해받지 않고, 의자에서 절대 일
어날 필요 없이, 여기에서 저기로 수월하게 미끄러지듯 움직이며, 적대
감이나 장애물 따위는 의식하지 못한 채. 단단한 개별 사실로 이루어진
표면으로부터 멀어져 깊이, 깊이 가라앉고 싶다. 나를 가누기 위해, 가
장 먼저 떠오르는 생각을 붙잡아보자…… 셰익스피어…… 그래, 그도
괜찮다. 안락의자에 굳건히 앉아 벽난롯불을 들여다보는 남자. 무수한
생각들이 저 높은 하늘에서 그의 정신으로 마구 쏟아져내린다. 그가 이
마에 손을 갖다대자 열린 문틈으로 들여다보는 사람들─지금 이 장면
의 배경은 여름날 저녁이니까. 하지만 이런 역사적 허구는 얼마나 따분
한가! 나로선 하나도 흥미롭지 않다. 유쾌한 생각의 궤도에 들어설 수

있다면 좋겠다. 은근히 나 자신에게 공을 돌리게 되는 생각들. 왜냐하면 그런 게 가장 유쾌한 생각이라, 칭찬 듣는 것을 싫어한다고 진심으로 믿는 겸손하고 칙칙한 사람들에게도 정말 자주 찾아드는 것이니까. 대놓고 자화자찬하는 생각이 아니며, 바로 그 점에 묘미가 있다. 예를 들면 이런 것이다.

"그러고 나서 방안에 들어갔어. 사람들이 식물에 대해 이야기하고 있더군. 내가 킹즈웨이의 오래된 집터 흙더미에 꽃 한 송이가 자라는 것을 보았다고 말했지. 찰스 1세 재위 시절에 떨어진 씨가 분명하다고 말했어. 찰스 1세 시절에 어떤 꽃이 있었지?" 내가 물었다. (답변은 기억나지 않는다.) 보라색 술이 달린 키 큰 꽃이었지, 아마. 그렇게 이어지는 것이다. 그러는 내내 나는 상상 속에서 나 자신에게 멋진 옷을 입힌다. 사랑스럽게, 드러내놓고 감탄하지는 않고 몰래. 드러내놓고 하다가는 그런 나 자신을 금방 알아채고 자기 보호 삼아 당장 팔을 뻗어 책을 그러쥘 테니까. 자기 숭배라든지, 어떤 식이든 우스꽝스럽거나 믿기 힘들 만큼 진짜 모습과 다르게 자신을 그려내는 일을 얼마나 본능적으로 경계하는지 참 신기하기도 하다. 사실 별로 신기한 일도 아닌가? 이는 아주 중대한 문제. 가령 거울이 박살나면서 그 이미지가 사라지고, 깊은 숲의 초록으로 둘러싸인 낭만적 인물도 더이상 존재하지 않고 오직 다른 사람들의 눈에 보이는 껍데기만 있다고 가정해보라. 얼마나 답답하고 협소하고 노골적이고 도드라진 세상이 되겠는가! 사람이 살 수 없는 세상이다. 버스나 지하철에서 서로를 볼 때 우리는 거울을 본다. 그래서 우리 눈이 그렇게 흐릿하고 초점 없이 게슴츠레한 것이다. 미래의 소설가는 우리의 눈에 비친 이러한 상이 얼마나 중요한지 점점 더 깨달을 것이다. 당연하게도 하나의 상만 존재하는 게 아니라 거의 셀 수 없을 만큼 수많은 상이 존재하니까. 그들은 저 깊숙이 내려가 탐색하고 그 유령을 좇을 것이다. 이야기에서 현실 묘사를 점점 없애버리는 거지, 그런 건 당연히 알리라 가정하면서. 어쩌면 그리스시대 작가나 셰익스피어가 그랬듯이 말이다. 하지만 이런 식의 일반화는 아무 쓸모도 없다. 일반화라는 단어의 공격적인 분위기만으로도 충분하다. 그말은 신문 사설과 각료를 상기시킨다. 어렸을 때 실재 그 자체라고 여긴, 기준이 되는 존재이자 진짜라고 생각했던 그 모든 부류의 존재들. 형언할 수 없는 비난을 감수하지 않고는 벗어날 수 없는 것들. 일반화를 하다보니 어쩐지 런던에서의 일요일이 다시 떠오른다. 일요일 오후의 산책과 일요일 오찬, 그리고 고인과 복장과 습관에 관해 말하는 방식도. 그걸 좋아하는 사람은 하나도 없는데도 특정한 시간까지 모두 한방에 앉아 있는 습관 같은 것 말이다. 만사에 규칙이 있으니까. 그 특정한 시기에 식탁보는 왕궁의 복도에 깔린 카펫 사진에서 볼 수 있듯 작은 노란색 구획이 지어진 태피스트리로 만들어야 한다는 규칙이 있었다. 그와 다르게 생긴 식탁보는 진짜 식탁보가 아니었다. 이 진짜라는 것들이, 일요일 오찬과 일요일 산책과 별장과 식탁보가 오롯이 진짜가 아니고 사실 반은 허깨비였다는 사실을, 그리고 그것을 믿지 않았던 사람들에게 쏟아진 저주가 법을 어긴 데서 오는 자유로움뿐이었다는 사실을 알아낸 것은 얼마나 충격적이고 멋진 일이었나. 그 진짜 기준이 되는 존재라는 자리는 이제 무엇이 차지하고 있을까? 여자의 경우라면 남자겠지. 우리의 삶을 지배하고 기준을 세우고 휘터커의 우위표*를 세운 남성적 시각. 내 생각에 전쟁 이후 많은 남녀에게 거지반 허깨비

같은 존재가 되었고, 바라건대 곧 마호가니 서랍장과 랜드시어** 복제화와 신과 악마와 지옥 등과 더불어 유령들이 사라지는 쓰레기통 속으로 웃으며 던져버릴 수 있을 것들, 그런 뒤 우리 모두가 법을 어긴 데서 오는 자유로움—자유로움이라는 것이 존재한다면—이라는 황홀감을 맛볼 수 있는……

특정한 각도로 빛이 비치면 벽의 자국은 사실 벽에서 튀어나온 것처럼 보이기도 한다. 게다가 완전히 동그랗지도 않다. 확신할 수는 없지만 그것이 드리우는 그림자가 보이는 듯도 해서, 벽을 따라 손가락을 쓸어내리면 그 지점에서 작은 둔덕을 지나듯 올라갔다 내려올 것 같다. 무덤이나 막사일 거라고들 하는, 사우스다운의 봉분 같은 매끄러운 둔덕 말이다. 나로서는 무덤이면 좋겠다. 영국 사람이 대부분 그렇듯이 우울한 분위기이면 좋겠고, 산책길의 끝에서 떼 입힌 봉분 아래 뼈가 묻혀 있다는 생각을 떠올리는 게 자연스러우니까…… 그에 관한 책도 분명 있을 텐데. 골동품 연구자들이 분명 뼈를 파내서 이름도 붙였을 텐데…… 그런데 골동품 연구자들은 어떤 사람들일까? 분명 대부분이 은퇴한 대령일 것이다. 늙은 일꾼 무리를 여기 꼭대기까지 이끌고 와서 흙덩어리나 돌을 조사하고는 이웃 성직자에게 편지를 보내겠지. 그러면 그들은 아침식사 시간에 그 편지를 열어보며 자기들이 대단한 존재인 양 뿌듯해하고, 화살촉을 비교하기 위해 옆 마을까지 원정을 가고, 이는 그들에게도 그렇지만 자두 잼을 만들거나 서재를 청소해야 하는,

---

* 영국 출판업자 조지프 휘터커가 1868년부터 매년 출판한 '휘터커 연감'에는 공적 행사와 공식적 사교 모임에서의 지위 순서를 실은 '우위표'가 실려 있었다.
** 에드윈 랜드시어. 19세기 영국 화가로 동물 그림으로 유명하다.

그래서 막사인지 무덤인지 그 중대한 문제가 한없이 미결정 상태로 있으면 좋을 그 부인들에게도 반가운 일이다. 그동안 대령은 양편의 가능성을 뒷받침하는 증거를 쌓으며 기분좋게 철학적 사고를 즐길 것이다. 그러고는 결국 막사라는 결론을 내리겠지. 그리고 누군가 반박을 하자 소논문을 써서 지역 협회의 정기 모임에서 발표를 하려는 참에 뇌졸중으로 쓰러진다. 그가 마지막으로 또렷이 했던 생각은 아내도 자식도 아니고, 막사와 그곳의 화살촉이다. 화살촉은 지금 중국 여자 살인범의 발과 엘리자베스시대의 못 한 줌과 튜더시대의 수많은 토관과 로마시대의 도자기 한 점과 넬슨이 마셨다는 와인 잔과 더불어 지역 박물관의 진열장 안에 있다. 이런 것들이 뭘 증명하는지 나는 정말 모르겠다.

아니, 아니다. 아무것도 입증할 수 없고 알 수도 없다. 내가 지금 당장 자리에서 일어나 벽의 자국이 사실은, 뭐랄까, 이백 년 전에 박은 거대한 낡은 못대가리인데, 여러 세대를 거치며 하녀들이 끈기 있게 문지른 끝에 마침내 페인트칠이 벗어져 그 모습을 드러냈고, 벽난로에서 불이 이글거리는 흰색 벽의 방에서 처음으로 근대의 삶을 목격하게 된 것이라고 확신을 한다 한들 내가 얻는 게 무엇인가? 지식? 앞으로 더 탐구해야 할 주제? 난 가만히 앉아서도 서 있을 때와 마찬가지로 사고할 수 있다. 그리고 지식이 뭔가? 우리의 박식한 남자 분들이 사실 동굴이나 숲속에 웅크리고 앉아 약초를 끓이고 뾰족뒤쥐에게 물어보고 별의 언어를 받아 적은 마녀와 은자(隱者)의 후손이 아니면 뭐란 말인가? 그래서 미신이 점점 줄어들고 아름다움과 건강한 정신에 더욱 경의를 바칠수록 그들에 대한 존경도 약해지고…… 그래, 아주 유쾌한 세상을 상상할 수도 있다. 탁 트인 벌판에 붉고 푸른 꽃이 민밀한 고요하고 광활한 세상. 경찰의 신상명세서에 나오는 교수나 전문가나 가정부가 없는 세상. 수련 줄기를 뜯거나 흰 바다 알이 가득한 둥지 위에서 가만히 머물기도 하는, 지느러미로 물을 가르는 물고기처럼 우리의 사고로 삶을 가를 수 있는 세상…… 세상의 중심에 굳게 뿌리박고 잿빛 물속에서 위를 올려다보는, 문득 빛이 비치며 그림자가 지는 모습을 바라보는 이 아래의 삶은 얼마나 평화로운가. 휘터커 연감만 없다면! 우위표만 없다면!

당장 자리에서 일어나 벽의 저 자국이 정말 무엇인지 직접 확인을 해야겠다. 못인가, 장미 이파리인가, 나무가 벌어진 틈인가?

여기서 다시 한번 자연은 자기보존이라는 오랜 게임에 착수한다. 이런 식으로 이어지는 생각은 기껏해야 기운만 빼앗을뿐더러 심지어는 현실과 충돌할 수도 있다고 보는 것이다. 사실 휘터커의 우위표에 한마디라도 이의를 제기할 사람이 누가 있단 말인가? 캔터베리 대주교 아래 대법관이 오고, 대법관 아래 요크 대주교가 오고. 누군가의 아래에는 늘 다른 누군가가 있다는 것이 휘터커의 철학이다. 중요한 것은 누가 누구 다음인가다. 휘터커는 다 알고 있으니 괜히 그것 때문에 열받지 말고 마음을 놓으라고 자연이 충고한다. 마음을 놓을 수 없으면, 이 평화의 시간을 박살내야만 하겠다면, 벽의 자국을 생각하라고.

이런 자연의 게임은 이해할 만하다. 우리를 들뜨게 하거나 고통스럽게 하는 생각이 떠오르기만 하면 재빨리 행동에 나서 끝내버리게 하는 거니까. 그래서 우리가 생각 없이 행동에 뛰어드는 남자들을 살짝 경멸하는 것이 아닐까 싶다. 아무튼 벽의 자국을 바라보며 불쾌한 생각을 완전히 멈춰버린다고 해서 해가 될 일은 없다.

자국을 빤히 쳐다보고 있자니 정말이지 망망대해에서 판잣조각을 붙잡은 듯한 기분이다. 두 명의 대주교와 대법관을 순식간에 컴컴한 어둠 속으로 밀어버리는 만족스러운 현실감을 찾은 것이다. 여기 확실한 것, 진짜의 것이 있다. 그래서 한밤중에 악몽을 꾸다 깨어나면 서둘러 불을 켜고 가만히 누워 서랍장을 숭배하는 것이다. 견고함을, 현실성을, 우리가 아닌 다른 존재를 증명하는 비인격적인 세상을 숭배하는 것이다. 그게 바로 우리가 확신하고 싶은 것이다…… 목재를 떠올리면 기분이 좋다. 목재는 나무에서 나오고 나무는 자란다. 나무가 어떻게 자라는지 우리는 모른다. 우리에게는 전혀 관심도 없이 해를 거듭하면서, 목초지에서, 수풀에서, 강변에서 나무는 자란다. 그 모두가 생각하면 기분이 좋아지는 것들이다. 뜨거운 오후, 암소가 나무 아래에서 꼬리를 흔든다. 나무의 물이 든 강물이 얼마나 초록색인지 쇠물닭이 물속에 풍덩 들어갔다 나오면 깃에 온통 초록색 물이 들 것 같다. 바람에 빳빳하게 펼쳐진 깃발처럼, 거센 물결 속에서 가만히 자리를 지키는 물고기를 떠올리는 일도 좋다. 강바닥에 조금씩 조금씩 진흙 둔덕을 쌓는 물방개라든가. 나무 자체를 생각하는 일도 좋다. 처음에는 나무가 되는 빡빡하고 건조한 느낌. 그러고는 폭풍우에 마구 시달리고, 그다음에는 서서히 달콤한 수액이 흘러나오는 느낌. 총알처럼 내리꽂히는 냉랭한 달빛에 연약한 부분을 조금도 내보이지 않으며 이파리를 다 오그린 채 황량한 들판에 서 있는 겨울밤의 나무를 떠올리는 일도 좋다. 밤새도록 휘청이는 벌거벗은 지상의 돛대. 6월이면 지저귀는 새들의 노랫소리가 정말 요란하고 낯설겠지. 나무껍질의 골을 따라 열심히 줄지어 올라가는 곤충들, 다이아몬드 모양의 빨간 눈으로 앞을 응시하며 얄팍

한 이파리 위에서 햇볕을 쬐는 그 곤충들의 발이 몸에 닿으면 얼마나 차가울까…… 지상의 무지막지한 냉기에 섬유질이 하나씩 끊어져나가고 마지막 폭풍우가 닥치면 가장 높은 가지부터 떨어져나가 다시 땅속 깊이 박힌다. 그러나 삶은 거기서 끝나지 않는다. 침실에, 선박에, 보도에, 차를 마신 후 남녀가 모여 담배를 피우는 늘어선 방들에, 나무에게는 수백 가지의 끈기 있고 주의깊은 삶이 기다리고 있다. 얼마나 평화로운 생각, 행복한 생각으로 가득한지, 이 나무는. 하나씩 따로 따져봐야겠다. 그런데 뭔가가 앞을 가로막네…… 지금 내가 어디 있지? 뭘 하고 있었지? 나무? 강? 다운스? 휘터커 연감? 아스포델 들판? 아무것도 기억이 안 난다. 모든 게 마구 움직이고 떨어지고 미끄러지고 사라지고…… 물질이 엄청난 규모로 솟아오른다. 누군가 내 앞에 서서 이렇게 말한다.

"나가서 신문 좀 사올게."

"응?"

"신문을 사봐야 소용도 없지만…… 뭐 일어나는 일이 없으니. 망할 전쟁! 빌어먹을 전쟁!…… 그렇다고 벽에 달팽이를 달고 살 필요는 없잖아."

아, 벽의 자국! 그것은 달팽이였다.

작고한 대령의 딸들

The Daughters of the Late Colonel(1921)

캐서린 맨스필드
Katherine Mansfield

캐서린 맨스필드 (1888~1923)

뉴질랜드 웰링턴 출생. 1908년 런던으로 건너가 평생 유럽에서 거주했다. 1912년부터 후에 자신의 남편이 된 존 미들턴 머리가 편집자로 있던 문예지 『리듬*Rhythm*』에 글을 게재하기 시작했다. 1917년 결핵에 걸려 여러 휴양지를 전전하면서도 집필활동을 이어나갔다. 1921년 두번째 소설집 『행복*Bliss and other Stories*』을 발표하고 일 년 후 세번째 소설집이자 생애 마지막 책인 『가든파티*The Garden Party and other Stories*』를 출간하며 평단의 극찬을 받는다. 체호프의 영향을 받아 섬세한 관찰력과 심리 묘사가 두드러지는 스타일로 대표적인 모더니즘 작가의 반열에 올랐다. 1923년 프랑스에서 요양하던 중 객혈을 시작해, 결국 사망했다.

1

살면서 그다음주만큼 바빴던 적이 또 없었다. 잠자리에 들어서도 몸만 누워 쉬는 거지 머릿속은 계속 분주했다. 뭔가를 생각하고, 함께 논의하고, 이럴까 저럴까 따져보고, 결정하고, 어디더라 기억해내려 애쓰고……

콘스턴티아는 양팔을 옆에 딱 붙이고 두 발은 포갠 채 이불을 턱까지 끌어올려 석상처럼 누워 있었다. 그녀는 천장을 뚫어져라 보았다.

"아버지의 실크해트를 경비한테 주면 아버지가 싫어하실까?"

"경비?" 조지핀이 쏘아붙였다. "아니 왜 경비한테? 정말 이상한 생각도 다 하네!"

"왜냐하면," 콘스턴티아가 느릿느릿 말했다. "장례식에 가야 할 일이 많을 테니까. 그런데 보니까―묘지에서 보니까 중산모를 썼더라고."

그녀가 말을 멈췄다. "그래서 실크해트를 주면 얼마나 고마워할까 생각했지. 어쨌든 선물은 해야 하니까. 아버지에게 늘 친절했잖아."

"그렇기는 해도!" 조지핀이 베개 위의 고개를 획 돌려 어둠 속에서 건너편의 콘스턴티아를 응시했다. "아버지 머리가!" 그 끔찍한 잠깐 사이에 문득 키득거리는 웃음이 터져나올 뻔했다. 당연히 그러고 싶은 마음은 전혀 없었다. 분명 버릇이었을 것이다. 수년 전 두 자매가 밤에 잠도 안 자고 이야기꽃을 피울 때면 침대가 들썩거렸다. 그런데 이제 경비의 머리가, 아버지의 모자를 쓴 그 머리가, 양초처럼, 툭 튀어올랐다 사라졌다 하는데…… 웃음이 자꾸 킥킥 튀어나오려고 했다. 그녀는 주먹을 꽉 쥐고 터져나오려는 웃음을 누르려 기를 썼다. 인상을 쓰고 어둠을 사납게 노려보며 말도 못하게 근엄한 말투로 "기억해봐"라고 말했다.

"내일 결정해도 되잖아." 그녀가 말했다.

콘스턴티아는 아무 눈치도 채지 못한 모양이었다. 그녀가 한숨을 쉬었다.

"우리 실내복도 염색을 해야 하는 걸까?"

"검은색으로?" 조지핀이 빽 소리를 지르듯이 되물었다.

"당연하지, 그럼 무슨 색이겠어?" 콘스턴티아가 말했다. "그냥 생각해보니까, 좀 그렇지 않나 해서. 밖에 나갈 때나 옷을 제대로 차려입을 때만 상복을 입고 집에 있을 때는—"

"보는 사람이 아무도 없잖아." 조지핀이 말했다. 그녀는 이불을 너무 세게 잡아당기는 바람에 두 발이 다 이불 밖으로 빠져나와 다시 베개 쪽으로 몸을 올려 발까지 이불을 덮었다.

"케이트가 보잖아." 콘스턴티아가 말했다. "게다가 집배원도 볼 수 있고."

조지핀은 자신의 암적색 실내복과 슬리퍼를 떠올렸고, 콘스턴티아가 가장 좋아하는 녹색 계열의 실내복과 슬리퍼도 떠올려보았다. 검은색이라니! 검은색 실내복을 입고 복슬복슬한 검은색 슬리퍼를 신은 두 형체가 검은 고양이처럼 몰래 화장실을 드나드는 모습이라니!

"꼭 그럴 필요는 없을 것 같은데." 그녀가 말했다.

침묵. 그러다 콘스턴티아가 입을 열었다. "내일 부고가 실린 신문을 실론행 우편 시간에 닿게 부쳐야 해…… 지금까지 받은 편지가 몇 통이지?"

"스물세 통."

조지핀은 그 스물세 통의 편지에 모두 답장을 했고, "저희도 아버지가 정말 그립답니다"라는 대목에 이를 때마다 매번 눈물이 쏟아져 손수건을 집어들어야 했다. 몇 번은 편지지에 떨어져 옅푸르게 번진 눈물방울을 압지로 찍어내기도 했다. 참 이상하기도 하지! 일부러 슬픔을 과장한 것도 아닌데—스물세 번이나. 심지어 지금도 "저희도 아버지가 정말 그립답니다"라고 혼잣말을 하면, 언제든 울 수 있을 것 같은 심정이었다.

"우표는 충분해?" 콘스턴티아가 물었다.

"그걸 내가 어떻게 알아?" 조지핀이 짜증스럽게 대꾸했다. "그걸 지금 나한테 물어봐야 무슨 소용인데?"

"그냥 궁금해서." 콘스턴티아가 온화하게 말했다.

다시 침묵. 갑자기 부스럭거리고 종종대고 폴짝 뛰는 소리가 들렸다.

"쥐야." 콘스턴티아가 말했다.

"빵 부스러기 하나 없는데 쥐는 무슨 쥐야." 조지핀이 말했다.

"빵 부스러기 하나 없는 걸 쥐들이 어떻게 알겠어." 콘스턴티아가 말했다.

그녀는 문득 동정심으로 가슴이 아려왔다. 불쌍한 것들! 화장대 위에 조그마한 빵 조각이라도 하나 놔둘걸. 있지도 않은 먹을거리를 찾아다닐 생각을 하니 얼마나 안됐는지. 어쩌려나?

"어떻게 살아가는지 모르겠네." 그녀가 천천히 말했다.

"누가?" 조지핀이 물었다.

대답하는 콘스턴티아의 목소리가 의도했던 것보다 더 크게 나왔다. "쥐 말이야."

조지핀은 열불이 났다. "아니, 무슨 말도 안 되는 소리야, 콘! 쥐가 지금 무슨 상관이 있다고! 너 졸았구나." 그녀가 말했다.

"아니야." 콘스턴티아가 말했다. 그녀는 정말 그런가 눈을 감아보았다. 정말이었다.

조지핀은 무릎을 끌어올려 몸을 둥글게 말고, 팔짱을 껴 주먹을 귀 아래로 넣었다. 그러고는 한쪽 뺨을 베개에 대고 꼭 눌렀다.

2

상황이 더 복잡해진 이유는 그들이 앤드루스 간호사에게 일주일 더 있어달라고 했기 때문이다. 그들이 나서서 부탁했으니 스스로 자초한 일이었다. 조지핀의 생각이었다. 아침에, 그러니까 의사도 떠나버린 마지막날 아침에 조지핀이 콘스턴티아에게 물었다. "앤드루스 간호사에게 우리 손님으로 일주일 더 여기 있으라고 하면 좋지 않을까?"

"아주 좋은 생각이야." 콘스턴티아가 말했다.

"오늘 오후에 돈을 주고 나서 말해야겠다고 생각했어." 조지핀이 빠르게 덧붙였다. "앤드루스 간호사님, 저희를 위해 지금까지 애써주셨으니 손님으로 여기 일주일 정도 더 머물러주시면 제 여동생과 저는 더없이 기쁠 거예요, 라고 말이지. '손님으로'라고 확실히 말하려고. 혹시라도—"

"오, 설마 우리가 돈을 줄 거라고 기대하겠어?" 콘스턴티아가 외쳤다.

"그거야 모르는 일이니까." 조지핀이 신중하게 말했다.

앤드루스 간호사는 당연하게도 그 제안에 반색을 했다. 그런데 아주 성가셨다. 그들 둘만 있었다면 케이트에게 식사를 쟁반에 차려서 자기들 있는 곳으로 갖다달라고 할 수 있었을 텐데, 시간에 맞춰 꼬박꼬박 식탁에 앉아 식사를 해야 했기 때문이다. 그래서 긴장이 풀리고 나자 이제 식사시간이 아주 고역이었다.

앤드루스 간호사는 버터라면 사족을 못 썼다. 정말이지 두 자매는 적어도 버터에 관해서는 그녀가 자신들의 친절함을 이용해먹는다는 느낌을 떨칠 수 없었다. 게다가 그녀에게는 사람을 환장하게 하는 습관이 있었는데, 접시에 음식이 좀 남았으니 빵을 아주 조금만 더 달라고 한 뒤 남은 음식을 다 먹고는 아무 생각 없이—물론 정말로 아무 생각 없이는 아닐 것이다—접시에 음식을 더 담는 것이었다. 이런 일이 벌어질 때마다 조지핀은 시뻘개진 얼굴로 거미줄 위를 기어가는 작고 기이한 거미를 바라보기라도 하는 양 구슬 같은 작은 눈으로 식탁보만 뚫어져라 쳐다보았다. 콘스턴티아는 길고 창백한 얼굴에 불편하고 단호한 표정을 띠고 시선을 저멀리 돌렸다. 길게 늘어선 낙타가 털실이 풀리듯 줄줄이 움직이는 저멀리 사막까지……

"내가 레이디 튜크스 댁에 있을 때 거기 정말 신기하고 앙증맞은 버터 용기가 있었어요." 앤드루스 간호사가 말했다. "은제 큐피드상이, 그러니까 그 유리 접시 가장자리에 붙어 있었죠. 작은 포크를 들고서요. 버터가 필요할 때 큐피드 발을 꾹 누르기만 하면 큐피드가 몸을 숙여 버터 한 조각을 찍어서 주는 거예요. 얼마나 재미난지."

조지핀은 정말 참을 수가 없었지만, '그건 너무 헤플 것 같네요'라고만 대꾸했다.

"아니 왜요?" 앤드루스 간호사가 안경 너머로 눈을 반짝이며 물었다. "누구든 자기가 먹고 싶은 만큼만 먹는 거잖아요, 안 그래요?"

"벨 울려줘, 콘." 조지핀이 외쳤다. 그녀는 자기 입에서 어떤 말이 튀어나올지 장담할 수 없었다.

공주병에 걸린 오만하고 어린 케이트가 노친네들이 또 뭐가 필요한가 하는 태도로 들어왔다. 그녀는 어떤 유명한 브랜드를 흉내낸 접시를 홱 치우더니 하얗게 질린 블랑망제를 탁 내려놓았다.

"잼 줘야지, 케이트." 조지핀이 상냥하게 말했다.

케이트는 무릎을 꿇고 그릇장 아래쪽 문을 벌컥 열고는 잼 항아리의 뚜껑을 열어보았다. 그녀는 병이 빈 걸 보고도 그대로 식탁에 내려놓고는 뻐기듯 나가버렸다.

"잼이 하나도 없는데." 잠시 후 앤드루스 간호사가 말했다.

"정말 짜증나네!" 조지핀이 말했다. 그녀는 입술을 깨물며 물었다. "어떻게 하면 좋을까?"

콘스턴티아는 잘 모르겠다는 표정이었다. "케이트를 또 부를 수도 없잖아." 그녀가 온화하게 말했다.

앤드루스 간호사는 미소를 띠고 두 사람을 지켜보며 기다렸다. 안경 너머의 눈이 사방으로 움직이며 모든 것을 살피고 있었다. 콘스턴티아는 절망에 빠져 다시 낙타에게로 돌아갔다. 조지핀은 엄청나게 인상을 쓰고 생각에 집중했다. 저 멍청한 여자만 아니었으면 두 사람은 당연히 밖에 나가서 블랑망제를 먹었을 것이다. 문득 한 가지 생각이 떠올랐다.

"그래." 그녀가 말했다. "마멀레이드 있잖아. 그릇장 안에 마멀레이드가 좀 있을 거야. 가서 꺼내와, 콘."

앤드루스 간호사가 웃으며 말했다. "너무 씁쓸한 마멀레이드는 아니었으면 좋겠네요." 그 웃음소리는 약병에 부딪혀 쟁그랑거리는 숟가락 소리 같았다.

3

하지만 어쨌든 이제 얼마 남지 않았고 곧 영원히 가버릴 사람이었다. 게다가 아버지에게 정말 정성을 다했다는 사실은 부정할 수 없었다. 그녀는 마지막에는 밤낮을 가리지 않고 아버지를 간호했다. 사실 내색은 하지 않았지만 콘스턴티아와 조지핀은 아버지의 임종이 가까웠을 때 그의 곁을 떠나지 않으려 했던 그녀의 행동은 내심 좀 과하다고 생각했다. 마지막 인사를 하러 들어갔을 때도 앤드루스 간호사는 아버지의 손목을 잡고 시계를 들여다보며 내내 그 곁을 지켰으니까. 꼭해야 할 일도 아니었고 눈치 없는 행동이기도 했다. 혹시 아버지가 뭔가 할말이 있을 수도 있지 않은가. 딸들에게 따로 하고 싶은 말이라든가. 물론 정말 그랬다는 것은 아니다. 아, 전혀 아니었다! 아버지는 그저 불그죽죽한 모습으로 누워 계셨다. 성이 난 듯한 칙칙한 보랏빛 얼굴로 누워 그들이 다가가도 쳐다보지도 않았다. 어쩔 줄 모르고 그냥서 있는데 아버지가 갑자기 한쪽 눈을 번쩍 뜨셨다. 아, 두 눈을 다 뜨시기만 했더라도 얼마나 달랐을까! 아버지에 대한 추억도 달라지고 사람들에게 말하기도 얼마나 쉬웠을까! 하지만, 아니었다. 딱 한쪽 눈이었다. 한쪽 눈이 그들을 잠깐 쏘아보더니…… 스러졌다.

4

그래서 그날 오후 세인트존스성당의 파롤스가 찾아왔을 때 그들은 상당히 어색했다.

"편하게 가셨겠죠?" 그는 어둑한 거실을 가로질러 미끄러지듯 다가와서는 그렇게 첫마디를 건넸다.

"그런대로요." 조지핀이 들릴까 말까 하게 대답했다. 두 사람 다 고개를 푹 숙이고 있었다. 그들로서는 아버지의 그 한쪽 눈이 전혀 편한 눈빛으로는 보이지 않았기 때문이다.

"앉으세요." 조지핀이 말했다.

"고마워요, 피너 양." 파롤스 씨가 말했다. 그가 외투 자락을 모아쥐고 아버지의 안락의자에 앉으려 몸을 낮추다가, 의자에 몸이 닿자마자 벌떡 일어서더니 대신 그 옆 의자에 가 앉았다.

그가 헛기침을 했다. 조지핀은 양손을 맞잡았고 콘스턴티아는 멍해 보였다.

"피너 양, 나는 뭐라도 도와주고 싶은 마음이라는 걸 알아줬으면 좋겠어요. 콘스턴티아 양도요." 파롤스 씨가 말했다. "두 사람이 괜찮다면 어떻게든 돕고 싶네요. 이럴 때야말로 하느님께서 우리가 서로 돕기를 바라시는 때니까." 그가 진정을 담아 간단히 말했다.

"정말 감사해요, 파롤스 씨." 조지핀과 콘스턴티아가 말했다.

"천만에요." 파롤스 씨가 상냥하게 대답했다. 그는 가죽장갑을 손에 끼더니 몸을 앞으로 기울였다. "그리고 둘 중 누구라도, 아니면 둘 다 지금 여기서 간소한 성찬식을 하고 싶으면 말만 해요. 성찬식이 큰 도움을 줄 때가 많아요. 위안이 되죠." 그가 부드럽게 덧붙였다.

하지만 간소한 성찬식이라는 생각만으로도 그들은 겁이 덜컥 났다. 뭐라고! 이 거실에서 그들끼리만, 제단도 없고 아무것도 없는데! 피아노는 너무 높아서 파롤스 씨가 성배를 들고 몸을 숙일 수도 없을 텐데. 콘스턴티아는 생각했다. 중간에 케이트가 불쑥 들어와 식을 방해할 게 분명해. 조지핀이 생각했다. 게다가 도중에 누가 벨이라도 누르면? 중요한 사람일 수도 있잖아. 조문을 온. 그러면 공손히 일어나서 나가봐야 하는 건가? 아니면 그냥 기다려야 하는 건가…… 고통스러워하면서?

"나중에 하고 싶으면 케이트 편으로 알려줘도 되고." 파롤스 씨가 말했다.

"아, 네. 정말 감사합니다." 두 사람이 동시에 대답했다.

파롤스 씨는 자리에서 일어나 둥근 탁자에 놓인 검은색 밀짚모자를 집어들었다.

"그리고 장례식은 내가 준비해도 되겠죠?" 그가 부드럽게 말했다. "부친의 오랜 친구이자, 피너 양, 그리고 콘스턴티아 양 두 분의 친구이기도 하니까?"

조지핀과 콘스턴티아도 자리에서 일어났다.

"조촐하게 했으면 좋겠어요." 조지핀이 단호하게 말했다. "너무 돈을 많이 들이지 않고요. 그리고―"

'오래갈 만큼 훌륭한 거.' 조지핀이 무슨 잠옷을 고르기라도 하는 양, 늘 공상에 빠져 있는 콘스턴티아가 생각했다. 물론 조지핀의 입에서 나온 말은 달랐다. "아버지 지위에 어울려야겠지요." 그녀는 걱정스럽고 불안했다.

"우리의 훌륭한 친구, 나이트 씨에게 내가 바로 가보죠." 파롤스 씨가 안심시키듯 말했다. "그에게 여기 와서 두 분을 만나보라고 할게요. 그 사람이 도움이 많이 될 거예요."

5

어쨌든 그 일은 이제 다 끝났다. 두 딸 모두 아버지가 다시 살아 돌아오지 않는다는 사실이 믿기지 않았지만. 묘지에서 관이 땅속으로 들어가는 순간, 조지핀은 자신들이 아버지의 허락도 없이 이 일을 치렀다는 생각이 문득 들어 잠깐 엄청난 공포에 사로잡혔다. 아버지가 알면 뭐라고 하시겠어? 분명 곧 알게 되실 테니 말이야. 늘 그러셨으니까. "땅에 묻었구나. 너희 둘이서 나를 묻었어!" 쿵 내려치는 아버지의 지팡이 소리가 들렸다. 아, 그럼 뭐라고 해야 하지? 어떻게 변명을 해야 하지? 정말이지 끔찍하도록 매정한 짓인 것 같았다. 아무것도 못하게 된 틈을 타 이런 못된 짓을 하다니. 다른 사람들은 모두 당연하게 받아들이는 모습이었다. 하지만 그 사람들은 잘 모르니까. 아버지는 그런 일이 일어나는 것을 절대 그냥 두고 볼 사람이 아니라는 사실을 이해할 수가 없을 테니까. 그러니까 비난은 모두 두 딸에게 쏟아질 것이었다. 게다가 비용도 있고. 꽁꽁 틀어막은 마차 안으로 들어가며 그녀는 생각했다. 계산서를 보여드리면 아버지가 뭐라고 하실까?

버럭 호통을 치는 목소리가 들렸다. "너희들이 이렇게 쓸데없는 일에 쓴 돈을 내가 내줄 것 같아?"

"오, 이러면 안 되는 거였어, 콘!" 가련한 조지핀이 신음하듯 내뱉었다.

온통 검은색에 둘러싸여 레몬처럼 창백해 보이는 콘스턴티아가 화들짝 놀라 낮은 소리로 물었다. "뭘 말이야, 저그?"

"아버지를 땅에 묻는 일 말이야." 감정이 북받친 조지핀이 이상한 냄새가 나는 장례용 새 손수건에 얼굴을 묻고 울음을 터뜨렸다.

"하지만 달리 방법이 없잖아." 콘스턴티아가 이해할 수 없다는 투로 말했다. "집에 모시고 있을 수는 없으니까, 저그. 그러니까 땅에 묻지 않고 말이야. 어쨌든 별로 크지도 않은 집에서는 못 하지."

조지핀이 코를 팽 풀었다. 마차 안은 무지막지하게 갑갑했다.

"모르겠어." 조지핀이 처량하게 말했다. "다 너무 끔찍해. 그래도 해보기는 했어야 할 것 같아. 다만 얼마간이라도. 완전히 확신이 들 때까지. 어쨌든 한 가지는 확실해." 그녀는 다시 눈물이 쏟아졌다. "아버지는 절대 이 일을 용서하지 않으실 거야, 절대로!"

<h1 style="text-align:center">6</h1>

아버지는 절대 용서하지 않을 것이다. 이틀 뒤 아버지의 유품을 정리하러 방에 들어가자 그런 기분은 한층 더 강해졌다. 두 딸은 그 일에 대해 꽤 차분하게 논의했다. 조지핀이 해야 할 일을 적어놓은 목록에도 들어 있었다. "아버지의 유품을 다 정리해 처분할 것." 하지만 아침 식탁에 앉아 얘기하는 것과 실제로 하는 것은 아주 달랐다.

"준비됐어, 콘?"

"응, 저그. 언니만 괜찮으면."

"그러면 그냥 빨리 끝내버리자."

복도는 어둑했다. 무슨 일이 있어도 아침에는 절대 아버지를 방해하지 않는 것이 수년 동안 지켜온 규칙이었다. 그런데 지금 심지어 노크도 하지 않고 방문을 열려는 것이다…… 그 생각만으로도 콘스턴티아의 눈이 휘둥그레졌다. 조지핀은 다리가 후들거렸다.

"네가, 네가 먼저 들어가." 조지핀은 숨이 막히는 듯 콘스턴티아를 밀었다.

하지만 콘스턴티아는 그런 경우에 늘 하는 말을 꺼내들었다. "아니야, 저그. 그건 부당하지. 언니가 더 나이가 많잖아."

조지핀이 최후의 무기로 남겨둔 말, 그러니까 다른 때라면 세상이 무너져도 꺼내지 않을 '키는 네가 더 크잖아'라는 말을 막 입 밖으로 내려는 찰나 빼꼼 열린 부엌문과 함께 문간에 선 케이트가 눈에 들어왔다⋯⋯

"왜 이렇게 빡빡하지." 조지핀이 문고리를 잡고 돌리려고 애쓰는 척하며 말했다. 그런다고 케이트가 속아넘어가기라도 할 것처럼!

어쩔 수가 없었다. 쟤는 정말⋯⋯ 그렇게 그들 뒤로 문이 닫혔는데, 그 방은 도저히 아버지의 방이라고 할 수 없었다. 실수로 벽을 통과해 느닷없이 다른 집에 들어온 것만 같았다. 지금 막 문을 열고 들어온 게 맞나? 겁에 질려 뒤를 돌아볼 수도 없었다. 만약 그렇다면 문이 저절로 꽉 닫혔으리라는 것을 조지핀은 알았다. 콘스턴티아 생각으로도 꿈속에 나오는 문처럼 그 문에는 문고리가 없을 것 같았다. 더욱 무시무시한 것은 방의 냉기였다. 아니면 백색의 분위기인가? 어느 쪽일까? 모든 것이 덮여 있었다. 블라인드는 내려와 있고 거울에는 천이 덮여 있고 침대는 시트로 감싸놓았다. 벽난로 앞에는 흰 종이로 만든 거대한 가림막이 있었다. 콘스턴티아가 쭈뼛거리며 손을 내밀었다. 곧 눈송이라도 떨어질 것 같았다. 조지핀은 코가 얼어붙을 때처럼 코끝이 간질간질했다. 그 순간 바깥의 자갈길 위를 덜그럭거리며 지나가는 마차소리가 들려와 방안의 정적이 산산조각났다.

"블라인드를 올려야겠다." 조지핀이 용감하게 말했다.

"그래, 좋은 생각이야." 콘스턴티아가 속삭였다.

그냥 손만 댔을 뿐인데 블라인드가 순식간에 휘릭 감겨올라갔고, 끈까지 딸려올라가 꽁지의 술만 거기서 벗어나려는 듯 유리창을 톡톡 쳤다. 콘스턴티아는 더이상 감당할 수가 없었다.

"아무래도—아무래도 다른 날에 하는 게 좋지 않을까?" 그녀가 소곤거렸다.

"왜?" 콘스턴티아가 겁먹은 것이 확실해 보이자 여느 때처럼 기분이 훨씬 나아진 조지핀이 퉁명스럽게 쏘아붙였다. "어차피 해야 할 일이잖아. 그런데 제발 그렇게 속삭이지 좀 마, 콘."

"내가 그랬어? 몰랐네." 콘스턴티아가 다시 속삭였다.

"그리고 침대는 왜 그렇게 쳐다보고 있는 건데?" 그녀는 보란듯이 목소리를 높이며 물었다. "침대에는 아무것도 없다고."

"오, 저그. 그렇게 말하지 마." 불쌍한 코니가 말했다. "그래도 그렇게 크게 소리치지 말라고."

조지핀은 자기가 너무 나갔다 싶었다. 그녀는 방을 크게 돌아 서랍장 쪽으로 가서 손을 뻗었다가 얼른 다시 움츠렸다.

"코니!" 그녀가 헉 하고 숨을 들이마시며 몸을 돌려 서랍장에 등을 기댔다.

"오, 저그, 왜 그래?"

조지핀은 그저 앞만 노려보았다. 방금 뭔가 무시무시한 일을 저지를 뻔했는데 겨우 모면한 듯한 아주 기이한 느낌이 들었다. 하지만 아버지가 서랍장에 계시다는 사실을 콘스턴티아에게 어떻게 설명할 수 있겠는가? 손수건과 넥타이가 들어 있는 맨 위 서랍, 혹은 셔츠와 파자마가 있는 그 아래 서랍에, 아니면 양복과 함께 맨 아래 서랍에 계시다는 사실을. 거기 바로 손잡이 뒤에 숨어서, 서랍만 열리면 바로 튀어나올 태세로 지켜보고 계시다고.

예전에 울음이 터질 것 같으면 늘 그랬듯이 콘스턴티아를 향한 그녀의 얼굴이 고리타분하고 우스꽝스럽게 찌푸려졌다.

"서랍장을 못 열겠어." 거의 통곡하듯 내뱉었다.

"그럼 열지 마, 저그." 콘스턴티아가 진지하게 속삭였다. "열지 않는 게 좋겠어. 아무것도 열지 말자. 어쨌든 한동안은 그냥 두자고."

"하지만―너무 약해빠져 보이잖아." 조지핀이 결국 맥이 풀려 말했다.

"이번 한 번인데 약해빠지면 어때, 저그?" 콘스턴티아가 속삭이면서도 꽤 단호하게 주장했다. "약해빠졌더라도." 그러면서 잠긴 책상―아주 안전했다―부터 반짝이는 커다란 옷장까지 파리한 시선으로 이곳저곳 훑어보더니 헐떡이듯 이상하게 숨을 쉬며 말했다. "살면서 딱 한 번만 약한 모습을 보이면 안 되는 거야, 저그? 충분히 봐줄 만한 일이잖아. 약해지자, 약해지자, 저그. 강한 것보다 약한 게 훨씬 좋은 거야."

그러더니 그녀는 이제껏 살면서 두 번 정도 해봤을 놀랍도록 대담한 행동을 했다. 옷장으로 성큼성큼 걸어가 열쇠를 돌려 잠그고는 뺀 것이다. 잡아 뺀 열쇠를 조지핀에게 내밀었는데, 예사롭지 않은 미소로 보건대 지금 자기가 무슨 짓을 한 건지 잘 아는 듯했다. 아버지가 옷장 안 외투 사이에 있을지도 모른다는 사실을 알면서도 일부러 그렇게 한 것이다.

거대한 옷장이 앞으로 기우뚱하면서 콘스턴티아를 덮쳤더라도 조지핀은 놀라지 않았을 것이다. 아니, 오히려 그래야 마땅하다고 생각했다. 하지만 아무 일도 일어나지 않았다. 단지 방이 이전보다 조용해지고 더 커다래진 냉기 덩어리가 조지핀의 어깨와 무릎에 내려앉았을 뿐이다. 그녀의 몸이 부들부들 떨렸다.

"가자, 저그." 콘스턴티아가 여전히 놀랍도록 냉담한 미소를 띤 채 말했다. 그리고 조지핀은 콘스턴티아가 베니를 둥근 연못에 밀어버렸던 그 옛날에 그랬듯이 동생을 따라갔다.

7

하지만 거실로 돌아오자 얼마나 긴장했는지가 여실히 드러났다. 그들은 온몸을 후들거리며 의자에 앉아 서로를 바라보았다.

"뭐라도 먹지 않으면 아무것도 집중해서 할 수가 없을 것 같아." 조지핀이 말했다. "케이트에게 뜨거운 물 두 잔만 가져다달라고 할까?"

"그래도 되겠지." 콘스턴티아가 조심스럽게 대답했다. 그녀는 거의 평상시의 모습으로 돌아와 있었다. "벨을 울리지 않고 내가 부엌에 가서 얘기할게."

"그래, 그렇게 해." 조지핀이 의자 깊숙이 몸을 기대며 말했다. "다른 건 말고 그냥 물 두 잔만 달라고 해, 콘. 쟁반에 받쳐서."

"주전자에 담아올 필요도 없잖아, 그렇지?" 콘스턴티아는 주전자에 갖다달라고 하면 케이트가 불평이라도 할 것처럼 말했다.

"오, 그럼, 당연하지! 주전자는 전혀 필요 없어. 끓는 물을 그냥 컵에 따라 오라고 해." 그러면 정말로 수고가 덜어질 거라는 생각으로 조지핀이 외쳤다.

찾잔의 녹색 가장자리에 닿은 두 사람의 입술이 여리게 떨렸다. 조지핀이 발개진 작은 손으로 컵을 말아쥐었다. 콘스턴티아가 꼿꼿이 앉아 컵에서 피어오르는 김을 후후 불자 하얀 김이 좌우로 흔들렸다.

"베니 얘기가 나왔으니 말인데." 조지핀이 말했다.

사실 베니는 입에 올리지도 않았는데 콘스턴티아는 마치 그 얘기를 나눴다는 듯한 표정이었다.

"당연히 우리가 아버지 유품을 뭐라도 보내주길 기대할 거야. 그런데 실론에 뭘 보내야 할지 참 결정하기가 어렵네."

"가는 도중에 망가지니까 말이지." 콘스턴티아가 웅얼거렸다.

"아니, 잃어버리니까." 조지핀이 날 선 투로 대꾸했다. "거긴 우편이 없잖아. 심부름꾼만 있지."

두 사람은 말을 멈추고 흰 리넨 바지를 입은 흑인 한 사람이 갈색 종이로 싼 커다란 짐꾸러미를 들고 어둑한 들판을 죽어라 달리는 모습을 바라보았다. 조지핀의 흑인은 왜소해서 개미처럼 반짝거리며 잰걸음으로 달렸다. 키가 크고 마른 콘스턴티아의 흑인에게는 뭔가 지칠 줄 모르고 맹목적인 면이 있어서 그녀는 그 흑인이 아주 불쾌한 인물이라고 결론을 내렸다…… 하얀색 옷을 차려입고 코르크 헬멧*을 쓴 베니가 베란다에 서 있다. 그는 조바심낼 때의 아버지처럼 오른손을 위아래로 흔들었다. 그 뒤로는 얼굴도 본 적 없는 올케 힐다가 무관심하기 그지없는 얼굴로 앉아 있다. 그녀는 사탕수숫대로 만든 흔들의자에 앉아

---

* 더운 지방에서 햇빛을 가리기 위해 쓰는 모자.

『태틀러』를 뒤적거린다.

"아버지 시계가 가장 적당할 것 같은데." 조지핀이 말했다.

콘스턴티아가 고개를 들었다. 좀 놀란 듯했다.

"아니, 금시계를 원주민에게 맡긴다고?"

"당연히 위장을 해야지." 조지핀이 말했다. "아무도 시계인지 모르게 말이야." 그녀는 도대체 뭔지 아무도 짐작을 못 할 만큼 요상한 모양의 꾸러미를 만든다는 생각이 마음에 들었다. 어딘가에 쓸데가 있겠지 싶어서 오래도록 몰래 보관해온 좁다란 코르셋 판지 상자에 시계를 숨겨 볼까 하는 생각까지 잠깐 했다. 정말 단단하고 예쁜 상자잖아. 아니야, 그 상자는 여기에는 맞지 않겠어. 겉에 '여성 미디엄 28사이즈. 아주 탄탄한 살대'라고 적혀 있잖아. 베니가 상자를 열고 그 안에서 아버지의 시계를 발견하면 놀라도 너무 놀랄 거야.

"그리고 시계가 가는 것도 아니고. 그러니까 째깍거리지도 않잖아." 콘스턴티아가 원주민이 장신구를 얼마나 좋아하는지 하는 생각에 여전히 빠져 말했다. "하긴, 그렇게 오래되었는데 가는 게 더 이상하지." 그녀는 덧붙였다.

8

조지핀은 대답하지 않았다. 딴생각에 빠져 있었기 때문이다. 그녀는 불현듯 시릴이 떠올랐다. 하나밖에 없는 손자가 시계를 갖는 게 더 일반적이지 않나? 시릴은 뭘 해줘도 고마워하니 그 젊은이에게 금시계는 대단한 의미가 있을 거야. 베니는 십중팔구 이제 시계 따위는 지니고 다니지 않을걸. 그렇게 더운 나라에서 남자들이 양복 조끼를 입는 경우는 별로 없으니까. 반면 런던에 사는 시릴은 일 년 내내 조끼를 입잖아. 게다가 시릴이 차를 마시러 왔을 때 아버지의 시계를 지니고 있는 모습을 보면 우리도 얼마나 기쁘겠어. "할아버지 시계를 지니고 있구나, 시릴." 아주 흐뭇한 일이지.

사랑스러운 녀석! 그 아이가 짤막하게 써 보낸 호의적이고 다정한 편지를 보고 얼마나 놀랐던지! 당연히 그들은 이해했다. 하지만 정말이지 불행한 일이었다.

"의미가 있었을 텐데, 시릴이 있었으면 말이야." 조지핀이 말했다.

"걔도 좋아했을 거고." 콘스턴티아는 자기가 무슨 말을 하는지도 모르고 대꾸했다.

하지만 시릴은 돌아오는 대로 바로 숙모들을 찾아올 터였다. 시릴이 차를 마시러 오는 일은 두 사람에게는 흔치 않은 반가운 선물이었다.

"자, 시릴, 우리 케이크 보고 놀라지 마. 오늘 아침에 콘스턴티아 숙모와 버저드에서 사왔어. 남자들 식성이야 우리도 다 아니까. 사양하지 말고 차랑 함께 많이 먹어."

조지핀은 자신의 겨울 장갑이나 딱 한 켤레뿐인 그나마 봐줄 만한 콘스턴티아의 신발창 색깔과 똑같은 시커먼 색깔의 케이크를 뭉텅 잘랐다. 하지만 시릴의 식성은 전혀 남자답지 않았다.

"글쎄, 조지핀 숙모, 못 먹겠어요. 막 점심을 먹었다니까요."

"오, 시릴, 말도 안 돼! 지금 네시가 넘었는데." 조지핀이 외쳤다. 콘스턴티아는 자리를 잡고 앉아 초콜릿 케이크에 나이프를 갖다댄 참이었다.

"어쨌든 그래요." 시릴이 말했다. "빅토리아에서 누굴 만나기로 했는데, 그 사람이 어찌나 늦게 왔는지…… 점심만 겨우 먹고 바로 왔어요. 게다가 점심을 얼마나 거하게 샀는지." 시릴이 한 손을 이마에 얹으며 말했다.

실망스러운 일이었다. 하필이면 오늘. 하지만 시릴도 예상하지 못했을 터였다.

"그래도 머랭은 먹을 거지, 시릴?" 조지핀 숙모가 물었다. "특별히 너 주려고 사온 머랭이야. 네 아버지가 워낙 좋아했잖아. 그러니 당연히 너도 좋아할 것 같아서."

"좋아해요, 조지핀 숙모." 시릴이 반기듯이 말했다. "일단 반만 먹어도 돼요?"

"그럼. 그래도 그것만 먹고 말면 안 되지."

"네 아버지도 여전히 머랭 좋아하시니?" 콘 숙모가 상냥하게 물었다. 그녀는 머랭의 딱딱한 표면을 깨물면서 살짝 인상을 썼다.

"글쎄요, 잘 모르겠는데요, 콘 숙모." 시릴이 경쾌하게 대답했다.

그 말에 두 사람이 서로를 쳐다보았다.

"모른다고?" 조지핀이 거의 따지는 말투로 물었다. "아버지에 관해 그런 것도 모른단 말이야, 시릴?"

"당연히 알겠지." 콘 숙모가 부드럽게 말했다.

시릴은 웃어넘기려 했다. "아, 그게, 워낙 오래되어서—" 그가 더듬거리다가 말을 멈췄다. 자신을 바라보는 숙모들의 얼굴이 너무 부담스러웠다.

"그래도 그렇지." 조지핀이 말했다.

그리고 콘 숙모는 빤히 바라보았다.

시릴이 찻잔을 내려놓았다. "잠깐." 그러더니 큰 소리로 말했다. "잠 깐만요, 조지핀 숙모. 제가 이렇게 정신이 없어요."

그가 고개를 들어 두 사람을 보았다. 숙모들의 표정이 밝아지기 시 작했다. 시릴이 무릎을 탁 쳤다.

"당연하죠." 그가 말했다. "머랭 맞아요. 어떻게 그걸 까먹지? 조지핀 숙모 말이 딱 맞아요. 아버지는 머랭을 무엇보다 좋아하셨죠."

숙모들의 얼굴은 그저 환해진 정도가 아니었다. 조지핀 숙모는 기뻐 서 얼굴이 발그레해졌고 콘 숙모는 안도의 한숨을 길게 내쉬었다.

"자, 시릴, 그럼 이제 할아버지를 뵈러 가야지." 조지핀이 말했다. "네 가 오는 걸 알고 계셔."

"그러실 테죠." 시릴이 씩씩하고 활기차게 말했다. 그러면서 의자에 서 일어나다가 갑자기 벽시계를 보았다.

"저, 콘 숙모, 저 시계 좀 느린 것 아닌가요? 약속이 있는데, 패딩턴에 서 다섯시 좀 넘어서요. 할아버지를 오래 뵈지는 못할 것 같네요."

"오, 할아버지도 오래 잡아두고 싶어하지는 않으실 거야!" 조지핀 숙 모가 말했다.

콘스턴티아는 여전히 벽시계를 보고 있었다. 시계가 느린 건지 빠 른 건지 알 수가 없었다. 둘 중 하나인 것은 분명한 듯했다. 어쨌든 그 랬다.

시릴이 미적거렸다. "같이 안 가세요, 콘 숙모?"

"당연히 우리 다 같이 가지." 조지핀이 말했다. "가자, 콘."

그들이 문을 두드렸고, 시릴은 숙모들을 따라 후끈하고 들척지근한 냄새가 나는 할아버지의 방으로 들어섰다.

"이리 와." 피너 할아버지가 말했다. "거기서 어정거리지 말고. 뭔데 그래? 또 뭔 일이야?"

그는 지팡이를 움켜쥐고 이글거리는 벽난로 앞에 앉아 있었다. 무릎을 덮은 두꺼운 담요 위에는 아름다운 연노랑 실크 손수건이 놓여 있었다.

"시릴이에요, 아버지." 조지핀이 다소곳이 말했다. 그러고는 시릴의 손을 잡아 아버지 쪽으로 당겼다.

"안녕하세요, 할아버지." 시릴이 조지핀의 손에서 자기 손을 빼내며 말했다. 피너 할아버지는 사람을 쏘아보기로 유명했는데 지금도 그랬다. 콘 숙모는 어디 있는 거지? 그녀는 조지핀 숙모 반대편에 서 있었다. 팔을 앞으로 축 늘어뜨리고 양손을 맞잡은 채였다. 콘 숙모는 할아버지에게서 한시도 눈을 떼지 않았다.

"무슨 말을 하러 날 찾아온 거냐?" 피너 할아버지가 지팡이를 쿵쿵 내려치기 시작했다.

말? 무슨 말을 하러 왔냐고? 시릴은 자신이 백치처럼 웃고 있는 기분이었다. 방도 숨이 막힐 듯 갑갑했다.

조지핀 숙모가 그를 구해줬다. 그녀는 명랑하게 말했다. "시릴 아버지가 아직도 머랭을 아주 좋아한다고 해요, 아버지."

"뭐?" 피너 할아버지가 보라색 머랭처럼 생긴 손을 귀에 동그랗게 갖다대며 물었다.

조지핀이 다시 말했다. "시릴 말이 자기 아버지가 여전히 머랭을 아주 좋아한대요."

"안 들려." 늙은 피너 대령이 말했다. 그는 조지핀에게 저리 가라는 듯이 지팡이를 흔들고는 그 끝으로 시릴을 가리키며 말했다. "뭐라는 건지 네가 직접 말해봐."

(맙소사!) "진짜로 하라고요?" 시릴이 붉어진 얼굴로 조지핀 숙모를 빤히 보며 물었다.

"그럼." 그녀가 미소를 지으며 말했다. "할아버지가 무척 기뻐하실 거야."

"얼른 말해보라고!" 피너 대령이 다시 지팡이를 내려치며 짜증스럽게 외쳤다.

그래서 시릴은 몸을 앞으로 숙이고 소리쳤다. "아버지가 여전히 머랭을 아주 좋아하세요."

그 말에 피너 할아버지가 총이라도 맞은 듯 펄쩍 뛰었다.

"소리지르지 마!" 그가 외쳤다. "쟤 왜 저러는 거냐? 머랭이라니! 그게 뭐 어쨌다고?"

"오, 조지핀 숙모, 계속해야 해요?" 시릴이 절망스럽게 신음했다.

"괜찮아, 얘야." 함께 치과에 가기라도 한 양 조지핀 숙모가 말했다. "금방 알아들으실 거야." 그러고는 시릴에게 속삭였다. "귀가 잘 안 들리시거든." 그러더니 숙모는 몸을 숙여 피너 할아버지에게 말 그대로 고함을 쳤다. "시릴은 그냥 자기 아버지가 여전히 머랭을 아주 좋아한다는 말을 들려드리고 싶은 거예요."

피너 대령은 이번에는 알아들었다. 무슨 말인지 알아듣고는 시릴을 위아래로 보며 곱씹어보았다.

"별 희한한 소리를 다 듣겠구나!" 피너 할아버지가 말했다. "겨우 그 말을 하려고 여기까지 왔단 말이냐!"

시릴이 생각하기에도 그랬다.

"그래, 시계는 시릴에게 보내야겠다." 조지핀이 말했다.

"그러면 정말 좋을 것 같아." 콘스턴티아가 대답했다. "지난번에 여기 왔을 때 시간 때문에 좀 문제가 있었던 기억이 나거든."

<h1 style="text-align:center">10</h1>

으레 그렇듯이 케이트가 벽에 있는 무슨 비밀 문을 발견하기라도 한 양 문을 벌컥 열고 들어오는 바람에 두 사람의 대화가 끊겼다.

"튀겨요, 삶아요?" 걸걸한 목소리가 물었다.

튀겨요, 삶아요? 조지핀과 콘스턴티아는 잠시 어리둥절했다. 무슨 소리인지 알 수가 없었다.

"뭘 튀기고 삶아, 케이트?" 조지핀이 생각을 집중하려고 애쓰며 물었다.

케이트가 요란스럽게 코를 훌쩍이고는 말했다. "생선이요."

"아니, 그럼 처음부터 그렇게 얘기했어야지." 조지핀이 살짝 나무라는 투로 말했다. "그렇게 말하면 우리가 어떻게 알아듣니, 케이트? 알다시피 튀기거나 삶을 수 있는 게 세상에 얼마나 많은데." 조지핀은 그렇게 담대한 태도를 보인 후 명랑하게 콘스턴티아에게 물었다. "어떤 게 좋아, 콘?"

"튀기면 좋을 것 같네." 콘스턴티아가 말했다. "그런데, 또 생각해보면 삶아도 맛있겠고. 나는 둘 다 좋아…… 그러니까 언니가……"

"튀길게요." 케이트가 말하고는 문도 닫지 않고 곧장 뒤돌아 나가서 부엌문을 쾅 닫았다.

조지핀은 콘스턴티아를 바라보았다. 조지핀의 희끄무레한 눈썹이 점점 치켜올라가 옅은 머리칼 아래로 들어갔다. 그녀가 의자에서 일어나 당당하고 거만한 투로 말했다. "나랑 같이 거실에 좀 가지 않겠니, 콘스턴티아? 아주 중요한 문제를 논의해야겠어."

케이트에 대해 논의할 거리가 있을 때면 두 사람은 항상 거실로 갔다.

조지핀이 의미심장하게 문을 닫았다. "앉아, 콘스턴티아." 그녀가 여전히 위엄 있는 태도로 말했다. 처음으로 콘스턴티아를 집에 맞이하는 듯한 태도였다. 그리고 콘도 진짜 이 집에 처음 온 사람처럼 막연히 의자를 찾아 주위를 둘러보았다.

"자, 문제는 말이지." 조지핀이 몸을 앞으로 기울이며 말했다. "앞으로도 케이트를 계속 데리고 있을지 말지야."

"그게 문제지." 콘스턴티아가 동의했다.

"그리고 이번에는 확실하게 결단을 내려야 해." 조지핀이 단호하게 말했다.

콘스턴티아는 잠시 앞선 경우들을 하나하나 떠올려보는 듯하더니 곧 정신을 차리고 대답했다. "맞아, 저그."

"콘, 너도 알겠지만." 조지핀이 설명했다. "이제 상황이 변했어." 콘스턴티아가 얼른 언니를 올려다보았다. 조지핀은 말을 이었다. "그러니까 예전만큼 케이트가 우리에게 꼭 필요하지는 않다는 거지." 그녀는 약간 얼굴을 붉혔다. "아버지 음식을 만들지 않아도 되잖아."

"맞는 말이야." 콘스턴티아가 맞장구를 쳤다. "아버지는 확실히 이제 뭘 드실 필요가 없으니까, 다른 건 몰라도—"

조지핀이 날카롭게 말허리를 잘랐다. "너 조는 거야, 콘?"

"내가 존다고, 저그?" 콘스턴티아의 눈이 휘둥그레졌다.

"좀 집중하라고." 조지핀이 매섭게 말하고는 하던 얘기로 돌아갔다. "그러니까 결론적으로," 그녀는 문 쪽을 슬쩍 보고는 거의 숨죽여 말했다. "케이트를 내보내고 나면," 그녀는 다시 목소리를 높였다. "우리 식사야 알아서 할 수 있다는 거지."

"당연하지." 콘스턴티아가 외쳤다. 너무 신나는 일이라 저절로 미소가 떠올랐다. 그녀가 양손을 맞잡고 물었다. "뭘 해 먹을까, 저그?"

"오, 계란으로 할 수 있는 음식만 해도 얼마나 많은데!" 저그가 다시 도도한 태도로 말했다. "게다가 만들어 파는 음식도 많다고."

"하지만 내가 듣기로는 그런 건 무척 비싸다고 하던데." 콘스턴티아가 말했다.

"적당히 사면 괜찮아." 조지핀이 대답했다. 그러면서 그녀는 이 흥미진진한 곁가지 이야기에서 빠져나왔고 콘스턴티아도 함께 끌고 나왔다.

"그런데 지금 결정해야 하는 문제는 케이트가 정말 믿을 만한 사람인가 아닌가, 하는 거야."

콘스턴티아가 등을 뒤로 기댔다. 그녀의 입술 사이로 무미건조한 낮은 웃음소리가 새어나왔다.

"정말 이상하지 않아, 저그?" 그녀가 말했다. "이 문제만큼은 도무지 결정을 못 내리겠으니 말이야."

11

정말 그랬다. 뭐든 증명하는 일이 어려웠다. 어떻게 증명을 하지? 어떻게 그럴 수 있지? 가령 앞에 서 있는 케이트가 일부러 인상을 썼다고 하자. 어디가 아파서 그랬을 수도 있지 않나? 그렇다고 지금 나한테 인상 쓴 거니? 이렇게 대놓고 물어볼 수도 없지 않은가? 그랬다가 아니라고 하면―당연히 아니라고 하겠지만―그러면 입장이 뭐가 되겠는가? 얼마나 꼴사납냔 말이다! 또 콘스턴티아가 의심하는 일로 말하자면, 아니 거의 확신하는데, 두 사람이 집을 비우면 케이트가 서랍장을 열어본다는 것이다. 뭘 훔치려는 것은 아니고 그냥 몰래 보려고. 집에 돌아왔을 때 자수정 십자가가 전혀 있을 법하지 않은 자리에, 그러니까 레이스 끈이나 야회복 장식깃 위에 놓여 있는 것이 눈에 띈 적이 많았다. 몇 번은 일부러 함정을 놓아본 적도 있었다. 특별한 순서로 물건을 정리한 뒤 조지핀을 불러 잘 보라고 했다.

"봤지, 저그?"

"그래, 콘."

"이제 알아낼 수 있을 거야."

하지만 나중에 실제로 확인해봐야 그것은 전혀 증거가 되지 못했다. 뭔가 자리가 달라졌다 해도 서랍을 닫다가 그럴 수도 있었다. 덜컥하면서 쉽게 흐트러질 수 있으니까.

"저그, 와서 보고 말 좀 해봐. 난 도저히 모르겠네. 너무 어려워."

하지만 조지핀도 한참을 말없이 눈이 빠져라 들여다본 뒤에 한숨을 내쉬기 마련이었다. "네가 잘 모르겠다고 하는 바람에 나도 확신을 못하겠잖아, 콘."

"또 미룰 수는 없는데." 조지핀이 말했다. "이번에도 그냥 넘어가면―"

12

그런데 그 순간 거리에서 배럴 오르간 소리가 들려왔다. 조지핀과 콘스턴티아는 동시에 벌떡 일어섰다.

"빨리 가, 콘." 조지핀이 말했다. "서둘러. 6펜스짜리 은화가 저기―"

그러다 문득 깨달았다. 아무 상관 없었다. 이제 오르간 연주를 막을 필요가 없었다. 저 시끄러운 원숭이 놈을 딴 데로 쫓아버리라는 소리를 다시는 들을 일이 없는 것이다. 왜 그렇게 꾸물대냐며 아버지가 질러대는 요란하고 괴상한 고함소리도 이제는 들을 일이 없었다. 악사가 그 자리에서 하루종일 연주를 한들 아버지가 지팡이를 쿵쿵 내려치는 일은 없을 터였다.

"다시는 쿵쿵거리지 않으리니,
　다시는 쿵쿵거리지 않으리니."

　배럴 오르간이 노래했다.
　콘스턴티아는 지금 무슨 생각을 할까? 너무나 묘한 미소를 띠고 있어 다른 사람 같았다. 울음을 터뜨리려는 건 아닐 텐데.
　"저그, 저그." 콘스턴티아가 손을 맞잡고 부드럽게 말했다. "오늘 무슨 요일인지 알아? 토요일이야. 일주일이 지났어. 꼬박 한 주가 지났다고."

"아버지가 돌아가신 지 일주일이네,
　아버지가 돌아가신 지 일주일이네."

　배럴 오르간이 소리 높여 노래했다. 조지핀도 현실적이고 합리적이어야 한다는 생각에서 벗어났다. 그녀의 얼굴에 희미하고 묘한 미소가 떠올랐다. 인도산 카펫에 연붉은 햇볕이 네모나게 반짝였다. 나타났다가는 사라지고 또 나타나기를 반복하면서도 떠나지 않고 점점 깊어지더니 거의 황금빛으로 빛났다.
　"해가 나왔네." 중요한 문제인 양 조지핀이 말했다.
　배럴 오르간에서 방울방울 튀어오르는 가락이 완벽한 분수를 이루며 둥글고 경쾌한 곡조가 무심히 흩어졌다.
　콘스턴티아는 그것을 잡아보려는 듯이 차갑고 커다란 손을 들어올렸다가 다시 떨구었다. 그녀는 좋아하는 부처상이 놓인 벽난로 쪽으로 걸어갔다. 부처의 미소는 늘 그녀에게 고통이긴 하지만 기분좋은 고통 같은 기묘한 감정을 불러일으켰는데, 금박을 입힌 그 석상이 오늘 보이는 미소는 그냥 미소가 아니었다. 뭔가 알고 있는 듯했다. 비밀을 품고 있었다. "네 자신이 모르는 것을 나는 알고 있단다." 그녀의 부처가 말했다. 아, 그게 무엇일까? 도대체 무엇일까? 하지만 그녀에게도 항상 느낌은 있었다…… 뭔가 있다는.

햇빛이 창문을 비집고 들어와 안쪽까지 슬금슬금 와서는 가구와 사진을 환히 비췄다. 조지핀은 햇빛을 바라보았다. 햇빛이 피아노 위에 놓인 확대한 어머니 사진에 이르러 잠시 머물렀다. 남아 있는 어머니의 물건이 왜 이렇게 없냐고, 작은 탑 모양 귀걸이와 검은색 깃털 목도리밖에 없지 않느냐며 의아해하듯이. 사람이 세상을 뜨고 나면 왜 늘 사진도 금방 색이 바랄까? 조지핀은 생각했다. 사람이 세상을 뜨자마자 그의 사진도 죽는다. 물론 어머니의 이 사진은 아주 오래된 사진이었다. 삼십오 년 전 사진이니까. 조지핀은 자신이 의자 위에 서서 그 목도리를 가리키며 콘스턴티아에게 실론에서 엄마가 돌아가신 것은 바로 뱀 때문이었다고 말한 기억이 났다. 어머니가 돌아가시지 않았다면 모든 게 달랐을까? 왜인지는 몰랐다. 학교를 졸업할 때까지는 플로렌스 고모와 함께 살았고, 이사를 세 번 했고, 매년 휴가를 갔고, 그리고…… 물론 하인도 계속 바뀌었다.

작은 참새 몇 마리가, 어린 참새 몇 마리가 창틀에서 지저귀었다. "쩩 쩩쩩." 하지만 조지핀은 그것이 참새가 아니고, 창틀에 있지도 않다는 느낌이 들었다. 그 여리고 이상한 울음소리는 그녀의 내면에서 나오고 있었다. "쩩쩩쩩." 아, 그토록 힘없고 처량한 소리로 뭐라고 부르짖는 것일까?

어머니가 살아 계셨다면 그들은 결혼을 할 수 있었을까? 하지만 결혼할 사람이 없었다. 아버지의 영국계 인도인 친구들이 있었지만 서로 싸운 뒤로는 만나지 않았다. 게다가 이후로도 조지핀과 콘스턴티아는 성직자 말고는 만나본 남자가 단 한 사람도 없었다. 남자는 어떻게 만나는 걸까? 아니, 만난다고 하더라도 대체 어떻게 해야 친분이 생길 정도로 가까워질 수 있는 걸까? 신나는 모험을 하고 누가 쫓아오기도 하는 사람들 이야기는 책에서 많이 보았다. 하지만 그녀나 콘스턴티아를 쫓아온 남자는 하나도 없었다. 아, 맞다! 이스트본에서 일 년간 지냈을 때 뜨거운 물을 담은 물병에 쪽지를 붙여 하숙집 침실 문밖에 놓아둔 의문의 사내가 있었지! 하지만 코니가 물병을 발견했을 때엔 이미 뜨거운 김 때문에 글씨가 너무 흐릿해져 알아볼 수 없었다. 둘 중 누구에게 보낸 것인지조차 알아내지 못했다. 그리고 다음날 그는 떠났다. 그게 다였다. 그것 말고는 평생 아버지를 돌보면서 동시에 아버지의 눈에 띄지 않으려 살았을 뿐이었다. 그런데 이제는? 이제는? 슬그머니 들어온 햇빛이 조지핀에게 부드럽게 가닿았다. 그녀가 고개를 들었다. 그러고는 부드러운 그 빛에 끌려 창가로 향했다……

콘스턴티아는 배럴 오르간 연주가 끝날 때까지 부처 앞에 선 채 생각에 빠져 있었다. 그러나 평소처럼 막연한 생각은 아니었다. 이때의 생각은 갈망과 같았다. 그녀는 보름달이 환히 빛나는 밤이면 슬그머니 침대에서 빠져나와 잠옷 바람으로 이 방에 들어와서 십자가에 못박힌 듯 양팔을 뻗고 바닥에 누워 있던 일을 떠올렸다. 왜 그랬을까? 창백하고 커다란 달 때문이었다. 벽난로 덮개에 새겨진 끔찍한 형상들이 춤을 추며 그녀를 음흉하게 쳐다봤지만 개의치 않았다. 바닷가에 갈 때마다 갈 수 있는 한 바닷물 가까이까지 혼자 다가가 출렁이는 물결을 바라보며 무어라 노래를 지어 불렀던 기억도 떠올랐다. 그리고 늘 또다른 삶이 있었다. 뛰어나가서 뭔가를 봉투에 담아 돌아오고, 뭔가를 가져가 승낙을 받고, 저그와 그것을 논의하고, 다시 갖다주고 다른 걸 가져다 승낙을 받고, 아버지의 식사를 마련하고 아버지의 심기를 거스르지 않으려고 애쓰는 삶. 그 모든 일들은 일종의 터널에서 일어나는 일 같았다. 진짜가 아니었다. 그녀는 그 터널에서 나와 달빛이나 바다나 폭풍우에 몸을 담글 때에만 진정한 자신을 느낄 수 있었다. 그게 무슨 뜻일까? 늘 갈망했던 그것은 무엇일까? 그래서 어디로 가는 걸까? 이제는? 이제는?

그녀가 특유의 애매한 몸짓을 하며 부처에서 몸을 돌렸다. 그러고는 조지핀이 서 있는 곳으로 갔다. 조지핀에게 뭔가 말하고 싶었다. 엄청나게 중요한, 그러니까―미래에 대해서, 그리고⋯⋯

"혹시 말이야―" 그녀가 입을 열었다.

하지만 조지핀이 말을 막았다. "난 말이야, 만약에 이제―" 그녀가 웅얼거렸고 두 사람은 말을 멈췄다. 둘은 서로가 말하기를 기다렸다.

"말해, 콘." 조지핀이 말했다.

"아니야, 저그. 먼저 말해." 콘스턴티아가 말했다.

"아니야, 하려던 얘기 마저 해봐. 먼저 말을 꺼냈잖아." 조지핀이 말했다.

"그래도⋯⋯ 그래도 난 언니가 하려던 말을 먼저 듣고 싶은데." 콘스턴티아가 말했다.

"바보같이 굴지 말고, 콘."

"정말이야, 저그."

"코니!"

"오, 저그!"

잠시 침묵. 콘스턴티아가 들릴 듯 말 듯 말했다. "하려던 말을 할 수가 없어, 저그. 무슨 말을 하려고 했는지 잊어버렸거든."

조지핀은 잠시 말이 없었다. 그녀는 해를 가리며 들어선 커다란 구름을 빤히 쳐다보다가 퉁명스럽게 대답했다. "나도 잊어버렸어."

제3의 그림자 인물
The Shadowy Third(1923)

엘런 글래스고
Ellen Glasgow

엘런 글래스고 (1873~1945)

미국 버지니아주 리치먼드 출생. 어릴 때부터 심장이 좋지 않아 홈스쿨링으로 교육을 받았고, 문학과 철학, 사회학 등 다양한 분야의 책을 많이 읽었다. 자녀를 열 명이나 낳았던 어머니는 늘 신경쇠약으로 괴로워했는데, 글래스고 또한 같은 질환을 앓았다. 평생을 버지니아에 살면서 일곱 권의 소설을 포함해 스무 권의 책을 출간했고 대부분 생전에 잘 팔렸으며 평단의 반응도 좋았다. 1942년에 『여기 우리 생애에 *In This Our Life*』로 퓰리처상을 받았다. 변화하는 남부 세계를 배경으로 남녀의 사랑과 인간관계를 다루는 작품을 주로 썼고, 버지니아의 역사를 다룬 『민중의 목소리 *The Voice of the People*』 『불모의 땅 *Barren Ground*』 『구원 *The Deliverance*』은 당대의 베스트셀러였다.

그 통보를 받던 날 전화를 끊고 돌아섰을 때 내 가슴이 얼마나 낭만에 차 들썽거렸는지 기억한다. 위대한 외과의인 롤런드 매러딕과 직접 말을 나눈 것은 단 한 번뿐이었지만, 딱 한 번 말을 나눈 그 12월 오후, 그러니까 수술실에서 그를 지켜본 단 한 시간이 얼마나 대단한 경험이었던지 삶의 나머지 부분은 색채와 자극을 다 잃어버린 듯했다. 장티푸스와 폐렴 환자를 다루며 수년을 보내고 난 지금도 젊은 시절 나의 맥박이 벌떡거리던 당시의 기분좋은 느낌이 생생하다. 병원 창문으로 겨울 햇빛이 비스듬히 비쳐들어와 간호사들의 흰옷 위에 내려앉던 광경도 눈에 선하다.

"제 이름을 언급하지 않으셨는데요. 혹시 착오가 있는 건 아니죠?"
간호과장 앞에 선 나는 들뜬 마음으로 믿을 수 없다는 양 물었다.

"아니, 그런 거 없어. 네가 오기 전에 막 의사 선생님과 얘기했거든."
나를 보는 미스 헴필의 강인한 얼굴이 차츰 부드러워졌다. 그는 몸집이
크고 단호한 성격을 지닌 여성으로, 캐나다 사람인 내 어머니의 먼 친
척이기도 했다. 나는 리치먼드를 떠나 그곳에 도착한 지 한 달도 되지
않아 그녀가 북부의 환자들은 몰라도 북부 병원 위원회에서는 직감적
으로 뽑을 만한 간호사임을 알아차렸다. 그녀는 냉정한 편이었지만 버
지니아 친척에게는 처음부터 호감―'좋아했다'는 건 너무 사적인 표현
이라 쓰기가 좀 그렇다―을 보였다. 아무튼 막 연수를 마친 남부 출신
간호사들이 누구나 뉴욕의 병원에서 간호과장 자리에 있는 자랑할 만
한 친척을 둔 것은 아니다.

"그래서 의사 선생님이 정확히 저를 특정하신 게 맞다는 거죠?" 너무
환상적인 일이라 믿기질 않았다.

"지난주 수술실에 허드슨 간호사와 같이 있던 간호사가 누구냐고 콕
집어 물으셨어. 이름이 있다는 사실도 기억을 못하시는 것 같던데. 랜
돌프 간호사를 말하는 거냐고 했더니 허드슨 간호사와 함께 있던 간호
사가 필요하다고 하시더라고. 자그마하고 활달해 보이는 사람이었다
면서. 물론 그런 간호사야 너 말고도 몇 있겠지만 허드슨 간호사와 함
께 있던 사람은 너뿐이잖아."

"그러니까 이게 정말 사실이라는 거죠?" 내 가슴이 콩당콩당 뛰었다.
"여섯시까지 가면 된다고요?"

"일 분도 늦으면 안 돼. 낮 당번인 간호사가 그 시간에 일을 끝내는데
매러딕 부인은 한시라도 혼자 두면 안 되거든."

"정신적인 문제가 있으신 거죠? 그러면 절 고르신 게 더 이해가 안

되는데요. 전 그 방면으로는 거의 경험이 없으니까."

"경험이야 어느 방면으로도 거의 없지." 미스 헴필이 미소를 지으며 말했다. 그녀가 미소를 지을 때면 나는 과연 다른 간호사들이 저런 모습의 미스 헴필을 알아볼까 하는 생각이 들었다. "뉴욕에서 쳇바퀴처럼 반복되는 고된 생활을 하고 나면 경험이 많이 쌓이겠지만 한편으로는 잃는 것도 많을 거야, 마거릿. 특히 상상력과 동정심은 얼마나 오래갈지 모르겠다. 간호사보다는 소설가가 되는 게 낫지 않았을까?"

"환자 입장에서 생각하게 되는 걸 저도 어쩔 수가 없어요. 그러면 안 되는 거겠죠?"

"그러면 되고 안 되고의 문제가 아니라 그래야만 하는 일이야. 네가 가진 동정심과 열정을 남김없이 다 짜냈는데 돌아오는 건 아무것도 없고 감사하다는 말 한마디조차 듣지 못할 때면, 네 자신을 소모하지 말라는 내 충고를 이해하게 될 거다."

"하지만 확실히 이런 경우라면, 그러니까 매러딕 박사님을 위한 일이잖아요?"

"아, 그래 물론, 매러딕 박사님을 위해서지." 좀더 알려달라는 나의 말없는 간청을 눈치챘는지 잠시 후 그녀가 상황을 짐작할 만한 단서를 무심하게 던졌다. "매러딕 박사님이 얼마나 매력적인 분이고 위대한 외과의이신가를 생각하면 참 안된 일이야."

나는 심장이 고동치면서 빳빳하게 풀 먹인 옷깃 위로 볼까지 붉게 물드는 게 느껴졌다. "말을 나눈 건 딱 한 번뿐인데," 내가 기어들어가는 목소리로 말했다. "정말 매력적인 분이세요. 무척 상냥하고 용모도 수려하시고요, 그죠?"

"환자들도 다들 흠모하지."

"아, 맞아요, 저도 봤어요. 다들 그분 회진을 목이 빠져라 기다리더라고요." 환자들이나 다른 간호사와 마찬가지로 나 역시 드러내지는 않았지만 매일매일 매러딕 박사님의 회진을 기분좋게 기다렸다. 그는 타고나기를 여성의 숭배를 받을 만했다. 병원 근무 첫날, 내려진 덧문 사이로 차에서 내리는 그를 본 그 순간부터, 나는 그가 주요한 인물임을 믿어 의심치 않았다. 그의 마력─병원 전체를 휘어잡는 그의 매력─을 몰랐다 하더라도, 현관의 벨이 울린 후 계단에 그의 권위 있는 발소리가 울리기 전까지 병원에 드리운 숨죽인 듯한 고요한 기다림에서 충분히 느낄 수 있었다. 무심하면서도 멋지다는 그에 대한 첫인상은 심지어 다음해에 끔찍한 일이 벌어진 후에도 여전히 내 기억 속에 그대로 남아 있었다. 덧문 틈으로 검은 모피 코트를 입은 그가 옅은 햇빛이 줄무늬처럼 드리운 보도를 건너오는 모습을 본 그 순간, 나는 앞으로 내 운명이 돌이킬 수 없이 그의 운명과 엮이게 되리라는 사실을 어떤 틀림없는 혜안으로 확신했다. 다시 말하건대, 미스 헴필이야 여전히 나의 그런 혜안이 마구잡이식으로 읽은 소설에서 비롯된 감상벽일 뿐이라고 치부하겠지만 나는 확실히 알았다. 내 먼 친척은 내가 외부 영향에 쉽게 휘둘리는 사람이라고 믿는데, 그것은 그저 첫사랑이 아니었다. 그의 겉모습에 휘둘린 것도 아니었다. 그의 외모보다도─반짝이는 검은 눈동자나 희끗희끗한 갈색 머리칼이나 얼굴에 깃든 어스름한 빛 같은─그리고 심지어 그가 지닌 매력이나 기품보다도, 그의 목소리에서 묻어나는 공감과 아름다움이 내 마음을 가장 크게 사로잡았다. 나중에 듣게 된 누군가의 말처럼, 언제나 시를 낭송해야 할 그런 목소리였다.

그러니 이제 그 이유를—불가능해 보이는 일을 당신이 처음부터 이해하지 못한다면 어떻게 해도 믿게 만들 수는 없을 것이다!—그러니까 그때 나를 부른 것을 내가 거절할 수 없는 부름으로 받아들인 이유를 알 수 있을 것이다. 그가 나를 부른 이상 나는 빠져나갈 수 없었다. 가지 않으려고 아무리 기를 썼다 한들 결국엔 가게 되었을 것이다. 여전히 소설을 쓰겠다는 희망을 버리지 않았던 그 시절에 나는 '운명'에 대해 많이도 떠들었고(그런 얘기가 얼마나 철없는 것인지 나중에는 알게 되었지만), 롤런드 매러딕이라는 인물의 거미줄에 걸려버린 것을 나의 '운명'으로 여겼다. 하지만 자신에게 요만큼의 관심도 주지 않는 의사 때문에 상사병이 난 간호사가 내가 처음도 아니었다.

"네가 그 일을 맡아서 다행이야, 마거릿. 네게는 아주 의미 있는 일이 될 거야. 너무 감정에 휘둘리지 않게만 조심해." 그렇게 말하는 미스 헴필의 손에 구문초—환자 하나가 병실에서 키우는 화분에서 꺾어 준—가 들려 있었고 그 꽃향기가 아직도 내 코—혹은 내 기억에—에 맴돈다. 그후로—아, 그것도 한참 동안—나는 그녀 역시 그 거미줄에 걸렸던 것은 아닌지 궁금했다.

"환자가 어떤 상태인지 좀더 자세히 알고 싶어요." 나는 정보를 얻어내려 졸랐다. "매러딕 부인을 만난 적이 있어요?"

"아, 그럼. 두 사람이 결혼한 지는 이제 일 년이 조금 넘었는데, 처음에는 부인께서 간혹 병원으로 찾아와서 의사 선생님이 회진을 도는 동안 밖에서 기다리기도 했거든. 정말 사랑스러운 분이었어. 딱히 예쁜 건 아니지만 하얀 피부에 호리호리하고 내가 본 그 누구보다도 사랑스러운 미소를 지닌 사람이었지. 결혼 초에는 사랑에 푹 빠진 게 얼마나 눈에 보이던지 우리끼리 그 얘기를 하며 웃곤 했다니까. 의사 선생님이 병원을 나서서 차가 주차된 건너편으로 걸어갈 때면 부인의 얼굴이 얼마나 환해지던지 마치 연극의 한 장면 같았어. 우리는 그 모습을 질리지도 않고 내다봤지. 그때는 나도 간호과장이 아니어서 낮 근무를 할 때 창문 밖을 내다볼 시간이 많았거든. 한두 번은 어린 딸을 데리고 환자 하나를 만나러 오기도 했어. 애가 어찌나 엄마를 빼닮았는지 보기만 해도 모녀인 걸 알겠더라고."

매러딕 부인이 남편을 처음 만났을 때 딸 하나를 둔 과부였다는 얘기는 이미 들은 터라 나는 여전히 손에 잡히지 않는 정보를 얻어내려 이렇게 물었다. "엄청난 돈이 걸려 있었죠?"

"유산이 엄청났지. 부인이 그렇게 매력적인 인물이 아니었다면 다들 의사 선생님이 돈을 보고 결혼했다고 떠들었을 거야. 그런데 문제는," 그녀가 기억을 떠올리려 애쓰며 말을 이었다. "부인이 재혼을 하면 그 돈을 건드릴 수 없게 관리신탁에 들어간다고 했어. 구체적으로 어떤 식이었는지는 도저히 기억이 안 나네. 어쨌든 좀 이상한 유언이었고, 게다가 딸아이가 성년이 되기 전에 세상을 뜨지 않는 다음에야 매러딕 부인은 유산을 받지 못한다고 하더라고. 참 안된 게—"

젊은 간호사가 들어와 수술실 열쇠인지 뭔지를 찾았고, 미스 헴필은 말을 하다 말고 급히 사무실을 나갔다. 중요한 말이 나올 것 같았는데 그렇게 자리를 떠서 아쉬웠다. 불쌍한 매러딕 부인! 내가 너무 감정이 풍부한 건지는 모르겠지만 직접 보기도 전에 그 특이하고 가련한 상황이 내 마음 깊이 와닿았다.

준비하는 데는 몇 분밖에 걸리지 않았다. 그즈음 나는 갑자기 파견

나갈 때를 대비해서 늘 가방을 싸놓았기 때문이다. 10번가를 지나 피프스 애비뉴로 들어섰을 때는 여섯시가 되기 전이라, 나는 계단을 오르기 전에 잠깐 멈춰 서서 매러딕 선생님이 사는 집을 바라보았다. 이슬비가 내리고 있었고, 모퉁이를 돌기 전에 이런 날씨가 매러딕 부인을 얼마나 우울하게 할까 하는 생각을 했던 기억이 난다. 고택이었다. 벽은 축축해 보이고(아마 비 때문이었겠지만), 검은색 현관까지 이어지는 돌계단에 가락 모양의 철제 난간이 죽 이어져 있었다. 문의 채광창으로 흐릿하게 반짝이는 불빛이 눈에 띄었다. 나중에 알게 된 바로는 매러딕 부인은 그 집에서 태어났고―결혼 전 성은 캘로런이었다―평생 그 집에서만 살아왔다. 그리고 역시 그녀를 좀더 잘 알게 되었을 때 안 사실이지만, 그녀는 사람과 장소에 애착이 강한 사람이었다. 결혼 후에 남편이 외곽의 주택가에 살자고 설득했지만 그의 바람에도 불구하고 그녀는 남쪽 5번가의 고택을 떠나려 하지 않았다. 남편에 대한 사랑이 깊고 상냥한 사람이었지만 그 점에서는 절대 고집을 꺾지 않았다. 부드럽고 다정한 여성들은, 특히 부잣집에서 자란 경우 가끔 놀랍도록 고집스러운 모습을 보인다. 그때 이후로 애정은 넘치지만 지력은 좀 약한 여성들의 병간호를 많이 했기 때문에 나는 이제는 한번 보기만 해도 그런 유형을 알아볼 수 있게 되었다.

현관 벨을 누르고 좀 기다린 다음에야 문이 열렸다. 현관에 들어서니 서재에 피워놓은 개방형 난로의 잦아드는 불길이 드리우는 빛 말고는 불빛이랄 게 없어 꽤나 어두웠다. 내가 이름을 대고 야간 간호사라고 덧붙였는데, 하인의 태도는 내 미천한 존재를 굳이 밝히지 않아도 된다는 투였다. 나중에 알게 된 바로 그 늙은 흑인 집사는 사우스캐롤

라이나 출신인 매러딕 부인의 모친에게서 물려받은 식솔인 모양이었다. 나를 지나쳐 계단을 올라가면서 그가 들릴 듯 말 듯 이렇게 중얼거리는 소리가 들렸다. "애가 다 놀고 나서 불을 켜려고 했더니만."

나는 현관 오른편에 있는 서재의 부드러운 불빛에 끌려 그쪽으로 갔다. 조심스럽게 방안으로 들어가 난로 곁에 몸을 숙이고 젖은 외투를 말렸다. 발소리가 들리면 바로 몸을 일으켜야지 생각하며 그렇게 있다보니 잎이 다 떨어진 덩굴식물이 달라붙은 집의 외벽에 비해 방안이 참 아늑하게 느껴졌다. 난로 불빛이 낡은 페르시아 양탄자 위에 그려내는 기묘한 모양과 무늬를 지켜보는데, 흰 블라인드가 처진 창문으로 천천히 회전하는 자동차 불빛이 새어들어왔다. 문득 불빛에 눈이 부셔 흐릿해진 시선으로 어둑한 방안을 둘러보는 중에 캄캄한 옆방에서 빨간색과 파란색이 섞인 아이용 고무공이 내 쪽으로 굴러오는 게 보였다. 내 옆을 지나 빙빙 도는 공을 잡아보려고 공연히 애를 쓰고 있는데 여자아이가 유별나게 경쾌하고 우아하게 가분가분 문간을 달려가다가 낯선 사람을 보고 놀란 듯이 우뚝 걸음을 멈췄다. 작은 아이였다. 몸이 얼마나 가늘고 작은지 광이 나도록 닦은 마룻바닥에서도 발소리가 나지 않았다. 아이를 쳐다보며 지금껏 보아온 가장 진중하면서도 사랑스러운 얼굴이라는 생각을 했던 기억이 난다. 기껏해야—나중에 어림해본 거지만—예닐곱 살일 텐데, 마치 나이 지긋한 어른처럼 신기하게 고지식한 품위가 엿보이는 태도로 그 자리에 선 채 불가사의한 눈빛으로 나를 올려다보았다. 스코틀랜드식 격자무늬 옷을 입고 머리에는 빨간 리본을 달았는데 짧은 앞머리가 이마 위로 내려와 있고 곧은 머리칼이 어깨에 닿아 찰랑거렸다. 곧은 갈색 머리칼부터 흰 양말에 검은

슬리퍼를 신은 작은 발까지 귀엽지 않은 구석이 없었지만, 나중에 무엇보다 선명하게 떠오른 면모는 눈에 담긴 독특한 표정이었다. 불빛이 자꾸 변해서 그런지 무슨 색인지도 불분명했는데, 전혀 아이의 표정이 아니라서 더없이 특이했다. 이런저런 일을 겪으며 쓰라린 깨달음을 얻은 듯한 표정이었다.

"공 가지러 왔니?" 내가 물었다. 그런데 미처 질문을 끝맺기도 전에 하인이 돌아오는 소리가 들렸다. 나는 당황해서 다시 공을 잡아보려 했지만, 공은 거실의 어둠 속으로 굴러가버렸다. 그리고 고개를 들자 아이 역시 그쪽으로 사라지고 없었다. 난 아이를 더 찾지 않고 늙은 흑인을 따라 위층의 쾌적한 서재로 올라갔고, 그곳에는 위대한 외과의가 나를 기다리고 있었다.

고된 간호 일로 무뎌질 대로 무뎌지기 전이었던 십 년 전의 나는 걸핏하면 얼굴이 발갛게 상기되었는데, 매러딕 박사님의 서재에 들어서던 그 순간에도 볼이 모란처럼 빨개지는 걸 나 스스로도 의식할 수 있었다. 당연히 숙맥이라서 그랬고―이건 누구보다 내가 제일 잘 안다―그전에는 아주 잠깐일지언정 그와 단둘이 있은 적이 한 번도 없었던데다 그는 내게 영웅보다 더한 인물이었으니 어쩔 수 없었다. 지금에야 이런 고백을 한다고 얼굴이 붉어질 일도 없겠지만, 그는 내게 거의 신이나 마찬가지였으니까. 그 나이에 나는 경이로운 외과학에 완전히 빠져 있었고, 수술실의 롤런드 매러딕은 한마디로 마법사 수준이어서 나보다 나이 많고 분별력 있는 사람조차 홀딱 반할 정도였다. 이처럼 대단한 명성과 놀라운 기술에 더해서, 장담하건대 그는 마흔다섯의 나이에도 그 누구보다 잘생긴 미남이었다. 설사 그가 불손하거나 대놓고 무례하게 굴었더라도 나는 그를 흠모했을 것이다. 그런데 여자들을 대할 때면 늘 그러하듯 손을 내밀며 멋지게 나를 맞이하자, 나는 그를 위해 목숨도 바칠 수 있을 것 같았다. 그에게 수술을 받은 여자들이 모두 사랑에 빠진다는 말이 병원에 파다한 것도 놀랄 일이 아니었다. 간호사라면, 글쎄, 그의 마력에 빠지지 않은 이가 단 한 명도 없을 터였다. 쉰이 넘었으면 넘었지 그보다 결코 어릴 리 없는 미스 헴필까지도 말이다.

"이렇게 와줘서 고맙네, 랜돌프 간호사. 지난주에 내가 수술할 때 허드슨 간호사와 함께 있었지?"

나는 고개만 숙여 보였다. 입을 열기라도 하면 얼굴이 더 빨개질 것만 같았다.

"그때 자네의 생기 넘치는 얼굴이 눈에 띄었어. 지금 매러딕 부인에게 무엇보다 필요한 게 바로 생기거든. 주간 간호사가 음울한 모양이야." 그러면서 그가 나를 무척이나 다정한 시선으로 바라보았기 때문에, 나는 나중에 그 역시 자신에 대한 내 감정을 모르지 않았을 거라는 의심이 들었다. 간호학교를 막 졸업한 간호사로서야 그의 허영심에 맞춰주는 일이 대수로울 것도 없었지만, 아무리 사소한 찬사라도 그런 것을 들으며 즐거워하는 남자들이 있는 법이다.

"열심히 할 거라 믿네." 그가 잠깐 주저했다. 그는 다정한 미소에 깔린 근심을 나조차도 알아차릴 수 있을 만큼 머뭇거리다가 심각하게 덧붙였다. "웬만하면 시설에 보내고 싶지는 않아서."

나는 대답으로 겨우 들릴락 말락 하게 중얼거렸다. 그가 신중하게 말을 골라 부인의 병세에 대해 몇 마디 덧붙인 뒤 벨을 울려 하녀에게 나를 위층의 내 방으로 안내하라고 일렀다. 나는 삼층으로 이어지는 계단을 올라가면서야 실은 그가 내게 해준 말이 거의 없다는 사실을 깨달았다. 매러딕 부인의 병과 관련해서 이 집안에 들어섰을 때보다 더 알게 된 바가 없었다.

방은 아늑했다. 매러딕 박사님의 지시였겠지만, 나는 집안에서 잠을 자게 되어 있었고, 병원의 소박하고 좁은 침대에서 생활하던 나로서는 하녀가 안내한 화사한 방에 들어서면서 무척 감동했다. 장미꽃 무늬 벽지에 창문에는 꽃무늬 날염 커튼이 걸려 있고, 집 뒤쪽의 잘 꾸며놓은 아담한 정원도 내려다보였다. 정원이 있다는 건 하녀가 이야기해주었는데, 너무 어두워서 내 눈에는 대리석 분수와 전나무 정도만 보였기 때문이다. 전나무는 꽤 오래되어 보였지만 나중에 알고 보니 거의 매년 새로 심는 것이라 했다.

나는 십 분 만에 간호사복으로 갈아입고 환자에게 갈 준비를 했다. 그런데 어떤 이유에서인지 매러딕 부인이 나를 들어오지 못하게 했다―지금까지도 나는 처음에 부인이 왜 나를 내쳤는지 알아내지 못했다. 문밖에 서 있는데 주간 간호사가 부인을 설득하는 소리가 들렸다. 하지만 전혀 소용이 없어서 결국 난 내 방으로 돌아가 불쌍한 여주인이 변덕을 그만두고 나를 보겠다고 할 때까지 기다리는 수밖에 없었다. 아마 저녁 시간도 한참 지나 거의 열한시가 다 되어서였을 것이다. 나를 부르러 왔을 때 미스 피터슨은 지칠 대로 지쳐 있었다.

"힘든 밤을 보내겠네요." 함께 계단을 내려가며 그녀가 말했다. 곧 알게 된 사실이지만, 사람이든 일이든 늘 최악을 예상하는 것이 그녀의 습성이었다.

"이렇게 늦게까지 붙잡아두는 일이 자주 있나요?"

"아, 아니에요. 평상시에는 아주 배려심이 많으세요. 누구보다 상냥한 분인걸요. 그런데 아직 환영에 시달려서—"

매러딕 박사님과 이야기할 때와 마찬가지로 이때도 설명을 들어봐야 수수께끼 같은 느낌만 더해질 뿐이었다. 매러딕 부인이 구체적으로 어떤 환영을 보는지는 몰라도 확실히 집안에서 얼버무리거나 회피하는 주제인 듯했다. "어떤 환영을 보시는데요?"라는 말이 금방이라도 입 밖으로 튀어나오려 했지만, 그전에 우리는 매러딕 부인의 침실에 다다랐고 미스 피터슨이 조용히 하라는 손짓을 했다. 내가 겨우 들어갈 수 있을 정도로 문이 살짝 열렸을 때 이미 잠자리에 든 매러딕 부인이 보였다. 책 한 권과 물병과 함께 협탁 위에 놓인 취침등 말고는 불도 다 꺼져 있었다.

"저는 같이 안 들어가요." 미스 피터슨이 속삭였다. 그래서 내가 문지방을 넘어서려는데 그 순간 스코틀랜드식 격자무늬 옷을 입은 여자아이가 어둑한 방안을 빠져나와 내 옆을 지나쳐 불빛이 환히 밝혀진 복도로 나가는 게 보였다. 아이는 팔에 인형을 안고 있었는데, 지나가다가 인형 반짇고리를 문간에 떨어뜨렸다. 나는 찾아주려고 곧 몸을 돌렸지만 어디 갔는지 보이지 않아서, 미스 피터슨이 집었으려니 했다. 아이가 이 늦은 시간까지 잠자리에 들지 않았네, 게다가 무척이나 연약해 보이는데. 그런 생각을 했던 것으로 기억하는데, 내가 상관할 문제는 아니라고 보았다. 병원에서 사 년간 근무하며 나와 상관없는 일에는 절대 참견하지 말아야 한다는 것을 배웠으니까. 간호사가 무엇보다도 먼저 깨우치는 게 있다면 하룻밤 새에 세상을 바로잡으려 해서는 안 된다는 사실이다.

내가 방을 가로질러 침대 곁의 의자로 다가가자 부인이 몸을 돌려 옆으로 눕더니 정말이지 사랑스럽고도 서글픈 미소를 띠고 나를 보았다.

"야간 간호사군요." 그녀가 상냥한 목소리로 말했다. 그 말을 듣자마자 나는 그녀의 정신질환—혹은 사람들이 말하는 환영—에 신경증적이거나 난폭한 면은 전혀 없다는 사실을 알았다. "이름을 들었는데 잊었어요."

"랜돌프, 마거릿 랜돌프입니다." 난 보자마자 그녀가 좋아졌고, 그녀도 분명 그 사실을 느꼈을 듯싶다.

"무척 어려 보이는데요, 미스 랜돌프."

"스물둘인데, 그렇게 보이지 않죠. 사람들이 나이보다 어려 보인다고들 해요."

그녀는 잠시 말이 없었다. 침대 곁의 의자에 앉으면서 나는 그녀가 그날 오후 처음 본, 방금 전 방을 나간 어린 여자아이와 놀랍도록 닮았다고 생각했다. 둘 다 혈색이 별로 없는 하트 모양의 자그마한 얼굴에, 갈색과 아마색 중간의 곧고 부드러운 머리칼을 지녔다. 그리고 똑같이 크고 진지한 눈망울이 초승달 모양의 눈썹 아래 서로 멀찌감치 자리했다. 하지만 내게 무엇보다도 놀라운 점은 둘 다 모호한 의구심이 담긴 불가사의한 표정으로 나를 바라본다는 사실이었다. 매러딕 부인의 얼굴에서는 그 모호함이 이따금 확실한 두려움으로 바뀐다는 점만 달랐다. 순간 공포에 휩싸인다고도 할 수 있었다.

난 의자에 가만히 앉아만 있었고, 매러딕 부인이 약을 먹어야 하는 시간이 되기까지 우리 사이에는 한마디 말도 오가지 않았다. 내가 물잔을 들고 침대 위로 몸을 숙이자 그녀가 베개에서 머리를 들어올리더니 격한 감정을 억누르는 듯한 말투로 속삭였다.

"착한 사람 같아요. 혹시 내 딸아이를 봤으려나요?"

나는 베개 아래로 팔을 집어넣으며 유쾌한 미소를 지어 보였다. "그럼요, 두 번이나 봤는걸요. 얼마나 엄마를 똑 닮았는지 어디서 봐도 알아보겠더라고요."

그녀의 눈빛이 환해졌다. 병으로 이렇게 일상생활과 생기를 다 잃어버리기 전에는 얼마나 아름다웠을까 하는 생각이 들었다. "그렇다면 당신은 좋은 사람이에요." 목이 멘 듯 그녀의 목소리가 거의 나오지 않아서 제대로 알아듣기가 힘들었다. "좋은 사람이 아니라면 딸아이가 보이지 않을 테니까."

참 이상한 소리도 다 있다 싶었지만, 그냥 "너무 가냘파 보여서 밤 늦게까지 깨어 있으면 안 좋을 것 같아요"라고만 했다. 그녀의 마른 몸이 부르르 떨렸고, 나는 잠깐 그녀가 울음을 터뜨릴 거라고 생각했다. 그녀가 약을 다 먹은 후 나는 물잔을 다시 협탁에 올려놓고 침대 위로 몸을 숙여 명주실처럼 가늘고 부드러운 그녀의 곧은 갈색 머리카락을 이마에서 쓸어넘겼다. 정확히 뭔지는 모르겠지만 그녀가 누군가를 바라보면 그 순간 상대방도 그녀를 사랑할 수밖에 없게 되는 뭔가가 있었다.

"평생 하루도 아파 누운 적이 없었는데, 늘 그렇게 발랄하고 경쾌했어요." 잠깐 사이를 두었다가 그녀가 차분하게 말했다. 그러더니 내 손을 더듬어 찾아 쥐면서 격정적으로 속삭였다. "그이에게 말하면 안 돼요. 그애를 봤다는 얘기를 아무에게도 하면 안 돼요!"

"아무에게도 하면 안 된다고요?" 처음에 매러딕 박사님의 서재에서, 그다음에는 미스 피터슨과 계단을 내려가면서 받았던 인상, 그러니까 부연 안개 속에서 한줄기 불빛을 찾아 헤매는 느낌이 다시금 찾아왔다.

"듣는 사람 없는 거 맞죠? 문 앞에 누구 있는 거 아니죠?" 그녀가 내 손을 치우고 베개에서 몸을 일으키며 물었다.

"그럼요, 아무도 없어요. 복도에 불도 다 껐어요."

"그럼 그이에게 말하지 않을 거죠? 말 안 하겠다고 약속해요." 모호한 의구심이 가득한 얼굴에 공포에 질린 표정이 획 스쳤다. "그 사람은 딸아이가 돌아오는 걸 싫어해요. 자기가 죽였기 때문이죠."

"죽였다고요!" 그러자 불길이 확 일어나듯이 문제가 환히 밝혀졌다. 이게 매러딕 부인의 환각이구나! 딸이 죽었다고 믿는 거야. 이 방에서 나가는 걸 내 두 눈으로 똑똑히 봤는데. 게다가 자기 남편이, 병원에서 우리가 그렇게 숭배하는 위대한 외과의가 딸을 죽였다고 믿는구나. 그러니 이 끔찍한 강박증을 다들 쉬쉬하는 것도 당연하지! 미스 피터슨조차 이 무시무시한 사실을 내게 말할 엄두가 안 날 만해! 차마 받아들이기 힘든 환각이니까.

"아무도 믿지 않는 얘기를 사람들에게 해봐야 소용없어요." 그녀가 천천히 말을 이었는데, 어찌나 내 손을 꼭 잡고 있는지 맥없이 연약한 손이었으니 망정이지 아니면 내 손이 아팠을 것이다. "그가 죽였다고는 아무도 믿지 않아요. 아이가 매일 이 집을 찾아온다는 것도요. 아무도 믿지 않는데—그런데 당신은 보았다니까—"

"그럼요, 봤어요. 그렇지만 남편께서 왜 아이를 죽였겠어요?" 실성한 사람에게 하듯이 내가 달래는 투로 말했다. 하지만 그녀는 실성하지 않았다. 그녀를 바라보고 있는 동안은 그렇게 맹세도 할 수 있었다.

너무나 끔찍한 생각이라 차마 말로 옮길 수 없다는 양 그녀는 잠시 알아들을 수 없는 소리로 신음하듯 뭐라고 중얼거렸다. 그러더니 가느다란 팔을 들어올려 마구 휘저었다.

"왜냐하면 나를 사랑한 적이 없으니까!" 그녀가 말했다. "전혀 날 사랑하지 않았어요!"

"하지만 부인과 결혼을 했잖아요." 나는 그녀의 머리칼을 어루만지며 상냥하게 설득했다. "부인을 사랑하지 않았다면 왜 결혼을 했겠어요?"

"돈 때문에요. 내 딸아이의 돈 때문에. 내가 죽으면 그 돈은 다 그가 갖게 돼요."

"남편분도 부자시잖아요. 병원에서 얼마나 돈을 많이 버시는데요."

"그걸로는 부족하죠. 그 사람은 백만장자가 되고 싶어하니까." 그녀는 한층 더 근엄하고 비장하게 말했다. "아뇨, 그는 나를 전혀 사랑하지 않았어요. 처음부터 사랑하는 사람이 따로 있었어요. 내가 남편을 알기 전부터요."

나는 그녀를 이해시키려 해봐야 소용이 없다는 사실을 알았다. 미치지 않았다 해도 앞이 안 보일 정도의 공포와 낙담에 빠져 있어서 거의 광기의.경계에 다다라 있었다. 위층 아이 방에 올라가서 아이를 데려와볼까 하는 생각도 했다. 하지만 잠시 주저하는 사이에 미스 피터슨과 매러딕 박사님이 이미 오래전부터 쓸 수 있는 방도는 다 동원했으리라는 데 생각이 미쳤다. 할 수 있는 한 열심히 달래고 안정시키는 일 외에 달리 내가 할 수 있는 일이 없는 것이 분명했다. 그래서 나는 그녀가 얕은잠에 빠질 때까지 내가 할 수 있는 일을 했고, 그녀는 아침까지 깨지 않았다.

일곱시쯤 난 완전히 녹초 상태였다. 힘든 일을 해서가 아니라 정서적으로 너무 심한 긴장에 시달렸기 때문이었다. 그래서 하녀가 아침 일찍 커피 한 잔을 가져다주었을 때 그렇게 반가울 수가 없었다. 브롬화물과 클로랄을 섞어주어서인지 매러딕 부인은 여전히 잠에 빠져 있었고, 한두 시간 후에 미스 피터슨이 교대하러 왔을 때도 깨지 않았다. 아래층에 내려가니 식당에는 나이든 가정부 혼자 은식기를 정리하고 있을 뿐 아무도 없었다. 매러딕 박사는 집 반대편에 있는 오전용 거실에서 아침을 드신다고 그녀가 말해주었다.

"아이는요? 놀이방에서 밥을 먹나요?"

그녀가 화들짝 놀라며 나를 보았다. 나중에 나는 그것이 미심쩍은 눈빛이었는지 아니면 걱정스러운 눈빛이었는지 자문해보았다.

"아이는 없어. 얘기 못 들었수?"

"얘기요? 못 들었어요. 아니, 어제도 보았는데요." 그때 그녀가 내게 던진 눈빛. 그 눈빛에는 놀람과 두려움이 가득했다. 이제는 확실히 알 수 있다.

"그 어린아이가, 그렇게 사랑스러운 아이는 본 적이 없는데, 두 달 전에 폐렴으로 죽었지."

"아니 그럴 리가 없어요." 이런 말을 내뱉다니 정말 바보 같았지만, 나 역시 너무 놀라서 정신을 차릴 수가 없었다. "어제 봤다니까요."

그녀의 얼굴에 서린 놀라움과 근심이 더욱 깊어졌다. "매러딕 부인

의 문제가 바로 그거야. 딸아이가 여전히 보인다고 한다고.˝

˝그럼 안 보인다는 말이에요?˝ 내가 직설적으로 물었다.

˝그럼.˝ 그녀가 입을 앙다물었다. ˝절대 안 보이지.˝

그렇다면 결국 내가 틀렸다는 말이었는데, 그 이야기를 듣고 나니 공포감만 더해졌다. 아이는 이미 죽었는데—두 달 전에 폐렴으로—난 서재에서 공을 가지고 노는 아이를 내 두 눈으로 똑똑히 보았다. 팔에 인형을 안고 엄마 방에서 나오는 것도 보았다.

˝혹시 다른 아이는 없어요? 식솔에 딸린 아이도 없나요?˝ 짙은 안개 속을 헤매다 문득 한줄기 빛이 비쳤다.

˝없지, 하나도 없어. 한번은 의사 선생님이 아이 하나를 데려왔는데 불쌍한 마나님 상태가 갑자기 안 좋아져서는 거의 죽다 살아났지. 게다가 도러시아만큼 얌전하고 사랑스러운 아이가 또 어디 있다고. 그애가 격자무늬 원피스를 입고 폴짝거리며 뛰어다니는 걸 보면 요정이 아닌가 싶었는데. 뭐, 요정은 흰색이나 녹색 옷밖에 안 입는다고들 하지만.˝

˝걔를, 그러니까 딸아이를 봤다는 사람이 이 집안에 하나도 없어요?˝

˝나이든 흑인 집사 개브리엘은 봤다고 하던데. 사우스캐롤라이나에서 매러딕 부인의 모친과 함께 살던 사람이야. 흑인들은 투시력이 있어서 남들 못 보는 걸 본다고들 하던데, 그게 딱 그건지는 모르겠지만. 어쨌든 초자연적인 것을 믿는 본능적 성향이 있는 것 같기는 하고, 개브리엘은 나이도 많고 망령기도 있으니까. 누가 오면 현관문 열어주고 은식기 닦는 일 말고는 하는 일이 없는데, 그 사람한테 뭐가 보인다고 한들 누가 신경이나 쓰나.˝

˝아이 놀이방은 예전 그대로예요?˝

"아니, 의사 선생님이 장난감을 몽땅 아이들 병동으로 보냈지. 그래서 매러딕 부인이 몹시 슬퍼했고. 하지만 의사 선생님 말씀이 도러시아의 방을 예전 그대로 놔두지 않는 게 부인에게 가장 좋다고 했고, 간호사들도 다 동의했으니까."

"도러시아? 그게 아이 이름이에요?"

"응, 하느님의 선물이라는 뜻이라지? 매러딕 부인 전남편의 어머니, 그러니까 밸러드 씨 모친 이름을 따서 지었대. 진중하고 아주 상냥한 사람이었지. 의사 선생님하고는 딴판이었어."

매러딕 부인의 또다른 끔찍한 강박이 간호사와 하인들을 거쳐 가정부에게까지 이른 건가 하는 의구심이 들었다. 하지만 그녀가 딱히 그 말을 꺼내지 않았으므로, 워낙 수다스러운 사람일 뿐 그들이 쑥덕거리는 소리가 그녀에게까지 미친 것은 아닐 듯했다.

잠시 후 아침식사를 마치고 내 방으로 올라가기 전에, 부인을 맡고 있는 유명한 정신과 의사인 브랜던 박사와 처음으로 면담을 했다. 그전에는 한 번도 본 적이 없었는데, 처음 보자마자 거의 직관적으로 어떤 사람인지 파악할 수 있었다. 그는 나름대로 정직한 사람이었다. 나는 그에게 상당한 반감이 있지만 그 점만은 항상 인정했다. 뇌 속에 빨간 피라고는 없고 오래도록 비정상적인 현상만 다루다보니까 모든 삶을 질병으로 간주하는 습관이 생긴 게 그의 잘못은 아니었다. 그는 본능적으로 환자를 개인이 아닌 집단으로 다루는 그런 종류의 의사였다— 간호사라면 다들 내 말이 무슨 뜻인지 잘 알 것이다. 그는 동그란 얼굴에 침통하고 근엄한 표정을 짓고 있었다. 나는 그와 대화를 나눈 지 십 분도 되지 않아 그가 독일에서 공부했고 그곳에서 모든 감정이 병리적 징후라고 배웠다는 사실을 알았다. 나는 이따금 그는 인생에서 과연 무엇을 얻을까 궁금해질 때가 있었다. 빈약한 뼈대만 빼고 그 무엇이든 간단히 분석해 처리해버리는 사람들은 과연 인생에서 무엇을 얻을지를.

드디어 내 방에 들어왔을 때 나는 너무 피곤해서 브랜던 박사가 무슨 질문을 했고 무슨 지시를 내렸는지도 제대로 기억이 나지 않았다. 당연하게도 나는 베개에 머리가 닿자마자 잠에 빠져들었다. 하녀가 점심을 어쩔 건지 물어보러 왔다가 그냥 자게 내버려두는 게 낫겠다고 생각했을 정도였다. 오후에 하녀가 다시 차를 들고 왔을 때도 나는 여전히 잠에 취해 늘어져 있었다. 야간근무에는 익숙했음에도 마치 해질 무렵부터 해뜰 때까지 내내 춤판이라도 벌인 듯 몸이 무거웠다. 차를 마시면서 매러딕 부인의 환각만큼 모든 환자들이 정서적으로 나를 극도로 힘들게 하지는 않으니 다행이라고 생각했던 기억이 난다.

온종일 매러딕 박사님은 보지 못했다. 하지만 일곱시에 이른 저녁을 먹고 평소보다 한 시간 더 근무를 한 미스 피터슨과 교대하러 가는 길에 그를 마주쳤을 때, 그가 잠깐 서재로 들어오라고 했다. 야회복을 입고 단춧구멍에 흰 꽃을 꽂은 그는 어느 때보다 멋졌다. 연회에 간다는 말은 가정부에게 이미 들었지만, 사실 그즈음 그는 늘 어딘가에 갔다. 그해 겨울 내내 아마 단 하루도 집에서 저녁을 먹지 않았을 것이다.

"간밤에 아내에게 별일 없었나?" 그가 문을 닫고 몸을 돌리면서 물었는데, 처음부터 내 마음을 편하게 해주려는 듯 상냥하게 미소를 짓고 있었다.

"약을 드신 후에는 잘 주무셨어요. 열한시에 약을 드렸습니다."

그가 말없이 잠시 나를 바라보았는데, 자신의 인성을, 그러니까 자신의 매력을 내게 집중하고 있다는 사실을 알 수 있었다. 그 인상이 얼마나 생생한지 마치 수많은 빛이 모이는 한중간에 서 있는 기분이었다.

"별다르게 언급한 건 없었나? 그러니까 환각이라든가?" 그가 물었다.

그때 어떻게 경고의 목소리가 내게 미쳤는지, 눈에 보이지 않는 어떤 지각의 물결이 내게 그 뜻을 전한 건지 나 자신도 지금까지 알 수가 없다. 하지만 의사 선생님의 광휘를 마주한 채 거기 선 나는 내가 이 집 안에서 어느 편에 서야 할지 결정할 순간이 왔다는 사실을 온 직관으로 알 수 있었다. 이 집에 있는 동안은 매러딕 부인 편에 서든지 아니면 그 반대편에 서야 했다.

"상당히 조리 있게 말씀하셨어요." 잠깐 사이를 두었다가 내가 대답했다.

"무슨 말을 하던가?"

"기분이 어떻다는 말씀도 하시고, 아이가 보고 싶다고, 그리고 매일 방안을 걸어다닌다고도 하셨어요."

그의 표정이 변했다. 어떤 표정인지 대번에 가늠하기가 어려웠다.

"브랜던 박사는 만나봤나?"

"오전에 와서 지시 사항을 알려주셨어요."

"브랜던 박사는 오늘 아내 상태가 별로 안 좋다고 하던데. 로즈데일에 보내는 게 어떻겠냐고 하더군."

나는 단 한 번도 나 자신에게 매러딕 박사를 설명해보려 한 적이 없다. 몰래 그래 본 적도 없다. 그는 진심이었을 수도 있다. 나는 내가 믿거나 상상하는 것이 아닌 내가 아는 사실만을 말할 뿐이고, 인간이란 때로 불가사의하거나 불가해하거나 초자연적인 존재다.

그가 나를 지켜보는 사이 나는 내 존재의 깊숙한 곳 어딘가에서 서로 대립하는 천사 둘이 싸우기라도 하는 듯한 내적 갈등을 의식했다. 내가 마침내 결정을 내렸을 때 그것은 이성에 따르기보다는 어떤 내밀한 사고의 흐름이 가하는 압력에 따른 것이었다. 그렇게 그를 거역하는 중에도 그 남자가 나를 사로잡고 있었다는 사실을 누가 알까.

"매러덕 박사님." 처음으로 거리낌없이 눈을 들어 그를 바라보며 내가 말했다. "저는 부인께서 저만큼, 박사님만큼, 정신이 온전하시다고 믿습니다."

그가 깜짝 놀랐다. "그럼 아내가 자네에게 터놓고 얘기하지 않았다는 건가?"

"혼란스러운 상태고 신경과민에 정신적으로 힘들어하시긴 하지만, 제 미래를 걸고 단언하건대 정신병원에 들어가야 할 환자는 아닙니다." 나는 특히 힘주어서 이 말을 했다. "로즈데일에 보내는 건 어리석은 일입니다. 잔인한 일이라고 봅니다."

"잔인하다고 했나?" 걱정스러운 표정이 그의 얼굴을 스치더니 목소리가 더욱 부드러워졌다. "내가 내 아내한테 잔인하게 굴 사람이라고 생각하는 건 아니겠지?"

"아니요, 그렇게 생각하지 않습니다." 내 목소리도 누그러졌다.

"일단 그대로 두고 보기로 하지. 브랜던 박사가 다른 제안을 할 수도 있고." 그가 시계를 꺼내 탁상시계의 시간과 맞춰보았는데, 마치 불편하거나 당혹스러운 감정을 감추려고 일부러 그러는 듯 초조해 보였다. "이제 가봐야겠네. 아침에 다시 얘기하도록 하지."

하지만 다음날 아침에 우리는 그 얘기를 나누지 않았고, 내가 매러딕 부인을 간호한 한 달 내내 남편의 서재에 불려간 일은 다시 없었다. 간혹 복도나 계단에서 마주치면 그는 여느 때처럼 멋지고 친절했다. 하지만 그런 정중한 모습에도 나로서는 그날 저녁 그가 나를 가늠해보았고 이제 내가 쓸모없어졌다는 느낌을 떨칠 수 없었다.

날이 가면서 매러딕 부인은 기운을 차리는 모양새였다. 첫날밤 이후 다시 아이를 거론한 적은 한 번도 없었다. 남편을 향한 끔찍한 비난도 전혀 내비치지 않았다. 누구보다 상냥하고 사랑스럽다는 점만 다를 뿐 엄청난 슬픔에서 서서히 회복해가는 여느 여자와 다를 바 없었다. 그녀와 가까이하면 누구나 그녀를 사랑하게 되는 것도 당연했다. 어둠이 아니라 빛의 신비와도 같은 신비로운 매력이 그녀를 감싸고 있었기 때문이다. 늘 생각한 것이지만, 그녀는 지상에 사는 여자가 이를 수 있는 천사의 면모를 지녔다. 그녀는 천사나 마찬가지였지만 남편을 증오하고 두려워하는 것처럼 보일 때가 이따금 있었다. 내가 있을 때 남편이 그녀의 방에 들어온 적은 한 번도 없었고 만사가 끝나버리기 한 시간 전까지는 그녀가 그 이름을 입에 올린 적도 없었지만, 복도를 지나가는 발소리가 들릴 때마다 그녀의 얼굴에 공포가 서리는 것을 보면 그의 근처에만 있어도 그녀의 영혼이 몸서리친다는 것을 알 수 있었다.

한 달이 다 가노록 아이는 다시 나타나지 않았는데, 어느 날 밤 매러딕 부인의 방에 불쑥 들어갔을 때 아이들이 흔히 조약돌과 상자를 이용해 만드는 작은 화단이 창틀에 놓여 있는 것이 보였다. 나는 그에 대해 매러딕 부인에게 아무런 말도 하지 않았고, 잠시 후 하녀가 들어와 블라인드를 내릴 때 보니 화단은 사라지고 없었다. 그후로 나는 우리가 아이를 보지 못할 뿐이지 아이 엄마에게는 여전히 보이는 걸까 하는 생각이 종종 들었다. 하지만 직접 물어보지 않는 다음에야 알아낼 방도가 없었고, 매러딕 부인이 워낙 꿋꿋하고 상태가 좋아서 차마 물어볼 수도 없었다. 상태가 비할 바 없이 호전되었기 때문에 나는 머지않아 부인이 바람을 쐬러 밖에 나갈 수도 있겠다 싶었는데, 종말은 난데없이 찾아왔다.

온화한 1월의 어느 날이었다. 한겨울이지만 어쩐지 봄기운이 느껴지는 날이라 나는 오후에 아래층으로 내려가다가 복도 끝 창가에 잠깐 서서 정원의 회양목 미로를 내려다보았다. 크게 웃는 두 남자아이의 모습을 한 오래된 대리석 분수가 자갈 깔린 보행로 한가운데에 있고, 매러딕 부인의 기분을 북돋기 위해 그날 아침에 틀어놓은 물이 햇빛을 받아 은빛으로 눈부시게 반짝였다. 1월에 그토록 봄기운이 만연한 온화한 분위기는 여태껏 경험해본 적이 없었다. 그래서 정원을 내다보다 보니 매러딕 부인이 밖에 나가 한 시간 정도 볕을 쐬면 좋겠다는 생각이 들었다. 창문으로 들어오는 공기 말고는 절대 밖에 나가서 신선한 공기를 쐬지 못하게 하는 것이 나로서는 참 이상했다.

그런데 방에 들어가서 그렇게 제안하니 정작 그녀는 나가고 싶은 마음이 없었다. 그녀는 분수가 내려다보이는 열린 창문 곁에 숄을 두르고 앉아 있었다. 내가 들어가자 읽고 있던 작은 책에서 눈을 들어 나를 보았다. 창틀에는 수선화 화분이 놓여 있었다. 그녀는 꽃을 아주 좋아했기 때문에 우리는 늘 그녀의 방에 화초를 놓아두려 신경을 썼다.

"지금 내가 뭘 읽고 있는지 알아요, 미스 랜돌프?" 그녀가 부드러운 목소리로 물었다. 그러더니 내가 약을 가지러 협탁 쪽으로 향하는데 큰 소리로 시를 낭송했다.

"'빵 두 덩어리가 있으면 하나를 팔아서 수선화를 사세요. 빵은 몸을 살찌우지만 수선화는 영혼에 기쁨을 주니.' 아름답지 않아요?"

나는 그렇다고, 아름답다고 대답했다. 그러곤 밖에 나가 정원에서 산책을 좀 하지 않겠냐고 물었다.

"남편이 싫어할 거예요." 그녀가 말했다. 첫날 이후 남편을 다시 입에 올린 것은 그때가 처음이었다. "그이는 내가 밖에 나가는 걸 싫어해요."

나는 그 말을 웃어넘기며 설득해보았지만 소용이 없었으므로, 몇 분후 단념하고 다른 이야기를 꺼냈다. 그때에도 매러딕 박사에 대한 그녀의 두려움이 그저 근거 없는 상상이라고만 보았다. 물론 그녀가 실성한 게 아니라는 건 알 수 있었다. 하지만 제정신인 사람들도 때로 이해할 수 없는 편견을 가질 수 있으니 그녀의 경우 역시 그저 변덕이나 단순한 반감이려니 했다. 당시에 나는 이해하지 못했고—이 일의 종말을 얘기하기에 앞서 고백하는 게 좋겠는데—사실 지금이라고 이해가 잘되는 것도 아니다. 나는 실제로 본 것만을 쓸 뿐이고, 다시 말하건대 기적 같은 이야기를 만들려고 사실을 왜곡하거나 한 일이 절대 없다.

이야기를 나누다보니 오후는 금세 지나갔다. 그녀는 흥미가 가는 주제가 나오면 명랑하게 대화를 나눴다. 내가 이 집에 발을 들여놓은 이래 마음속으로만 두려워했던 그 일이 마침내 일어난 것은 오후가 저물어가던 시간, 아까운 그 잠깐 사이 삶의 움직임이 머뭇거리며 사그라지는 숙연하고 고요한 때였다. 내가 창문을 닫으려고 일어나 창밖으로 몸을 내밀고 온화한 공기를 들이마셨던 것이 기억난다. 그때 바깥 복도에서 의식적으로 조심스레 내딛는 발소리가 들려왔고 이어 브랜던 박사 특유의 노크 소리가 내 귀에 들어왔다. 그리고 내가 미처 문에 가닿기도 전에 문이 열리더니 브랜던 박사가 미스 피터슨과 함께 들어섰다. 그 주간 간호사가 멍청하다는 것은 알았지만, 그 순간만큼 멍청해 보이고 직업적 태도로 단단히 무장한 것처럼 보인 적은 또 없었다.

"바깥바람을 쐬고 계셨군요." 창문으로 다가오며 그렇게 말하는 브랜던 박사를 보자 나는 적대감이 솟구쳤고, 도대체 무슨 얼토당토않은 삶의 모순으로 저런 인간이 신경증의 권위자가 되었을까 의아했다.

"오늘 아침에 데려온 의사는 누군가요?" 매러딕 부인이 심각한 어조로 물었고, 내가 다른 정신과 의사에 대해 들은 것은 그때가 처음이었다.

"부인을 치료해주고 싶어하는 사람이죠." 그가 그녀 곁의 의자에 털썩 주저앉더니 혈색 없는 긴 손가락으로 그녀의 손을 토닥거렸다. "우리는 무슨 일이 있어도 부인을 치료해주고 싶어서 한 이 주 정도 시골로 보낼 생각이에요. 피터슨 간호사가 짐 싸는 걸 도와줄 거고 밖에 내 차가 대기하고 있어요. 여행을 떠나기에 정말 좋은 날이잖아요, 그렇죠?"

결국 그 순간이 오고야 말았다. 난 그 말이 무슨 뜻인지 이해했고 매러딕 부인도 마찬가지였다. 부인의 야윈 두 뺨에 홍조가 일었다가 사그라졌고, 몸이 바들바들 떨리는 게 느껴져서 창가에 있던 나는 그녀에게 다가가 어깨를 안았다. 나는 그날 저녁 매러딕 박사의 서재에서 그랬듯이 다시 한번 주변 공기를 울리며 머릿속으로 밀려드는 어떤 생각을 의식할 수 있었다. 그리고 간호사라는 직업을 잃는 한이 있어도, 제정신이 아니라는 오명을 쓰게 될지라도 눈에 보이지 않는 그 경고의 목소리에 따라야 한다는 것을 알았다.

"정신병원에 보내려는 거죠." 매러딕 부인이 말했다.

그는 서툴게 부인하며 어물거렸다. 나는 그의 말이 끝나기도 전에 매러딕 부인에게서 몸을 돌려 충동적으로 그에게 맞섰다. 간호사로서 이는 두말할 것 없이 하극상이었고, 이런 행동이 내 직업적 미래를 망치고 있다는 것도 알았다. 하지만 상관하지 않았다. 주저하지도 않았다. 내 자신보다 강한 어떤 힘이 나를 몰아갔다.

"브랜던 박사님." 내가 말했다. "부탁드려요. 내일 아침까지만 기다려주세요. 꼭 드려야 할 말씀이 있어요."

그의 얼굴에 묘한 표정이 떠올랐다. 나는 흥분한 중에도, 그가 마음속으로 나를 어떤 무리에 넣어야 할지를, 내가 어떤 범주의 병적 증상에 속하는지를 따져보고 있다는 사실을 알았다.

"그래요, 좋아요. 무슨 얘기든 다 들어줄게요." 그가 달래듯이 말했다. 하지만 그러면서 미스 피터슨에게 눈짓을 했고, 그러자 그녀는 매러딕 부인의 옷장으로 가서 모피 코트와 모자를 꺼냈다.

예고도 없이 갑자기 매러딕 부인이 숄을 벗어던지며 벌떡 일어섰다. "날 병원으로 보내면 다시는 돌아오지 못할 거예요." 그녀가 말했다. "절대 살아서 돌아오지 못한다고요."

잿빛 어스름이 깔리고 있었고, 이둑한 방안에 선 그녀의 얼굴이 창틀에 놓인 수선화를 닮은 꽃처럼 창백하게 빛났다. "난 못 가요!" 그녀가 날카롭게 외쳤다. "내 아이를 두고는 절대 못 간다고요!"

내게는 그녀의 얼굴이 선명하게 보였고 그 목소리도 생생하게 들렸다. 그런데 그때—그 무시무시한 장면이 다시 내 앞에 펼쳐진다!—문이 천천히 열리더니 어린 여자아이가 방을 가로질러 엄마에게 달려가는 모습이 보였다. 아이가 자그마한 팔을 올리는 모습이, 엄마가 몸을 숙여 아이를 가슴에 끌어안는 모습이 보였다. 절대 떨어질 수 없다는 듯이 얼마나 서로를 꽉 붙들었는지 그들을 감싼 어스름 속에서 두 사람은 하나가 된 것 같았다.

"이래도 못 믿겠어요?" 나는 거의 사나운 기세로 이 말을 내뱉었다. 그러나 모녀에게서 브랜던 박사와 미스 피터슨에게로 시선을 돌렸을 때, 그들에게는 아이가 전혀 보이지 않는다는 사실 — 아, 얼마나 충격이었는지! — 을 깨닫고 숨이 멎었다. 너무 놀라 멍한 두 사람의 표정은 어떤 사실을 확신한 게 아니라 전혀 인식하지 못한 표정이었다. 그들에게는 눈에 보이지 않는 어떤 존재를 부둥켜안기 위해 부자연스럽게 재빨리 몸을 숙인 엄마의 동작과 허공에 뜬 두 팔밖에는 보이지 않았던 것이다. 오직 나만이, 내 시각만이 육신에 눈멀지 않고 그 너머를 볼 수 있었다. 그리고 나는 그후로 거듭 내 공감 능력 덕분에 실재하는 물질적 세계의 촘촘한 망을 뚫고 아이의 영혼을 볼 수 있었던 게 아닐까 자문했다.

"이래도 못 믿겠어요?" 브랜던 박사가 내 말을 그대로 내게 던졌다. 가련한 인간. 삶이 그에게 육신의 시각밖에 주지 않았다면 그게 과연 그의 탓일까? 눈앞에 있는 것의 절반밖에 볼 수 없는 게 과연 그의 잘못일까?

하지만 그들에겐 보이지 않았고, 보이지 않았으므로 말해봐야 소용없다는 사실을 깨달았다. 한 시간도 지나지 않아 그들은 매러딕 부인을 정신병원으로 데리고 갔다. 부인은 나와 헤어지는 순간 감정을 희미하

게 내비치기는 했지만 순순히 따라나섰다. 헤어지기 직전 보도에 함께
서 있을 때 그녀가 아이를 애도하는 검은색 베일을 들어올리고 내게
이렇게 말한 것을 기억한다. "할 수 있을 때까지 우리 애랑 함께 있어줘
요, 미스 랜돌프. 난 이 집에 다시 돌아오지 못할 거예요."

그런 뒤 그녀는 차에 올랐고, 나는 울음이 터질 듯 목이 멘 채 멀어져
가는 차를 눈으로 좇았다. 말할 수 없이 참담한 심정이었지만, 당연하
게도 나는 그것이 얼마나 끔찍한 일인지 완전히 이해하지는 못했다. 그
랬다면 그렇게 가만히 보도에 서 있을 수도 없었을 테니까. 몇 달 뒤 그
녀가 병원에서 세상을 떴다는 소식을 들었을 때에야 나는 이 모든 것
을 제대로 이해했다. '심부전' 어쩌고 하는 소리를 어렴풋이 들은 기억
은 있지만 워낙 막연하고 일반적인 용어라 그뒤로도 그녀의 정확한 병
명이 뭐였는지는 알지 못했다. 그저 삶이 끔찍해서 세상을 떴으리라는
것이 나의 믿음이다.

놀랍게도 매러딕 박사님은 부인이 로즈데일로 간 후에도 내게 자신
의 사무실에 계속 남아달라고 했다. 부인이 사망했다는 소식 이후에도
떠나라는 암시가 없었다. 나는 지금도 그가 왜 내가 그 집에 남기를 원
했는지 알 수가 없다. 자기 집에 있으면 여기저기 떠들고 다니기 어려
울 거라 생각했을 수도 있다. 내가 여전히 자신의 매력에 홀려 있는지
시험해보고 싶었을 수도 있고. 그렇게 대단한 위인이면서 그토록 어처
구니없는 허영심이라니. 나는 거리에서 지나가는 사람들이 쳐다보기
라도 하면 기분이 좋아져 그의 얼굴이 상기되는 것도 보았고, 그가 환
자의 감상적인 약점을 이용하는 일도 마다하지 않을 인물이라는 것도
안다. 그럼에도 그는 정말로 멋지지 않은가! 그렇게 수많은 여자에게

사랑의 열병을 일으킨 남자는 별로 없을 것이다.

다음해 여름에 매러딕 박사는 두 달간 해외에 나가 있었고, 그사이 나는 버지니아에서 휴가를 보냈다. 당시 그의 명성은 어마어마했으므로 휴가를 끝내고 돌아오니 업무가 어느 때보다도 밀려 있어, 나도 날마다 예약을 잡아주고 갑자기 상태가 나빠진 환자를 응급실로 보내고 하느라 너무 바빠서 불쌍한 매러딕 부인을 떠올릴 짬이 없었다. 부인을 병원으로 보낸 이후로는 아이가 집안에 나타난 적도 없었다. 그래서 마침내 나는 그 어린아이가 내가 예전에 믿었듯이 아이의 환영이 아니라 그저 시각적 허상―고택의 어둑한 방안에서 빛이 어룽거리며 생겨난―이었나보다 하는 생각이 들기 시작했다. 유령이 기억에서 사라지는 데는 그리 오래 걸리지 않는다. 그해 겨울의 나처럼 꽉 짜인 일정에 맞춰 정신없이 생활하는 경우에는 더욱더 그렇다. 누가 알겠어? 결국 의사들 말이 맞았고 불쌍한 부인이 사실 온전한 정신이 아니었는지도 모르잖아. (속으로 그런 생각을 했던 기억이 난다.) 이렇게 과거를 다른 시각으로 보게 되니 매러딕 박사에 대한 판단도 알게 모르게 변해갔다. 그래서 종국에는 그에게 완전히 무죄판결을 내렸을 것이다. 그리고 내 법정에서 그가 흠점 없는 훌륭한 모습을 되찾은 바로 그때, 얼마나 순식간에 반전이 일어났는지 지금도 그 당시를 떠올리기만 하면 숨이 턱 막힌다. 그리고 그 난폭한 반전 때문에 내가 아찔한 상상력에 영원히 휘둘리게 되었다는 생각도 자주 든다.

매러딕 부인의 사망 소식을 접한 것은 5월이었다. 그로부터 정확히 일 년 뒤, 정원의 오래된 분수대 주변으로 수선화가 군데군데 피어난 온화하고 향기로운 오후에 정산할 것이 남아 아직 사무실에 있는데 가정부가 들어와서는 박사님이 곧 재혼하실 거라고 알려주었다.

"이미 충분히 예상한 바이지만," 그녀가 똑떨어지게 결론을 내렸다. "워낙 사교적인 분이니 이 집이 얼마나 쓸쓸하겠어. 그래도 좀 너무하다는 생각이 들어." 그녀가 잠깐 말을 그친 사이 전율이 내 몸을 훑고 지나갔다. 그녀는 다시 천천히 말을 이었다. "매러딕 부인이 전남편에게 받은 유산을 엉뚱한 여자가 다 차지하는 건 좀 너무하다 싶은 생각이 든다고."

"그렇게 엄청난 액수인가요?" 내가 궁금하다는 듯이 물었다.

"엄청나지." 액수를 말하는 게 무슨 소용이냐는 양 손사래를 치며 그녀가 말했다. "몇십 억은 될걸!"

"그럼 이 집도 당연히 그냥 두지 않겠네요?"

"이미 다 결정났지. 내년 이맘때쯤엔 벽돌 한 장도 남아 있지 않을걸. 다 헐어버리고 이 자리에 아파트를 세운다니."

다시 한번 전율이 내 몸을 훑고 지나갔다. 매러딕 부인의 고택이 허물어진다니 생각만 해도 참을 수가 없었다.

"결혼 상대가 누군지는 말씀 안 하셨어요." 내가 말했다. "유럽에 계실 때 만난 여자인가요?"

"맙소사, 아냐! 매러딕 부인과 결혼하기 전에 약혼했던 바로 그 여자라네. 사람들 말이 그때 박사님이 돈이 별로 없어서 여자가 찼다더만. 그러곤 어느 나라 귀족인가 왕자인가랑 결혼했다는데, 이혼하고 이제 다시 옛 애인한테 돌아온 거지. 지금은 그 여자가 보기에도 박사님이 충분히 부자니까!"

다 사실이었을 것이다. 신문에 실린 기사처럼 어디를 보나 그럴듯한 이야기로 들렸다. 그런데 그 이야기를 듣는 동안 아주 미묘하고 으스스한 기운이 숨죽인 채 주변을 감도는 게 느껴졌다. 혹은 그렇게 상상했다. 나는 물론 불안하고 예민한 상태였다. 가정부가 들려준 소식이 너무나 난데없었기 때문에 마음에 심한 동요가 일었다. 그런데 거기 앉아 있자니 그 고택 역시 이야기를 듣고 있다는 생생한 느낌이 밀려왔다. 보이지는 않지만 실재하는 어떤 존재가 방안이나 정원 어딘가에 있다는 느낌 말이다. 하지만 금방 정신을 차리고 벽돌로 된 테라스 쪽으로 열린 기다란 창문 밖을 흘낏 내다보니, 회양목 미로와 대리석 분수대, 군데군데 핀 수선화 말고는 아무도 없는 정원에 엷은 햇빛만이 노닐고 있었다.

하인이 찾으러 왔던가 해서 가정부가 나갔고, 나는 책상에 앉아 있는데 마음속에 마지막날 저녁 매러딕 부인이 했던 말이 떠올랐다. 수선화 때문에 그녀가 생각난 것이다. 햇빛을 받아 고요하게 황금빛으로 빛나는 활짝 핀 수선화를 보자, 그녀가 그 꽃을 보면 얼마나 좋아했을까 하는 생각이 들었다. 나는 거의 무의식적으로 그녀가 내게 읽어주었던 시구를 읊었다.

"빵 두 덩어리가 있으면 하나를 팔아서 수선화를 사세요." 그런데 바로 그 순간, 시구를 다 마치기도 전에 내 눈이 회양목 미로 쪽으로 향했고, 분수로 이어지는 자갈길을 줄넘기를 하며 뛰어가는 아이가 보였다.

나는 아이들 사이에서 춤 스텝이라고 부르는 발걸음으로 낮은 회양목 사잇길로 들어와 분수대 주변 수선화가 피어 있는 쪽으로 가는 여자아이를 아주 또렷하고 확실하게 보았다. 곧은 갈색 머리와 격자무늬 원피스, 그리고 줄을 넘을 때마다 반짝거리는, 흰 양말에 검은 슬리퍼를 신은 작은 발까지, 아이는 그녀가 딛고 선 땅이나 쏟아지는 물을 맞으며 크게 웃는 대리석 소년만큼이나 내게 진짜로 보였다. 나는 의자에서 벌떡 일어나 테라스 쪽으로 한 발짝 나아갔다. 아이에게 닿을 수만 있다면, 말을 걸 수만 있다면, 마침내 이 수수께끼를 풀 수 있을 것 같았다. 하지만 펄럭거리는 내 치맛자락이 테라스에 닿자마자 그 경쾌하고 작은 형체는 미로의 고요한 어둠 속으로 사라져버렸다. 수선화를 흔드는 숨결 하나, 반짝이며 흐르는 물 위를 스치는 그림자 하나 없었다. 맥이 풀린 나는 온몸을 덜덜 떨며 테라스의 벽돌 계단에 주저앉아 울음을 터뜨렸다. 매러딕 부인의 고택이 헐리기 전에 끔찍한 일이 일어나리라는 것을 예감했기 때문일 것이다.

그날 밤 박사님은 밖에서 저녁을 드셨다. 약혼녀와 저녁을 함께한다고 가정부가 알려주었다. 그가 들어와 위층의 침실로 올라가는 소리를 들은 것이 거의 자정 무렵이었을 것이다. 난 도통 잠이 오지 않아, 그날 오후에 사무실에서 읽다 만 책을 마저 읽고 싶어서 아래층에 있었다. 무슨 책이었는지는 기억나지 않지만 아침에 그 책을 읽기 시작했을 때 아주 흥미진진했다. 그런데 아이가 나타났다 사라진 뒤로 그 로맨스 소설이 간호 전문서적처럼 지루하게 느껴졌다. 도저히 집중이 안 되어서 포기하고 잠자리에 들려는 참에 매러딕 박사가 열쇠로 현관문을 열고 들어와 계단을 올라가는 소리가 들렸다. '절대 사실일 리가 없어.' 계단을 오르는 고른 발소리를 들으며 나는 거듭 그렇게 생각했다. 하지만 '사실일 리가 없다'고 스스로 장담하면서도 왠지 오싹한 기분이 들어 집을 가로질러 삼층의 내 방까지 올라가기가 꺼려졌다. 고된 하루를 보낸 뒤라 몹시 피곤해, 내 신경이 어둡고 적막한 분위기에 병적인 반응을 보이는 게 분명했다. 살면서 처음으로 보이지 않는 존재, 미지의 존재에 대한 두려움이 뭔지 알 것 같았다. 그래서 환한 전등불 아래 책을 앞에 두고 앉아 있으면서도 텅 빈 위층의 넓은 방에서 무슨 소리가 들려오지 않을까 싶어 잔뜩 신경이 곤두섰다. 뭔가를 기대하며 조용히 숨죽이고 있던 나는 밖에서 자동차가 지나가는 소리에 퍼뜩 정신이 들었다. 다시 책으로 시선을 돌려 산만한 정신을 글자에 집중하려고 했을 때 온몸을 휩쓸고 지나가던 안도감이 아직도 기억난다.

계속 그렇게 앉아 있는데 책상 위의 전화가 울렸다. 워낙 신경줄이 팽팽한 상태여서인지 무척 느닷없다는 느낌이었는데, 수화기 너머로 매러딕 박사님이 빨리 병원에 와주셔야겠다는 관리인의 황급한 목소리가 들려왔다. 한밤중에 이런 응급 전화가 오는 일에는 익숙한 터라 박사님의 침실로 인터폰을 했고 그가 힘찬 목소리로 대답하는 소리를 듣자 안심이 되었다. 그는 아직 잠옷으로 갈아입지 않았으니 곧 내려가겠다고 하면서, 지금쯤 차고에 들어갔을 차를 다시 불러달라고 했다.

"오 분 뒤에 내려가지!" 그는 마치 자기 결혼식에 가는 사람처럼 경쾌하게 말했다.

방을 가로지르는 그의 발소리가 들렸다. 그가 위층 층계참에 이르기 전에 나는 문을 열고 복도로 나갔다. 불을 켜고 그의 모자와 외투를 준비해 기다릴 셈이었다. 전등 스위치가 복도 끝에 있어 위쪽 층계참에서 새어나오는 흐릿한 불빛에 의지해 그쪽으로 가던 중에 나는 눈을 들어 층계를 올려다보았다. 가느다란 마호가니 난간을 친 계단이 삼층까지 어두침침하게 이어졌다. 박사님이 흥겹게 콧노래를 흥얼거리며 빠르게 계단을 내려오기 시작한 바로 그때, 아이가 작은 손으로 가지고 놀다 부주의하게 떨어뜨리기라도 한 듯이 층계가 구부러지는 지점에 느슨하게 말린 채 놓여 있는 줄넘기가 내 눈에 똑똑히 보였다―내 임종의 순간에도 맹세할 수 있다. 나는 재빨리 손을 뻗어 스위치를 켰고 복도가 환해졌다. 하지만 그 순간, 내가 뒤로 뻗은 손을 채 내리기도 전에 흥얼거리던 목소리가 경악 혹은 공포가 담긴 비명으로 바뀌어 들려오더니 계단에 있던 형체가 심하게 발을 헛디뎌 손을 휘저으며 허공으로 곤두박질쳤다. 미처 나오지 못한 경고의 외침이 목에 걸린 채 나는 그가 높은 계단에서 내 발치의 마룻바닥까지 곧장 곤두박질치는 모습을 지켜보았다. 몸을 숙여 이마의 피를 닦고 정지한 심장 박동을 확인하기도 전에 이미 나는 그가 사망했음을 알았다.

무언가가―세상 사람이 믿어 의심치 않듯 어두워서 발을 헛디뎠을 수도 있고, 내가 기꺼이 증언할 수 있듯 보이지 않는 심판이었을 수도 있지만―그 무언가가 그가 가장 살고 싶어했던 바로 그 순간에 그의 숨을 끊어버린 것이다.

땀

Sweat(1926)

조라 닐 허스턴

Zora Neale Hurston

조라 닐 허스턴 (1891~1960)

미국 앨라배마주 출생. 세 살 때 플로리다주 이턴빌로 이주해, 흑인들 스스로 세운 도시에서 자기긍정의 정신과 독립심, 자긍심을 배우며 어린 시절을 보냈다. 이때의 경험은 이후 그녀의 삶과 작품세계에 중대한 영향을 끼쳤다. 하워드대학과 바너드대학에서 문화인류학을 전공하며 미국 남부의 인종 갈등과 흑인의 전통의식인 부두를 연구했다. 할렘 르네상스가 한창이던 1925년에 뉴욕으로 가서 작가로 활동했다. 이후 플로리다로 돌아가 아프리카계 미국인의 민담집 『노새와 사람들Mules and Men』과 장편소설 『요나의 박 넝쿨Jonah's Gourd Vine』 『그들의 눈은 신을 보고 있었다Their Eyes Were Watching God』 『모세, 산의 사람Moses, Man of the Mountain』을 출간했다. 그 이름이 거의 묻혀 있다가, 1975년 앨리스 워커가 「조라 닐 허스턴을 찾아서In Search of Zora Neale Hurston」라는 글을 발표하면서 재평가되었다.

플로리다의 봄날, 일요일 밤 열한시였다. 여느 때 같으면 딜리아 존스는 이미 두 시간 전에 잠자리에 들었을 터였다. 하지만 그녀는 세탁부였고 월요일 아침에는 일이 무척 많았다. 그래서 그녀는 토요일에 세탁한 옷을 가져다주면서 세탁할 거리도 걷어왔고, 일요일에 교회를 다녀온 후 저녁에는 세탁물을 분류해서 흰옷은 미리 담가놓았다. 그렇게 하면 월요일에 거의 반나절을 아낄 수 있었다. 침실의 커다란 세탁 바구니에는 동네에서 걷어온 옷이 가득 담겨 있었다. 그 수변으로 여기저기 널린 꾸러미에 비하면 훨씬 깔끔했다.

딜리아는 부엌 바닥에 쪼그려앉아 거대한 세탁물더미를 색깔별로 분류하면서 애잔한 곡조의 노래를 흥얼거렸다. 그러면서도 내내 남편인 사이크스가 자기 짐마차를 몰고 어딜 간 걸까 궁금해했다.

바로 그때 뭔가 길고 둥글고 흐물흐물하고 검은 것이 그녀의 어깨를 툭 치고는 바닥으로 스르륵 미끄러져 내렸다. 그녀는 말도 못하게 겁에 질려, 다리에 힘이 풀리고 입안이 바짝 말라 일 분쯤 비명도 내지르지 못하고 그대로 얼어붙었다. 그런데 알고 보니 그것은 남편이 마차를 몰 때 즐겨 들고 다니는 큼지막한 생가죽 채찍이었다.

시선을 들어 문간을 보니 질겁한 그녀의 모습에 남편이 배를 잡고 웃고 있었다. 그녀가 빽 소리를 질렀다.

"사이크스, 뭣 때문에 채찍을 그렇게 던진 거야? 딱 뱀처럼 생긴 그런 걸 던지면 내가 얼마나 놀랄지 알면서. 내가 뱀을 무서워하는 거 당신도 알잖아."

"당연히 알지! 아니까 그런 거지." 그가 손바닥으로 자기 다리를 찰싹 때리고는 너무 웃겨서 땅에서 데굴데굴 구르다시피 했다. "네가 지렁이든 끈 조각이든 그 비슷한 것만 봐도 놀라 자빠지는 멍청이라서 그렇지, 무서워하건 말건 내가 무슨 상관이야."

"그딴 짓 하면 안 돼. 그건 죄악이라고. 언젠가는 내가 네 그 덜떨어진 짓 때문에 정말 숨이 넘어갈 거야. 그나저나 내 마차 몰고 어딜 나갔던 거야? 그 조랑말을 먹이는 건 나야. 네가 채찍을 휘두르며 타고 다닐 말이 아니라고."

"하여튼 짜증나는 검둥이 넌이라니까!" 그가 소리치며 안으로 들어왔다. 그녀는 하던 일을 계속할 뿐 아무런 대꾸도 하지 않았다. "백인 옷을 이 집에 들이지 말라고 도대체 내가 몇 번을 얘기했어?"

그가 채찍을 집어들고 그녀를 향해 눈을 부라렸다. 딜리아는 그저 하던 일을 계속했다. 그녀는 마당으로 나가 아연도금을 한 커다란 통을 하나 들고 들어와서 세탁 작업대에 놓았다. 그사이 사이크스가 분류해놓은 옷을 발로 차서 다 엉망으로 만들어놓고, 이제 포악한 자세로 그녀의 앞을 막아섰다. 어느 모로 보나 싸우길 바라고 고대하는 태도였다. 하지만 그녀는 차분하게 그를 비껴가 다시 옷을 분류하기 시작했다.

"다음엔 몽땅 발로 차서 집밖으로 내동댕이칠 테니 두고 봐." 코듀로이 바지 위로 성냥을 그으며 그가 으름장을 놓았다.

딜리아는 세탁물에서 절대 시선을 떼지 않았고, 가뜩이나 구부정한 마른 어깨가 더 처졌다.

"오늘밤은 그냥 넘어가자, 사이크스. 방금 교회에서 성찬식을 하고 왔다고."

그가 경멸조로 콧방귀를 끼었다. "그래, 일요일 밤이니 방금 교회에 갔다 왔을 텐데 지금 그놈의 세탁 일을 하고 있다 이거지. 위선자 같으니라고. 소절마다 아멘을 붙여가며 찬송가를 부르고 열성적으로 소리치고 고함지르다가 집에 와서는 안식일인데도 백인 옷이나 빨고 있으니."

그가 부엌을 가로질러 지나가면서 쌓여 있는 새하얀 옷을 발로 차마구 흩뜨려놓았다. 그녀는 놀라 외마디 비명을 지르곤 다시 재빠르게 옷을 주워모았다.

"사이크스, 옷이 다 더러워졌잖아. 일요일부터 시작하지 않으면 내가 토요일까지 일을 어떻게 끝내겠어?"

"네가 일을 끝내거나 말거나 내가 무슨 상관이야. 어쨌든 나는 백인들 옷을 집에 들이지 않겠다고 하느님에게도 맹세했고, 다른 몇 사람에게도 약속했다고. 건방지게 나불대기만 해봐. 저걸 다 마당에 내팽개치고 너도 아주 흠씬 두들겨줄 테니까."

목에 두른 스카프가 바람에 날려가듯 평소의 양순함이 그녀의 어깨에서 스르륵 벗겨지며 딜리아가 자리에서 일어섰다. 그녀는 애처로울 정도로 왜소한 몸에 마디가 불거진 맨손으로 앞에 선 건장한 거구의 남자에게 용감하게 맞섰다.

"이봐, 사이크스, 보자 보자 하니까 이제 뵈는 게 없나본데. 내가 너랑 결혼한 지가 십오 년이고 그 십오 년 동안 세탁 일을 했어. 땀흘려 죽어라 일만 했다고! 땀흘리며 일하고, 울면서도 땀흘리고, 기도하면서도 땀흘리고!"

"그게 나랑 무슨 상관인데?" 그가 야비하게 물었다.

"무슨 상관이냐고, 사이크스? 네 뱃속에 들어간 밥도 네 손으로 벌어들인 것보다 비누 거품 가득한 내 세탁통으로 벌어들인 게 더 많아. 이집도 내 땀으로 장만한 거니까 이 집에서 내가 내 맘대로 일할 권리는 있어."

그녀가 스토브에 있던 주물 프라이팬을 집어들고는 방어 자세를 취했다. 그녀가 그런 행동을 보이자 그는 엄청 놀랐다. 그는 살짝 주눅이 들어 평소와 달리 그녀에게 손찌검을 하지 못했다.

"꿈도 꾸지 마." 그녀가 헐떡거리며 말했다. "네가 좋아라 붙어 돌아다니는 저 뻐드렁니 검둥이 여자가 이 집에 들어와 내가 피땀으로 일군 것을 꿰차고 앉는 일은 없을 거야. 이 집에서 네가 벌어들인 건 하나도 없으니까 거꾸로 질질 끌려나가지 않는 다음에야 난 여기서 꼼짝도 안 할 거라고."

"자꾸 내 성질 건드리지 않는 게 좋을걸, 생각보다 빨리 여기서 질질 끌려나가고 싶지 않으면. 정말 지긋지긋해서 어떻게 할 수가 없다니까. 젠장! 말라깽이 여자는 아주 질색이야!"

그는 처음 보는 딜리아의 태도에 약간 겁을 먹었는지 옆걸음질로 뒷문으로 나가더니 요란하게 문을 닫았다. 그가 어디 다녀왔는지 말하지 않아도 그녀는 이미 다 알았다. 이제 동틀 무렵에나 집에 기어들어오리라는 것도 잘 알았다. 일을 마치고 침대에 누웠지만 금방 잠이 오지 않았다. 일이 어쩌다 이 지경이 되었는지!

그녀는 누워서 지금까지의 결혼생활이라는 여정에 잔뜩 널린 잔해들을 말똥말똥한 눈으로 바라보았다. 그 여정에서 멀쩡히 남아 있는 건 하나도 찾아볼 수 없었다. 꽃 같은 것은 그녀의 가슴에서 배어나온 짜디짠 물줄기에 진즉 다 잠겨버렸다. 그녀의 눈물, 그녀의 땀, 그녀의 피. 자신은 사랑해서 결혼했는데 그에게는 육체적인 욕정만이 있을 뿐이었다. 결혼하고 두 달 만에 그는 그녀를 두들겨팼다. 일 년도 채 지나지 않아, 그가 번 돈을 통째로 들고 올랜도로 갔다가 빈털터리로 돌아온 적이 그녀의 기억으로도 셀 수 없을 정도였다. 그때 그녀는 어리고 연약했다. 이젠 옹이가 지고 근육이 붙은 사지와 마디가 굵은 거친 손을 떠올리며 그녀는 커다란 깃털 침대 한중간에서 불행한 작은 공처럼 몸을 둥글게 말았다. 사랑을 바라기엔 이미 너무 늦었지. 버사가 아니라도 여자는 또 생길 테니. 이번 경우가 앞선 경우와 다른 점이 있다면 그 여자가 다른 여자들보다 뻔뻔하다는 것뿐이었다. 이 작은 집 말고는 이젠 뭘 더 바랄 수도 없어. 그녀는 노후를 위해 이 집을 지었고 꽃과 나무도 하나하나 직접 심었다. 그녀에겐 정말 사랑스럽고 소중한 집이었다.

잠에 빠져들기 전에 그녀는 자기도 모르게 큰 소리로 이렇게 말했다. "그래, 남한테 해코지한 건 나중에 그대로 받는다고 했어. 다들 그렇듯이 사이크스도 언젠가는 뿌린 대로 거둘 거라고." 그러고 나자 남편과의 사이에 정신적인 토성을 쌓을 수 있었다. 그의 포탄이 더이상 그녀에게 미치지 않았다. 아멘. 그녀는 곧 잠이 들었는데, 나 집에 왔네 하듯이 남편이 그녀의 발을 차고 이불을 잡아채는 바람에 잠에서 깼다.

"이불 좀 이리 내. 그리고 발은 좀 네 자리에 두라고! 나한테 프라이팬을 휘둘렀을 때 네 주둥이를 날려버렸어야 하는 건데."

딜리아는 아무 대꾸도 하지 않고 침대 난간에 몸을 붙였다. 그가 어떤 놈이든 무슨 짓을 하든 무관심한 게 이기는 거였으니까.

* * *

여느 주와 마찬가지로 할일이 잔뜩 있던 한 주가 지나고 토요일이 되자, 딜리아는 작은 조랑말이 모는 짐마차를 타고 세탁물을 갖다주고 다시 걷는 일을 했다.

7월이 막바지에 이른, 말도 못하게 뜨거운 날이었다. 조 클라크네 포치에 모여 앉은 남자들도 축 늘어져 사탕수숫대를 씹고 있었다. 평소처럼 다 씹은 꽁다리를 멀리 집어던지지도 않고 포치 가장자리에 설탕물이 뚝뚝 떨어지도록 그냥 들고만 있었다. 너무 더워서 서로 이야기를 나누지도 않았다.

"저기 딜리아 존스네." 털이 덥수룩한 조랑말이 길모퉁이를 돌아 그들 쪽으로 다가오자 짐 머천트가 말했다. 녹슨 짐마차에는 깨끗하고 빳빳한 옷가지가 수북하게 담긴 바구니들이 실려 있었다.

"그러네." 조 린지가 대꾸했다. "더우나 추우나, 비가 오나 눈이 오나, 날이 바뀌고 달이 바뀌는 것처럼 한결같이 토요일이면 딜리아가 빨래를 가져오고 가져가지."

"먹고살려면 그럴 수밖에." 모스가 말했다. "사이크 존스는 총으로 쏴 죽여봐야 총알만 아까울 놈이야. 딜리아가 너무 아깝지."

"당연히 아깝지." 월터 토머스가 맞장구를 쳤다. "그놈이랑 결혼했을 때만 해도 정말 예쁘고 앙증맞은 처녀였는데, 그러니 더 안된 일이지. 그놈이 날 두들겨팰 기세만 아니었어도 내가 딜리아랑 결혼했을 거야."

딜리아는 남자들에게 고개만 까딱하고는 서둘러 마차를 몰고 지나갔다.

"남편한테 저렇게 두들겨맞고 망가지지 않을 여자가 어디 있어. 세 명은 죽어나갔겠다. 그러니 겉모습도 변할 수밖에." 일라이자 모즐리가 말했다. "사이크가 저 기름기 줄줄 흐르는 거대한 검둥이 무굴 여자가 뭐가 좋다고 같이 놀아나는지 도대체 이해가 안 돼. 나 같으면 저런 검둥이는 내가 작년에 먹고 뒷마당에 던져버린 정어리 통조림에 입만 대도 못 참을 텐데."

"아, 뚱뚱하잖아. 그래서 그런 거지. 그놈은 늘 살찐 여자만 보면 환장을 하니까." 머천트가 거들었다. "임자만 제대로 만났으면 옛날부터 꼭 붙들려 살았을 텐데. 그놈이 내 마누라한테 수작부렸다는 얘기 했던가? 선물이랍시고 자기 마당에서 딴 피칸을 한 바구니 갖다주면서 말이야. 그래, 내 마누라한테! 마누라는 딜리아가 허구한 날 비누 거품

속에서 죽어라 일해서 그 집에 있는 건 다 땀이랑 비누 냄새가 나니까 당장 다시 집에 가져가라고 했대. 그놈을 그 자리에서 내가 잡았어야 하는 건데! 저 아랫길에서 그놈 엉덩이를 열불나게 두들겨줬어야 했는데.”

“그놈 그러는 거야 나도 알지. 여자만 지나갔다 하면 실실 쪼개니까.” 월터 토머스가 말했다. “그래도 옛날엔 그 여자를 차지하려고 그 앞에서 설설 기기도 했잖아. 딜리아가 점박이 강아지처럼 오죽 귀여웠어! 벌써 십오 년 전이네. 한때는 딜리아를 잃을까봐 잔뜩 겁에 질려서 남편 역할을 조금이나마 하긴 했지. 근데 둘이 생각이 전혀 달랐으니.”

“무슨 법이라도 있어야지.” 린지가 말했다. “그놈은 뭐 하나 할 줄 아는 게 없으니.”

클라크가 처음으로 입을 열었다. “생겨먹기를 글러먹은 놈을 사람답게 만들어줄 법이 이 세상에 어디 있나. 자기 부인을 사탕수숫대처럼 여기는 놈이 하나둘인가. 둥글둥글하고 설탕물이 줄줄 흐르는 걸 꺾어다가는 쥐어짜고 씹어대고, 단물을 마지막 한 방울까지 다 비틀어 쥐어짜잖아. 그러다 신나게 쪽쪽 다 빨아먹었다 싶으면 다 씹은 꽁다리처럼 냅다 집어던지는 거지. 그러면서도 지들 하는 짓은 다 알아서 스스로를 혐오하는데, 어쨌든 단물이 다 빠질 때까지 그 짓을 하고는 말라빠진 수숫대가 자기 인생을 가로막는다고 되레 여자를 미워하는 거야.”

“사이크랑 그놈하고 놀아나는 년을 잡아다 하월 호수 습지로 끌고 가서 그 주둥이에서 살려달라는 말도 안 나오도록 흠씬 두들겨패야 해. 그놈이 옛날부터 건방 떠는 검둥이이긴 했지만 지난번에 북부에서 온 백인 여자가 자동차 모는 법을 가르쳐준 뒤로는 아주 하늘 높은 줄 모르고 기고만장하다니까. 본때를 보여줘야 해." 올드맨 앤더슨이 주장했다.

포치에 모인 남자들이 그 말에 동조하며 웅얼거렸다. 하지만 날이 얼마나 뜨거운지 그들의 시민의식마저 녹아버릴 지경이었고, 일라이 자 모즐리가 조 클라크를 쑤석대기 시작했다.

"이봐, 조. 수박이라도 하나 잘라서 손님 대접을 좀 하라고. 우리 다 열사병에 걸리게 생겼잖아. 아주 죽겠다고!"

"맞아, 조. 그 병 고치는 데는 수박이 딱 좋겠네." 월터 토머스가 모즐리를 거들었다. "자자, 우리 다 여기 단골인데 한턱낸 지도 오래됐잖아. 나는 둥글고 길쭉한 플로리다 수박이 좋더라."

"좋은데, 그러려면 돈을 내야지. 다들 20센트 내고 한 조각씩 먹으라고." 클라크가 대꾸했다. "나도 한 조각 먹어야겠군. 자, 다들 돈 내. 식칼은 내가 빌려줄 테니."

순식간에 돈이 모이고 수박이 나왔다. 바로 그때 사이크스와 버사가 나타났다. 포치에 단호한 침묵이 감돌고 수박도 다시 안쪽으로 치워졌다.

머천트가 잭나이프 날을 집어넣고는 가게문 쪽으로 움직였다.

"조, 이리 와서 암퇘지 뱃살 한 덩이하고 커피 일 파운드 내줘. 오늘 이 토요일인 길 깜박했네. 얼른 집에 가야겠어." 다른 남자들도 대충 자리를 떴다.

그때 집으로 돌아가는 딜리아가 마차를 몰고 지나갔고 사이크스는 버사를 위해 젠체하며 주문을 했다. 그는 딜리아가 있을 때 보란듯이 그러는 걸 좋아했다.

"뭐든지 맘에 드는 건 다 골라, 자기야. 조, 잠깐만. 버사에게 딸기맛 탄산수 두 병이랑 구운 땅콩이랑 껌 한 통 줘."

산 물건을 다 들고 가게를 나서면서 사이크스는 버사에게 여기는 자기 동네니까 원하는 건 다 가질 수 있다고 말했다.

두 사람이 떠나자 남자들은 다시 모여 수박 파티를 벌였다.

"도대체 사이크 존스는 저 여자를 어디서 데려온 거야?" 린지가 물었다.

"저기 어팝카에서. 그 여자가 떠난 뒤에 분명 동네 사람들이 마을을 싹 청소했을 거야. 사람이 아니라 무슨 간덩어리에 머리칼만 붙인 것 같아."

"그래도 삑삑거리기는 하잖아." 데이브 카터가 말을 보탰다. "한바탕 웃어야겠다 싶으면 그냥 입만 있는 대로 쩍 벌리고 말이야. 벨 호수의 늙은 악어도 그렇게는 못할 거야."

* * *

버사가 마을에서 지낸 지 세 달이 지났다. 사이크스는 여전히 그녀를 받아준 유일한 곳인 델라 루이스의 집 방세를 내주고 있었다. 사이크스는 틈만 나면 '스톰프' 춤을 추자며 윈터파크에 그녀를 데려갔다. 그는 여전히 자기가 동네에서 제일 잘나고 멋진 남자라고 그녀에게 떠들어댔다.

"내가 마누라만 내쫓으면 당연히 자기가 집에 들어올 수 있지. 다 내 거니까 자기 거라고 해도 돼. 난 말라깽이 여자가 정말 혐오스러워. 자기 몸매는 진짜 훌륭하다니까! 원하는 거 있음 다 말해. 이 동네는 내가 꽉 잡고 있으니까 뭐든 가질 수 있다고."

이 세 달 동안 일로 닳고 닳은 딜리아의 다리는 수도 없이 겟세마네 언덕의 흙길과 골고다의 바위를 힘겹게 올랐다. 눈을 감고 귀를 닫고 살고 싶어서 마을 사람들을 피하고 사람들이 잘 모이는 곳도 가지 않았다. 하지만 버사가 집까지 찾아와 문간에서 사이크스를 불러내기도 했기 때문에 별 소용이 없었다.

딜리아와 사이크스는 이제 평화로운 막간도 없이 늘 싸웠다. 한마디도 나누지 않고 밥을 먹고 잠을 잤다. 딜리아가 두세 번 슬쩍 다정하게도 굴어보았지만 그때마다 퇴짜를 맞았다. 둘 사이에 벌어진 틈은 메울 수가 없는 것이 분명했다.

7월부터 8월까지 태양은 이글이글 타올랐다. 수백만 개의 불화살이 내리꽂히듯 열기가 쏟아져 지상의 생물을 남김없이 두드려댔다. 풀은 바짝 시들고 이파리는 누렇게 타들어가고 허물을 벗은 뱀은 눈이 멀고 사람과 개는 정신이 나갈 지경이었다. 삼복더위였다!

하루는 딜리아가 집에 와보니 사이크스가 먼저 와 있었다. 무슨 일인가 싶었지만 그녀는 말을 걸지 않고 집안으로 들어가려 했다. 그런데 그가 부엌문을 가로막고 서 있어서 들어가려면 팔 아래로 몸을 굽히고 들어가든지 비켜달라고 해야 했다. 그는 비켜줄 생각이 전혀 없었다. 부엌 계단 옆에 비누 상자가 보였지만 사이크스가 꺼냈겠거니 하고 딱히 신경을 쓰지 않았다. 그녀가 양쪽으로 벌린 그의 팔 아래로 몸을 굽혀 들어가려는데 그가 난데없이 낄낄 웃으며 그녀를 밀쳤다.

"저 상자 열어봐, 딜리아. 내가 너 주려고 가져온 거야!"

그가 밀치는 바람에 그녀는 비틀거리다 거의 상자를 깔고 앉을 뻔했고, 그 안에 든 걸 보는 순간 그 자리에서 기절할 뻔했다.

"사이크! 사이크! 맙소사! 저 방울뱀 당장 여기서 치워! 당장 치우라고. 오, 하느님, 살려주세요!"

"내가 왜 치워야 하냐. 죽기밖에 더하겠어. 뱀 무서운 척하며 난리쳐봐야 아무 소용 없어. 저 뱀은 이제 죽을 때까지 여기 있을 거니까. 난 뱀을 잘 다루니까 나를 물 리는 없지. 뭐, 뼈밖에 없는 네 다리를 물었다가는 오히려 이빨이 부러질 테니 너를 물 일도 없을 거야."

"안 돼, 사이크. 저게 여기 있으면 난 무서워 죽는다고. 난 지렁이도 무서워하는 거 알잖아. 저렇게 큰 뱀은 생전 처음 봐. 죽여버려, 사이크, 제발."

"내가 너 좋으라고 그런 일을 할까봐. 잘난 체는 되게 하고 다니는 게. 아니, 절대 안 죽여. 나는 너보다 저 뱀이 더 보기 좋은걸. 누구든 뱀이 싫으면 직접 어떻게 해보라지."

사이크스가 뱀을 들여놨다는 소문이 곧 동네에 퍼졌고 사람들이 보러 와서 질문을 해댔다.

"저 어마어마한 방울뱀을 도대체 어떻게 잡은 거야, 사이크스?" 토머스가 물었다.

"개구리를 얼마나 잡아먹었는지 거의 움직이지도 못하더라고. 그래서 잡았지. 살살 다뤘어. 내가 뱀 부리는 사람이라 뱀을 잘 다루잖아. 풋, 그런 건 아무것도 아니야. 맘만 먹으면 매일 한 마리씩도 잡을 수 있어."

"두꺼운 히커리 작대기로 머리통을 후려쳐야지. 방울뱀 부리는 데는 그게 최고야.”

“아니, 월터. 자네는 나만큼 이 방울뱀을 잘 알지 못해.”사이크스가 우쭐해하며 말했다.

마을 사람들은 월터의 의견에 동의했지만 뱀은 계속 그 집에 있었다. 철망으로 덮어놓은 뱀이 든 상자는 부엌문 옆에 그대로 있었다. 이삼 일 뒤 뱃속의 개구리가 다 소화되자 뱀은 말 그대로 살아났다. 부엌이나 마당에서 뭐라도 움직이기만 하면 방울소리를 냈다. 어느 날인가는 딜리아가 부엌 계단을 내려가다가 뱀의 백묵처럼 새하얀 앞니가 언월도마냥 철망에 걸려 있는 모습을 보았다. 그녀는 이번에는 평소처럼 눈길을 돌리고 도망가지 않았다. 자신에게 고통을 안기는 그 동물을 바라보는 매 순간 점점 격렬해져가는 시뻘건 분노에 휩싸여 오래도록 문간에 서 있었다.

그날 밤 사이크스가 식탁에 앉자마자 그녀는 그 이야기를 꺼냈다.

“사이크, 저 뱀 당장 집에서 치워. 네가 밥을 안 주고 굶겨도 참고 때리면 때리는 대로 맞았잖아. 그런데 저 흉물이 여기 있으니 내 속이 완전히 다 썩어 문드러져.”

사이크스는 대답하기 전에 커피를 가득 따라서는 일부러 천천히 마셨다.

“네 속이 썩어 문드러지든 밖이 썩어 문드러지든 내가 무슨 상관이야. 내가 맘이 동하면 모를까 그전까지 저 뱀은 아무데도 안 가. 널 두들겨패는 걸로 말하자면, 내 앞에서 계속 얼쩡거리다가는 몇 배로 더 맞을 줄 알아.”

딜리아가 접시를 밀면서 자리에서 일어났다. “난 당신을 증오해, 사이크." 그녀가 차분하게 말했다. "예전에 널 사랑했던 만큼 이제 널 증오해. 하도 참고 또 참아서 이제 목까지 차올라 깔딱거려. 교회에서 써준 편지를 가지고 우드브리지에 다니기 시작한 것도 그래서야. 너랑 같은 장소에서 예배를 보고 싶지 않아서. 네가 내 주변에 얼쩡거리는 걸 참을 수가 없어서. 딴 여자 붙들고 뒹구는 건 네 맘대로 해도 되는데 내 눈앞에 보이지 말고 이 집에서 꺼져. 너라면 아주 징글징글해."

사이크스는 너무 놀라 입이 떡 벌어지는 바람에 입에 잔뜩 넣고 씹던 옥수수빵과 케일이 입 밖으로 튀어나올 뻔했다. 딜리아에게 적절하게 대꾸하기 위해 마땅한 분노를 끌어올리기도 쉽지 않았다.

"날 그렇게 증오한다니 잘됐네. 나한테 어찌나 껌딱지처럼 붙어 있는지 아주 지긋지긋했는데 말이야. 나도 네가 너무 싫어. 힘줄이 다 드러난 그 늙은 모가지 좀 보라지! 뼈만 남은 그 팔다리에 내가 베여 죽겠다. 내 눈에는 완전히 악마의 자식 같아. 네가 아무리 날 미워해봐야 내가 널 미워하는 거에 비하면 아무것도 아닐걸. 난 몇 년 동안이나 널 증오했다고."

"네 시커멓고 늙어빠진 거죽도 봐줄 수가 없어. 커다란 귀가 말똥가리 날개처럼 양쪽으로 축 늘어진 쭈글거리는 가죽덩어리 주제에. 내가 내 집에서 나갈 거라고는 꿈도 꾸지 마. 나한테 손찌검해봐, 당장 백인들한테 이를 테니까. 난 참을 만큼 참았어." 딜리아가 전혀 겁내는 기색도 없이 말했고, 사이크스는 그녀를 위협했지만 실제 행동에 옮길 엄두는 내지 못한 채 집을 나갔다.

그날 밤 사이크스는 아예 집에 들어오지 않았다. 다음날은 일요일이어서 딜리아는 수레에 조랑말을 매어 우드브리지까지 4마일을 가야 했는데, 그전에 그와 실랑이할 필요가 없어 차라리 좋았다.

그녀는 '사랑 축제'인 밤 예배까지 보았다. 성령이 가득한, 정말 푸근한 시간이었다. 괴로운 가정사는 감동의 물결에 저멀리 휩쓸려간 듯했고 그녀는 노래를 부르며 집까지 마차를 몰았다.

시커멓고 차가운 요단강
차가워지는 건 육체일 뿐 영혼은 아니니
잔잔해지면 요단강을 건너리.

그녀가 헛간을 나와 부엌문으로 가다가 멈춰 섰다.

"왜 그러냐, 악마야? 어쩐 일로 난리를 안 쳐?" 그녀는 방울뱀 상자를 보며 말했다. 아무 소리 없이 조용했다. 그녀는 믿기지 않지만 혹시나 하는 희망을 품고 집안으로 들어갔다. 백인에게 이르겠다고 해서 사이크스가 겁을 먹었는지도 몰라! 미안한 마음이 들었는지도 모르지! 십오 년 동안 비참하게 억눌려 살아온 딜리아는 억압의 벽을 넘어가거나 뚫고 나갈 수 있는 길처럼 보이면 뭐가 되었든 희망을 품었다.

그녀는 화덕 뒤쪽을 더듬어 성냥갑을 찾았다. 성냥은 하나밖에 남아 있지 않았다.

"하여튼 저 화상은 빌어먹을 목구멍밖에는 이 집안에 가지고 들어오는 게 없으면서 내가 들여놓은 건 순식간에 다 써버리지. 여기 있던 성냥도 반은 들고 나갔을 거야. 게다가 그 여자를 내 집에 들였군."

성냥도 켜기 전에 그런 걸 어떻게 알아채는지는 여자들만이 알 것이다. 어쨌든 딜리아는 알았고 그로 인해 새삼 화가 치밀었다.

곧 그녀는 흰옷을 불리기 위해 세탁통을 가져왔다. 이번엔 굳이 빨래 바구니를 침실에서 가지고 나오지 않고 그냥 방에서 분리하기로 했다. 그녀는 가운데가 불룩한 램프를 들고 안으로 들어갔다. 좁은 방안, 흰 철제 침대 발치에 빨래 바구니가 놓여 있었다. 침대에 앉아 기둥 사이로 손을 뻗으면 편하게 일을 할 수 있었다.

"잔잔해지면 요단강을 건너리." 그녀는 다시 노래를 불렀다. '사랑 축제' 때의 기분이 되살아났다. 그녀는 거의 신이 나서 빨래 바구니 뚜껑을 열었다. 그리고 그와 동시에 공포와 두려움에 사로잡혀 단숨에 문 쪽으로 물러났다. 바구니 안에 뱀이 있었다! 뱀은 처음에는 느릿느릿 움직였지만, 공포로 정신이 나갈 지경인 그녀가 방안을 돌며 이리 뛰고 저리 뛰자 빠릿빠릿하게 움직이기 시작했다. 그녀는 끔찍스럽게 멋진 무늬의 몸이 바구니에서 나와 스멀스멀 침대로 움직이는 것을 보고는 램프를 홱 움켜쥐고 걸음아 날 살려라 부엌으로 내달렸다. 열린 문으로 바람이 획 불어들어와 불이 꺼졌고 암흑이 내려앉자 공포는 더했다. 그녀는 램프를 내려놓는 것도 잊은 채 밖으로 냅다 달려나와 문을 쾅 닫았다. 마당에 나와서도 땅에서는 안전할 것 같지 않아 헛간의 건초 더미 위로 올라갔다.

그녀는 한 시간이 넘게 혼잣말을 횡설수설 중얼거리며 건초 위에 널브러져 있었다.

마침내 좀 진정이 되었고 그러고 나니 제정신이 돌아왔다. 그러자 차갑고도 지독한 분노가 차올랐다. 몇 시간을 그렇게 보냈다. 자신을 돌아봤다가 과거를 되돌아봤다가 둘 다 해봤다가. 그러면서 무시무시할 만큼 차분해졌다.

"난 최선을 다했어. 그런데도 상황이 엉망이 되었다면 그건 내 탓이 아니라는 걸 하느님도 아시겠지."

그녀는 움찔움찔 몸을 떨며 얕은잠에 빠졌고 눈을 떴을 때는 하늘이 희부윰한 회색 빛으로 밝아오고 있었다. 아래쪽에서 뭔가 커다란 소리가 울렸다. 그녀가 살짝 내다보았더니 사이크스가 장작더미 근처에서 철망이 덮인 상자를 박살내고 있었다.

그는 급히 부엌문으로 가더니 바깥에 몇 분 서 있다가 안으로 들어갔고 그런 다음에도 안쪽에 몇 분 더 서서 기다리다가 문을 닫았다.

하늘에 어렴풋한 빛이 서서히 퍼져갔다. 딜리아는 이제 두려움 없이 건초 더미에서 내려와 침실의 낮은 창문 아래쪽에 웅크리고 앉았다. 블라인드가 새벽빛을 막아 방안은 여전히 한밤중같이 캄캄했다. 하지만 벽이 얇아 방안의 소리는 밖으로 다 새어나왔다.

"늙은 악마가 깼나본데!" 안에서 윙윙거리는 무시무시한 소리가 들리자 그녀는 생각했다. 숲을 잘 아는 사람이라면 누구나 알겠지만 그 소리는 일종의 환청이다. 방울뱀은 복화술사였다. 윙윙거리는 소리가 왼쪽, 오른쪽, 앞쪽, 뒤쪽, 혹은 바로 발아래까지 사방에서 들리지만 그 어디도 실제 뱀이 있는 곳이 아닌 것이다. 자기 앞가림을 할 능력도 없으면서 섣불리 잘못 짚는 자에게는 재앙이 닥칠지니! 방울뱀은 때로는 아무 소리도 내지 않고 공격한다.

집안에서 사이크스는 어둠 속에서 성냥을 찾으려고 더듬다가 화덕의 냄비 뚜껑을 떨어뜨렸고, 그 요란한 소리 말고는 아무 소리도 듣지 못했다. 주머니에 넣어가지고 나간 성냥은 몽땅 버사 집에 놓고 왔던 것이다.

뱀은 화덕 아래에서 자다가 깬 모양이었고 사이크스는 소스라치게 놀라 침실로 뛰어들어갔다. 술을 잔뜩 마셨지만 금세 정신이 확 들었다.

"세상에! 불만 켤 수 있으면!" 그가 이를 부딪치며 덜덜 떨었다.

그가 온몸이 마비된 듯 가만히 서 있노라니 잠시 방울소리가 멈췄다. 그는 기다렸다. 뱀도 기다리는 듯했다.

"아, 제발 불 좀! 저 뱀이 심한 병에 걸린 줄 알았는데." 사이크스가 중얼거리자 윙윙 소리가 다시 들려왔는데, 이번엔 더 가까이 바로 발아래에서였다. 그는 이미 한참 전부터 사고 작용은 마비되고 원초적인 본능만 남은 상태라 침대 위로 폴짝 뛰어올랐다.

바깥의 딜리아는 광분한 침팬지나 고통받는 고릴라가 낼 법한 괴성을 들었다. 알아들을 수 있는 소리는 없고 인간이 표현할 수 있는 최대의 공포와 최대의 두려움, 최대의 분노가 담긴 소리뿐이었다.

안에서 무지막지한 소란이 벌어지는가 싶더니 동물의 괴성이 연달아 들리고 중간중간 파충류의 윙윙 소리가 들렸다. 창문의 블라인드가 광폭하게 찢기며 붉은 여명의 빛이 방안으로 쏟아져들어갔다. 커다란 갈색 손이 가로대를 움켜쥐었고, 방울뱀의 방울소리가 문득 잦아든 이후에도 한참 동안 뭔지 모를 주절거림이 이어지는 사이 중간중간 마룻바닥을 내리치는 둔탁한 소리가 들려왔다. 창 아래 웅크리고 앉아 이 모두를 보고 들으면서 딜리아는 속이 메스꺼웠다. 그녀는 분꽃 쪽으로 기어가 차가운 땅 위에 팔다리를 쭉 뻗고 누워 마음을 진정시켰다.

그렇게 누워 있는데 사이크스가 대답을 기대하지 않는 너무나 절망적인 목소리로 '딜리아, 딜리아!' 하고 외치는 소리가 들렸다. 어느새 태양이 떠오르고 그녀를 부르는 소리는 계속되었다. 딜리아는 다리에 힘이 풀려 움직일 수가 없었다. 그녀는 미동도 하지 않았고, 사이크스는 계속 그녀를 불렀고, 해는 점점 높이 떠올랐다.

"맙소사!" 그가 신음하는 소리가 들렸다. "하느님 맙소사!" 사이크스가 비틀거리며 돌아다니는 소리에 그녀가 화단에서 몸을 일으켰다. 햇볕은 점점 뜨거워졌다. 그녀가 문가로 다가가자 그가 기대에 부풀어 외쳤다. "딜리아, 거기 당신이야?"

문가에 다다르자 네발로 기는 그가 보였다. 그는 그녀를 향해 1, 2인치 기어왔는데, 더이상은 다가오지 못했다. 목이 끔찍하게 부어 있었고 그나마 뜨고 있는 한쪽 눈에 희망의 빛이 반짝였다. 그녀는 불쌍한 마음이 감당할 수 없이 솟아나 그 눈에서 시선을 돌렸다. 분명 세탁통이 보일, 세탁통을 보지 않을 수 없을 그 눈에서. 아마 램프도 보이겠지. 의사는 올랜도에나 가야 있는데 거긴 너무 멀었다. 그녀는 겨우겨우 멀구슬나무까지 가서 뜨거워지는 햇볕을 받으며 기다렸다. 그사이 그녀의 내면에 차가운 강물이 조금씩 차올라 이제는 그녀가 알고 있었다는 사실을 깨달았을 그 눈을 지워버리고 있었다.

엮고 옮긴이 **정소영**

번역가. 영문학자. 용인대 영어과 교수로 재직했으며, 옮긴 책으로 『아름다움을 만드는 일』『돌
세 개와 꽃삽』『전쟁과 가족』『유도라 웰티』『권력의 문제』『진 리스』 등이 있다.

문학동네 세계문학

실크 스타킹 한 켤레
19, 20세기 영미 여성 작가 단편선

초판 인쇄 2021년 2월 23일
초판 발행 2021년 3월 8일

지은이 케이트 쇼팽 외 | 엮고 옮긴이 정소영
책임편집 김수현 | 편집 김경은
디자인 엄자영 최미영 | 저작권 한문숙 김지영 이영은
마케팅 정민호 정진아 김혜연 정유선
홍보 김희숙 김상만 함유지 김현지 이소정 이미희 박지원
제작 강신은 김동욱 임현식 | 제작처 한영문화사

펴낸곳 (주)문학동네 | 펴낸이 염현숙
출판등록 1993년 10월 22일 제406-2003-000045호
주소 10881 경기도 파주시 회동길 210
전자우편 editor@munhak.com | 대표전화 031)955-8888 | 팩스 031)955-8855
문의전화 031)955-8869(마케팅), 031)955-8868(편집)
문학동네카페 http://cafe.naver.com/mhdn
문학동네트위터 http://twitter.com/munhakdongne
북클럽문학동네 http://bookclubmunhak.com

ISBN 978-89-546-7752-3 03840

www.munhak.com